회귀경찰의 리셋 라이프
The Reset Life

회귀 경찰의 리셋 라이프 36

초판 1쇄 발행 2024년 7월 19일

지은이 ǀ 한길
발행인 ǀ 최원영
편집장 ǀ 이호준
편집디자인 ǀ 최은아
영업 ǀ 김민원 조은걸

펴낸곳 ǀ ㈜ 디앤씨미디어
등록 ǀ 2002년 4월 25일 제20-260호
주소 ǀ 서울시 구로구 디지털로32길 30 코오롱디지털타워빌란트 1301-1308호
전화 ǀ 02-333-2513(대표)
팩시밀리 ǀ 02-333-2514
E-mail ǀ papy_dnc@dncmedia.co.kr
블로그 ǀ blog.naver.com/gnpdl7

ISBN 979-11-364-5469-0 04810
ISBN 979-11-364-2581-2 (SET)

※ 저자와 협의하여 인지는 붙이지 않습니다.
※ 이 책은 ㈜디앤씨미디어(파피루스)가 저작권자와의 계약에 따라 발행한 것으로 본사와 저자의 허락 없이는 어떠한 형태나 수단으로도 내용을 이용할 수 없습니다.

한길 현대 판타지 장편소설
Papyrus Modern Fantasy

회귀 경찰의

리셋 라이프

36

1장. 무법자들(2) ……………………7

2장. 사랑의 다른 이름…………………… 39

3장. 덫 ……………………………… 203

1장. 무법자들(2)

무법자들(2)

"와아아아!"
"죽여!"
"막아!"
"회장님을 피신시켜-!"
피투성이가 된 오정훈이 칼을 고쳐 잡으며 죽일 듯 노려본다.
"이 비겁한 새끼! 아무리 내가 좆같아도 경찰을 불러?!"
"뭔 개소리야! 경찰을 부른 건 너잖아, 새끼야!"
지지 않겠다는 듯 받아치는 고경철의 외침에, 경찰들의 급습으로 인해 잠시 소강상태에 접어들었던 깡패들이 혼란스러워한다.
가히 셀 수 없는 숫자의 경찰들이 쏟아져 들어왔다.

그런데 서로 경찰을 부르지 않았다고 한다?

지금 상황에서 거짓을 말할 이유가 없는 두 사람.

움찔!

그 순간 그들은 각자의 머릿속에 한 사람을 떠올렸다.

"……권회수?"

"주 이사, 이 씨발 새끼가!"

당했다.

고경철이, 오정훈이 함정을 판 것이라 생각했는데, 경찰의 작전에 당한 거였다.

서로를 죽일 노려보던 둘은 이내 눈빛을 가라앉혔다.

"일단 몸을 피하는 게 먼저인 것 같은데?"

"……그래."

자신들이 한곳으로 뭉쳐 달려든다면 저 포위를 뚫을 수 있을 터. 누가 여기서 살아 나갈지 모르지만, 일단 도망치고 봐야 했다.

서로를 향해 겨눴던 무기를 겨눈 그들이 돌아서는 순간이었다.

뻐어억!

그들이 있는 층의 입구를 막고 있던 조직원이 튕겨져 나온다.

"아, 씨발. 존나 빡세네."

피투성이가 된 얼굴을 닦으며 안으로 들어서는 종혁과 형사들.

"이야. 서로 화해했어?"

"……주, 죽여!"

"죽어!"

종혁은 반사적으로 달려드는 덩치 큰 깡패를 향해 진심으로 발을 내질렀다.

뻐어엉!

공기가 터지는 소리와 함께 발바닥을 가득 채우는 부러지는 뼈와 그 속 장기의 느낌.

무려 5미터나 날아가 바닥을 뒹구는 사내의 모습에 달려들던 깡패들이 다급히 멈춘다.

종혁은 그에 이를 드러냈다.

"항복하면 몸 성히 깜빵 가는 거고, 반항하면 병신 돼서 평생 병원에서 죽만 먹는 거다."

병원에 가기 전에 죽으면 어쩔 수 없는 거다.

"어떡할래?"

"씨발 새끼야!"

종혁은 달려드는 깡패들을 보며 한숨을 내쉬었다.

"하여튼 깡패 새끼들은!"

종혁은 가장 먼저 달려든 놈의 옆구리를 후려쳤고, 허공으로 붕 뜨는 조직원을 밀어내며 오정훈과 고경철을 향해 달려들었다.

"이리 와, 이 새끼들아."

"오, 오지 마-!"

반사적으로 휘둘러지는 오정훈의 팔.

종혁이 그 팔을 옆구리에 끼며 그대로 꺾어 버렸다.

콰드득!

"끄아아아아악!"

"시끄러워."

쩌억!

한 방에 오정훈을 침묵시킨 종혁은 파랗게 질리더니 창가로 향해 달려가는 고경철을 향해 발을 내디뎠다.

"거기서 떨어지면 죽는다, 새끼야."

콰악!

"아아악!"

* * *

한편 그 시각.

강남범동방파와 범동방파들이 타고 온 차량들이 세워진 장소.

그 차량들에 일단의 무리가 접근한다.

차량들에 가까워지자마자 그대로 차 문을 열어젖히는 그들. 안으로 고개를 들이민 채 차 안을 둘러보던 그들의 눈이 무언가를 발견하곤 호선을 그린다.

그리고 잠시 후 책 따위가 든 박스나 가방 따위를 들고 나온 그들이 서로를 보더니 핸드폰을 든다.

"알파 팀. 수거했습니다."

그들의 입에서 흘러나오는 영어.

그들은 콧노래를 부르며 조용히 사라졌다.

나타났던 것처럼 말이다.

* * *

경찰의 대규모 검거 작전! 그 숨 막히는 순간!
강남범동방파, 범동방파 외 전국구 조직 23곳 검거!
경찰, 조직폭력배 및 마약 밀매 조직 1800여 명 검거!
머리채 잡혀 끌려 나오는 강남범동방파 조직의 두목 오 모 씨!
8층에서 뛰어내리려다 잡힌 범동방파 보스 고 모 씨!
신21세기파, 선양OB파, 삼성파 등 막을 내린 구시대의 잔재들!
이번 작전에 도움을 준 M-컴퍼니 종배수 회장. 당연한 일을 했을 뿐이다.
경찰, 대규모 압수수색 단행! 그 향방은?
경찰! 뇌물 장부 확보! 장부 안의 명단은?
꼼짝 마라! 권력자들!

"와아아아아아!"
특별수사대책본부가 설치된 본청으로 복귀하는 경찰들을 향해 시민들의 박수와 환호가 쏟아진다.
대한민국을 구원해 준 영웅들을 향해 어찌 박수가 아까울까.
가슴을 활짝 편 경찰들이 본청 안으로 들어서고, 동료

경찰들은 그들의 노고에 박수를 보냈다.

종혁은 박수를 보내는 경찰들 사이에서 부러워 죽겠다는 표정을 짓고 있던 오택수에게 다가가 커다란 박스 세 개를 내려놓았다.

"여기요."

"이게 뭔데?"

"깡패 새끼들한테 뒷돈 받아먹은 새끼들 리스트요."

이번에 일망타진한 조직들의 아지트를 압수수색하여 얻은 결과물.

종혁이 내려놓은 박스들 외에도 여러 경찰들이 들고 들어오는 박스가 수백 개나 더 있었다.

"새끼…… 잘 쓰마."

"수고하십쇼."

종혁은 곧 신안으로 돌아가지만 수사는 아직 끝난 게 아니었다. 특수본의 수사는, 아니 전국 경찰들의 수사는 이제부터 시작이었다.

깡패들에게 뒷돈을 받아먹고 그들의 편의를 봐준 새끼, 때로는 깡패들을 움직여 제 이득을 새끼들까지.

그런 개새끼들을 전부 잡아서 검찰에 넘겨야 하니 말이다.

종혁은 이를 뿌득뿌득 가는 오택수를 지나쳐 걸음을 옮겼다.

후다닥!

그때 다급히 엘리베이터에서 내리는 장희락 경찰청장.

종혁과, 정용진, 김종두 등 특수본 경찰들의 몸이 멈춘다.

"전체 차렷!"

척!

"장희락 경찰청장님을 향하여……."

자신들을 믿고 이 작전을 승인해 준 장희락 경찰청장. 이번 검거의 또 다른 주역이다.

"경례!"

"충성-!"

장희락 역시 치밀어 오르는 격양을 누르며 경례를 한다.

"충성. 모두 수고했다."

새벽녘의 검거 작전이 드디어 마무리가 되었다.

* * *

지이잉! 지이잉!

발신자를 확인한 장희락이 핸드폰 배터리를 빼 버린다.

분명 휘하 경찰들이 엄청난 일을 해냈지만, 방금 전에도 자부심 가득한 표정을 지었지만 낯빛이 어두컴컴한 그.

그건 정용진과 김종두도 마찬가지다.

그럴 수밖에 없다. 경찰이 권력자들의 목을 날릴 살생부를 손에 쥐었기 때문이다.

하지만…….

"잘 확인해 본 거 맞아?"

"예. 아지트를 비롯해 그들이 관리하는 업소 전부와 차량들까지 전부 뒤졌는데도 발견하지 못했습니다."

이번에 경찰이 확보한 살생부.

그러나 그것은 불완전한 살생부였다.

이번 사건에서 가장 연루된 조직들 중 규모가 큰, 강남범동방파와 범동방파, 그리고 몇몇 전국구급 조직의 장부를 확보하지 못한 것이다.

이들 장부에 적혀 있을 이들이야말로 대한민국을 좀먹는 진짜 거물들일 터.

이들의 이름이 적혀 있을 장부를 찾지 못한다면 일이 크게 틀어질 수도 있었다.

그런데 이런 가뜩이나 골치 아픈 상황에, 검찰도 특수본을 꾸리며 얼른 사건 자료를 정리해서 넘기라고 압박해 오고 있었다.

또한 중앙지검 특수부뿐만 아니라 전국에서 내로라하는 검사들이 죄다 모여 특수본이 꾸려지자, 이에 제 발을 저리는 권력가들도 전방위적으로 경찰을 압박했다.

장희락 경찰청장은 여의도로, 다른 사람들 또한 모두 1계급 특진을 할 수 있는 사건이 도리어 그들의 목을 옥죄기 시작한 것이다.

"빌어먹을!"

쿵!

장희락이 소파 팔걸이를 내려치자 정용진과 김종두의 낯빛이 더 어두워진다.

이번 압수수색으로 밝혀내지 못한 진짜 거물들.

그들은 혹여나 자신들의 이름이 드러날 것을 두려워하여, 자신들과 거래를 하고 있던 조직들을 위해 힘을 써 줄 것이 분명했다.

뒤에서 재판에 개입하는 것은 물론이고, 국민들의 관심이 멀어졌을 때 특사라는 형태로 놈들을 풀어 줄 가능성도 있었다.

"출소 이후 다시 조직을 재건하는 데 도움을 주기도 하겠죠."

장부를 숨긴 조직들의 목적은 바로 이것이었다.

치명적인 비수는 숨겨 놓아야 더 위력을 발휘하는 법.

자신들을 살리지 않으면 같이 죽겠다는 의도를 말없이 드러내는 것이다.

"개새끼들!"

쾅!

사람들이 몸을 부들부들 떨자 종혁이 입술을 비튼다.

"그래도 오히려 이게 낫죠."

움찔!

"다들 그렇게 생각하지 않으십니까?"

종혁의 의미심장한 물음에 셋의 입가도 비틀어진다.

지금 확보한 장부들만 하더라도 깊이를 가늠할 수 없을 만큼 수없이 많은 이들이 얽혀 있었다.

이런 상황에서 이들보다 더한 거물들까지 드러난다?

누가, 어디까지 얽혀 있을지 알 수 없기에, 누구를 적대하게 될지 알 수 없기에 걱정이 앞설 수밖에 없는 일이었다.

언젠가는 대한민국을 좀먹는 벌레들을 싹 쓸어버려야겠지만, 준비도 없이 전쟁을 할 수는 없었다.

그러니 차라리 지금으로서는 여기까지가 딱 적당했다.

"커흠. 이렇게 된 이상 어쩔 수 없군. 우리 경찰은 이쯤에서 마무리하고, 나머지는 검찰로 넘기지."

"음. 한 일주일 정도는 시간을 더 끄는 게 좋지 않겠습니까, 청장님?"

"아니야. 검찰에서 조직한 특수본도 할 일은 있어야 체면을 차리지."

이쪽이 너무 완벽한 모습을 보이면 검찰도 경찰을 견제할 수밖에 없었다.

이전의 여러 일들로 인해 경찰을 벼르고 있을 검찰. 이것까지 더해지면 꽤 골치 아픈 상황이 벌어질 거다.

종혁과 김종두, 정용진도 고개를 끄덕인다.

"하긴, 저희가 많이 챙기긴 했죠?"

경찰은 이미 충분한 실리를 챙겼다.

1800명이 넘는 깡패들을 일시에 검거하며 국민들에게 경찰들의 우수함을 각인시켰다.

이것만으로도 충분하다 못해 넘치는 소득이었다.

"그렇지. 그리고 이렇게 압박이 들어올 때 넘겨야 우리들도 할 말이 있지 않겠나."

너희 검찰이 최대한 빠르게 넘기라 해서 제대로 조사하지 못한 채 넘긴 거다. 그러니 장부를 찾지 못한 건 우리들의 잘못이 아니다. 이런 변명을 할 수 있는 것이다.

그런 장희락의 말에 종혁과 정용진, 김종두의 서로를 보며 찻잔을 든다.

그 순간이었다.

지이잉! 지이잉!

장희락의 못마땅한 시선이 종혁에게로 향한다.

"이 중요한 순간에…… 쯧."

발신자를 확인한 종혁은 고개를 숙이며 몸을 일으켰다.

"할 말이 다 끝나신 것 같으니 전 이만 일어나 보도록 하겠습니다."

"……바쁘나?"

"아직 잡아야 할 놈들이 있어서 말입니다."

"음? 아직도?"

"충성."

종혁은 돌아서며 전화를 받았다.

"예, 접니다."

종혁의 눈이 차갑게 가라앉았다.

* * *

웅성웅성.

사람들로 가득한 인천공항.

가방을 둘러멘 이 선장과 그 선원들이 걸음을 재촉한다.

-새벽녘 서울 외각에서 벌어진 대규모 검거 작전으로 인해……

"크으으! 저게 몇 명이야?"

"그렇지! 잘했다! 이야! 잘한다, 경찰!"

"에이, 썩을 새끼들! 저런 놈들은 아예 사형을 시켜야 한다니까!"

"이야. 요새 경찰들 일 잘하네."

"그러게요. 예전엔 누가 거리에서 잔다고 신고하면 10분 넘게 걸렸는데, 이제는 3분 안에 도착하잖아요."

기자들이 바로 곁에서 생생하게 담아낸 경찰의 검거 작전 현장을 보며 바삐 움직이던 걸음을 멈춰 세운 사람들이 혀를 내두르며 경찰들을 칭송한다.

그러나 그들 사이에 있던 이 선장과 그 선원들은 움직임을 멈추지 않고 걸음을 재촉했다.

자신들과 거래를 트고 있던 강남범동방파가 일망타진됐다. 그들을 통해서 자신들까지 타고 들어오는 건 시간문제였다.

한시라도 빨리 몸을 피해야 했다.

"여권들 다 잘 챙겼지?"

"예, 챙겼습니다."

"선장님, 저흰 어디로 갑니까?"

"일단 북경으로 넘어가서……."

흠칫!

갑자기 뒷목을 찌르는 싸한 기분.

말을 하던 이 선장이 입을 다물며 주변을 둘러보다 이를 악문다.

"빌어먹을! 튀어!"

사방에서 포위하듯 다가오는 사복 차림의 사람들. 형사들이다.

이 선장이 다급히 몸을 돌려 인천공항 입구로 달리는 순간이었다.

부웅!

'어?'

갑자기 그의 두 눈을 가득 채우는 커다란 팔뚝.

쩌어억!

'커헉!?'

팔뚝에 턱을 얻어맞은 이 선장은 그대로 몸이 뒤집히며 땅에 처박혔고, 종혁은 그의 가슴을 꾹 누르며 씩 웃었다.

"이 선장님, 어디 가? 낚시?"

"빨리 걸어, 이 새끼들아."
"악! 머리 때리지 마라!"
"이 새끼가?"
빡빡빡!

"때렸다, 때렸다. 어쩔래?"
"아아악!"
일망타진되어 끌려가는 이선장과 그 패거리들.
종혁은 놀란 눈으로 이쪽을 향해 달려오는 인천공항 직원들을 향해 손을 흔들어 주곤 핸드폰을 들었다.
지이잉! 지이잉!
맹렬하게 울리는 그의 핸드폰.
"예, 헨리."
-저희가 이번에 생각지도 못한 물건을 주웠는데, 주인에게 돌려줘야 도리일 것 같아서 말입니다. 혹시 저희 대신 주인을 찾아 줄 수 있겠습니까?
"역시 헨리였습니까."
종혁이 눈빛을 가라앉히며 인천공항을 빠져나갔다.

* * *

"이런 사건은 얼른 검찰에 넘겨 재판을 받게 하는 게 낫지 않겠습니까."
"그렇습니다. 재판이 길어질수록 국민들의 불만이 커지지 않겠습니까."
정의 구현.
국민들은 그것을 바라고 있었다.
여당의 당사, 홍정필의 사무실. 홍정필이 침을 튀기며 말하는 국회의원들을 보며 빙그레 웃는다.

"거 무쟈게들 받아 드셨나 봅니다."

"워, 원내대표님!"

"커흠! 그게 무슨 참담한 말입니까! 취소하십시오! 이 모두 민생 치안을 위해 드리는 말입니다!"

홍정필을 성토한 그들이 어떻게 좀 해 달라는 듯 당대표를 힐끔거린다.

차를 홀짝이던 여당 당대표가 찻잔을 내려놓는다.

"민생 치안을 위한 의원들의 마음을 곡해하지 말아 주십시오, 원내대표님."

"뭐, 그렇다고 칩시다."

"원내대표님."

"나도 사태의 심각성을 아니까 그만하시란 말입니다."

그 말과 동시에 차갑게 가라앉은 홍정필의 눈이 이 자리에 모인 국회의원들을 훑는다.

"어흠."

"커흠."

'쯧.'

상황이 고약하게 됐다.

이 자리에 모인 국회의원의 숫자만 무려 9명이다.

초선이나 2선 등 신진 국회의원들은 격이 맞지 않아 참석을 하지 않았는데도 무려 9명.

야당들까지 합하면 대체 몇 명의 국회의원이 이번에 검거된 깡패들과 연관이 됐을지 가늠을 할 수가 없다.

대한민국 국민들은 다시 한번 자신들 정치인들에게 실

망을 할 것이고, 이 일을 잘못 대처했다가는 자칫 국민들이 국회 해체, 타도 국회라는 말을 외치며 시위를 벌일 수도 있는 심각한 상황이다.

그렇게 되면 이 중 그 누가 책임을 피할 수 있을까.

홍정필 원내대표 본인 역시 원내대표직을 내려놓아야 할 것이다.

그건 옆에서 고고한 척 구는 당대표도 마찬가지다.

"그러게 왜 탈 날 걸 알면서도 처먹어 가지고 이 사단을……."

"크흠흠! 무슨 말도 안 되는 말을 하십니까."

"그렇습니다. 먹긴 뭘 먹습니까."

"그래요. 경찰에게서 사건을 뺏어서 검찰로 넘기도록 손을 쓴다고 칩시다. 그러면 검찰은 막을 수 있습니까."

옛 중수부장이자 현 서울중앙지검장의 수족인 강철선 검사가 이번 특수본의 본부장직을 맡았다.

윗선의 압력에도 결코 굽히지 않는 대쪽 같은 검사.

선배 검사로서 그런 후배가 검찰을 지켜 주고 있다는 것이 참 대견하고 고맙지만, 지금으로선 골치가 아플 수밖에 없다.

"누가 뭘 막는다고 하십니까. 저흰 어디까지나……."

"아아, 됐고요. 방도를 한번 찾아볼 테니 의원님들도 자리로 돌아가 계세요."

"……원내대표님과 친분이 있는 경찰이 경찰 상부와 참 친하다는 말을 들었습니다."

순간 홍정필이 속으로 이를 악문다.

'이것들이 감히!'

"제가 방법을 찾아볼 테니 지금은 돌아가 계시란 말입니다. 제가 그렇게 미덥지 못합니까?"

찔끔!

홍정필의 음성이 서늘해지자 국회의원들의 목이 자라목처럼 움츠러든다.

"그, 그럼 원내대표님만 믿겠습니다."

그렇게 3선 의원들이 몸을 일으켜 나가자 홍정필의 눈빛이 삭막해진다.

그는 아직 자리를 뜨지 않고 남아 있는 당대표와 4선 이상의 다선 의원들을 차례로 훑었다.

"아무래도 살과 뼈를 가르는 결단을 내려야 할지도 모르겠습니다."

"……상황이 상황이니만큼 어쩔 수 없겠지요."

그들도 누군가는 책임을 지고 금배지를 반납하는 상황까지 염두에는 두고 있었다.

여차하면 당의 중진, 방금 자리를 떠난 3선 의원들 중 한 명의 금배지라 할지라도 말이다.

그런 그들의 말에 홍정필이 가소롭다는 듯 웃는다.

"참 낙관적으로 생각하고 계십니다."

"……그 최종혁이란 친구가 그렇게 골치 아픈 겁니까?"

당 원로들의 눈빛이 차가워지자 홍정필이 한숨을 내쉰다.

"그 친구가 어떤 일을 해냈는지 벌써 잊으신 겁니까?"

온전히 그 덕분이라고 말할 수는 없겠지만, 박명후가 대통령이 될 수 있었던 것에 종혁의 역할이 크다는 건 아는 사람은 모두 인정하는 사실이었다.

만약 당시에 종혁이 박명후가 아니라 현몽준을 밀어줬다면, 대통령은 현몽준이 됐을지도 모른다.

지금도 그렇다.

홍정필 자신이 야당의 유력한 대선 후보인 현몽준과 백중세를 이룰 수 있는 건, 종혁이 현몽준뿐만 아니라 자신에게도 손을 내밀어 준 덕분이었다.

"본인의 자리에서 본인이 맡은 바 일을 열심히, 그리고 잘하는 친구입니다. 괜히 거위의 배를 가를 생각 하지 마시란 말입니다."

그 말에 원로들의 눈이 가늘게 떠진다.

'우리가 모르는 게 더 있나 보군.'

'어찌 일개 경찰이…… 허어.'

"……믿을 만한 겁니까?"

"그 친구는 정도를 지키는 칼입니다. 이 정도면 대답이 됐습니까?"

누구든 벨 수 있지만, 결코 함부로 휘두르지 않는 칼.

적대한다면 그 무엇보다 무섭지만, 같은 편이라면 참 든든한 존재.

"호오. 홍 대표가 그렇게 말한다면야……."

마냥 강직한 부류가 아니라는 말.

그들의 눈이 그제야 만족의 호선을 그린다.

"알겠습니다. 그럼 홍 대표를 믿어 보도록 하겠습니다."

몸을 일으킨 원로들과 당대표가 나가자 홍정필이 한숨을 내쉰다.

"경찰은 아직 진짜배기 장부를 못 찾았다 하지만……."

그래서 의원들이 자신의 사무실까지 찾아와 이렇게 압박을 한 것이다. 홍정필도 경찰을 압박하길 바라며 말이다.

"정말 못 찾은 건지, 아니면 찾아 놓고도 모른 척하는 건지……."

종혁의 성격이라면 후자에 가까울 테지만, 그랬다면 분명 연락을 먼저 해 왔을 것이다.

그런데 아직까지 감감무소식.

정말 못 찾았다면 다행이긴 하지만, 그래도 넘어야 할 산이 또 있다. 검찰의 대나무, 강철선 검사.

"골치 아프구만."

일단 종혁에게 연락을 해 봐야 할 것 같다.

그가 그렇게 핸드폰을 드는 순간이었다.

똑똑똑!

"들어와요."

"의, 의원님."

"……무슨 일이야?"

사무실 안으로 들어온 보좌관의 낯빛이 파랗다.

"이, 이것 좀 보셔야 할 것 같습니다."

"음?"

보좌관이 내민 작은 박스, 그 위의 메모를 본 홍정필의 표정이 딱딱하게 굳는다.

-친구들이 준 선물입니다.

"선물……?"

누가 장난이라도 치는 것일까.

이내 박스의 내용물을 확인한 홍정필은 두 눈을 부릅떴다.

"……자네 말고 이 내용물을 본 사람이 또 있나?"

"퀵으로 전달된 걸 제가 직접 받았습니다."

보좌관만 알고 있단 소리였다.

"이 자료를 다 살필 때까지 함구해."

"예. 지금부터 사무실 출입을 통제하도록 하겠습니다."

홍정필은 보좌관이 나가자 다급히 박스 속 내용물을 살피기 시작했다.

그렇게 딱딱하게 굳은 얼굴로 얼마나 살폈을까.

"허어."

크다.

이 내용물들이 진짜라면 정말 국민들이 국회 해체를 외치며 거리로 나올 정도로 끔찍한 사안이다.

현재 경찰이 확보한 증거들까지 합하면 박명후 대통령도 감당할 수 없는, 내년부터 시작될 대선을 생각하면 가히 재앙이라고 할 수 있는 핵폭탄.

그런데 반쪽짜리 핵폭탄이다.

거기다 누가 봐도 복사본.

홍정필의 떨리는 눈이 다시 박스의 맨 위에 있었던 쪽지를 쳐다본다.

"그랬군."

이제 알겠다. 이걸 누가 준 것인지.

참 많은 의미가 섞인 허탈한 한숨을 내뱉은 홍정필이 꺼 뒀던 핸드폰을 켠다.

-예, 최종혁입니다.

"납니다."

-……이 나라를 위해 써 주시길 부탁드리겠습니다.

역시나 종혁이었다.

"감사합니다, 최 서장. 내 이 은혜는 꼭 갚도록 하겠습니다."

-청와대에서 뵐 수 있으면 좋겠습니다.

꼭 대통령이 되라는 말.

통화를 종료한 홍정필이 다시금 허탈히 웃는다.

"정말 빚을 많이 지는군."

대체 이 빚을 어떻게 갚아야 할까.

고개를 저은 그는 핸드폰을 들었다.

"납니다, 현 대표."

-……장소는 그 한정식집으로 잡을까요?

"시국이 어수선하고, 기자들 시선도 있으니 그냥 청와

대에서 봅시다."

박명후 대통령도 알아야 할 사안이다.

아니, 정확히는 박명후 대통령의 재가까지 필요할 상황이다. 국회의사당을 물갈이해야 되니 말이다.

그렇지 않으면 미국과 러시아 친구들이 이 나라 곳곳에 목줄을 채울 판. 여기에 종혁이 다치지 않을 방법도 생각해야 한다.

통화를 종료한 홍정필은 몸을 일으키며 피식 웃는다.

"대통령은 좀 나중에 되려고 했는데……."

그런데 종혁이 욕심을 내라고 한다.

"거, 사람 참."

다시 고개를 저은 홍정필은 박스를 옆구리에 끼고 사무실을 나섰다.

* * *

한편 홍정필, 현몽준과의 통화를 종료한 종혁이 씁쓸히 웃는다.

"거지 같지만 이게 최선이지."

경찰이라는 조직이 가진 권한으로는 이 문제를 해결하기엔 한계가 있었다.

그렇다면 그럴 만한 힘을 지닌 사람에게 해결을 맡기면 되는 것이었다.

"두 분이라면 믿을 만하니까."

혹여 장부 속 인물 중 누군가 처벌을 받지 않는다고 해도 뜻이 있는 것일 터.

종혁은 둘을 믿기로 하며 핸드폰을 들었다.

그 순간 그의 눈빛이 차갑게 가라앉았다.

"어, 그래. 태홍아, 이제 시작해라."

무주공산이 된 서울과 전국 대도시들의 접수를.

"다시 한번 말하는데, 일반인들을 건드리거나 마약 취급하면 정말 뒈진다. 알았냐?"

-예, 옛!

종혁은 만족스럽게 웃으며 걸음을 옮겼다.

돌아가기 전에 한 가지 더 마무리해야 될 일이 있었다.

* * *

짝짝짝짝짝!

"축하드립니다!"

"수고하셨습니다!"

서울경찰청 강력범죄수사대로 잠시 복귀하는 팀장과 팀원들을 향해 박수가 쏟아진다.

"축하해. 이거, 이러다가 본청 가는 거 아니야?"

"진급하겠어?"

"아하하. 아닙니다. 진급은요."

"이번에 특수본에 참가한 경찰들 모두 1계급 특진이라는 말도 나오던데?"

"뭐든 감사할 뿐이죠."

어색하게 웃으며 자리에 앉은 그들.

확실히 엄청난 특진 포인트와 인사고과, 막대한 상여금이 예약되어 있다.

하지만…….

'이런 개!'

의자에 엉덩이를 붙이고 컴퓨터를 켜자마자 몸을 일으킨 팀장이 강력범죄수사대 사무실을 빠져나가 옥상으로 향한다.

쾅!

"씨바알—!"

문을 걷어찬 팀장이 가슴속에 끓는 울화를 쏟아 낸다.

"내가 맡았다고! 내가!"

이정백을 잡은 건 종혁이었지만, 이정백을 포함해 강남범동방파의 사건을 맡은 건 자신이었다.

조금만 빨랐어도. 이정백이 조금만 빨리 말하기만 했어도 이 모든 영광을 자신이 독차지할 수 있었다는 것이다.

"1계급 특진?! 씨발! 2계급, 3계급 특진도 했지!"

근무 중 사망을 하지 않는 이상, 그것도 언론에 대서특필이 될 정도가 아닌 이상 결코 받을 수 없는 2계급 특진.

고작 며칠 사이에 검거된 깡패들의 숫자가 무려 1800여 명.

이번 일은 그 정도의 사안이었다.

"독식만 했으면-!"

그 모든 것이 자신의 것이었다.

또한 고작 31살임에도 총경인 애새끼, 종혁의 콧대를, 그 잘난 척하던 콧대를 뭉개 줄 수 있었을 것이다.

그런데 그게 겨우 인사고과와 상여금으로 끝난 것이다.

자문으로서 활약했던 종혁과 달리, 특수본에서 아무런 활약도 하지 못한 그.

유대춘의 별장에서 종혁과 드잡이질을 한 이후에는 그저 일개 부품으로 전락했다. 있어도 그만, 없어도 그만인 그런 부품으로.

종혁을 떠올린 팀장은 발을 쿵쿵거리며 분노와 짜증을 쏟아 냈고, 닫힌 옥상문을 잡던 이성동이 슬그머니 몸을 돌린다.

'어이쿠.'

놀란 그의 얼굴에서 비죽이는 웃음.

'특수본에서 왕따당했나 보네.'

말하는 꼴을 보니 아무래도 그런 것 같다.

"그러게 사람이 심보를 곱게 써야지."

물론 그가 심보를 곱게 썼다고 해도 종혁이 아니었다면 어차피 이루어 낼 수 없었을 성과였지만.

평소 얄밉기만 하던 팀장이었기에 이성동은 실실 웃음이 새어 나왔다.

"오늘은 팀원들이랑 술이나 마실까?"

평일이긴 하지만, 왠지 취하지 않을 것 같은 기분.
배시시 웃으며 사무실로 돌아간 순간이었다.
"바, 반장님!"
"뭐야. 어디 가게? 마침 잘됐다. 출장 나갔다가 사무실로 복귀하지 말고……."
"무슨 소리 하세요! 반장님도 얼른 옷 입으세요!"
"……왜 그러는데?"
"지금 삼전의료원에서 연락이 왔는데……!"
이성동 반장은 이어진 말에 다급히 점퍼를 챙겨 들며 사무실을 빠져나갔다.

* * *

"이게 사람이야, 걸레야?"
마치 미라를 연상케 하듯 온몸이 붕대로 칭칭 감긴 한 사내.
이성동이 낯빛을 굳히며 응급실 담당 의사를 본다.
"이게 저 사람의 옷 속에 들어 있었다는 겁니까?"
이성동이 가죽 커버가 씌워진 책을 들어 올린다.
표지에 '서울경찰청 강력계 이성동 반장님께 신고해 주세요'라는 쪽지가 붙은 책.
응급실 담당의가 고개를 연신 끄덕인다.
길거리에 쓰러져 있던 걸 신고를 받아 병원으로 옮긴 사내.

그는 전신에 자상과 화상, 골절상 등 누가 봐도 지독한 악의에 의해 넝마 꼴이 된 상태였다.

목숨이 위급할 정도의 중환자였기에 우선 치료부터 한 뒤에 보호자를 찾았지만, 도무지 신원을 확인할 수 없었다.

대신 책 한 권을 발견했는데…….

"그런데 내용이 너무 심상치 않아서……."

두려움에 떠는 의사의 모습에 이성동이 책을 펼친다. 그리고 의사의 말을 곧 이해했다.

"이런 미친!"

"왜 그러세요, 반장님!"

"뭔데요?"

"알겠습니다. 감사합니다. 정말 큰일을 하셨습니다."

"아닙니다. 당연히 해야 할 일을 했을 뿐입니다. 그런데 접수는 누가……."

"막내야, 선생님 따라갔다 와."

"예, 알겠습니다. 가시죠, 선생님."

한순간이라도 저 환자와 같은 공간 안에 있고 싶지 않은 의사는 재빨리 병실을 빠져나갔고, 이성동은 궁금해하는 팀원들에게 책을 내밀었다.

그리고…….

"이런 개……!"

"반장님, 이 새끼 설마?"

"그래. 아무래도 청부업자 같다."

살인청부업자.

책 속엔 그가 알고 있는 미제 사건들도 있었다.

살해를 당한 게 분명한데 범인을 찾을 길 없던 미제 사건이나 누가 봐도 사고사였지만 담당 형사의 의심에 의해 미제로 남은 사건들.

그 외 그가 모르는 사건들.

책 속의 내용이 진실이라면 이놈에게 당한 피해자의 숫자만 무려 47명이나 된다.

"너 이거 가져가서 사실 확인하고, 너흰 병실 지켜. 이 새끼 수갑 채우고 절대 도망가지 못하게 지키란 말이야. 알았어?!"

"예!"

이성동은 빠르게 움직이는 팀원들을 보며 이를 악물었다.

'처형.'

이건 처형이다.

'누굴까.'

경찰도 존재 자체를 몰랐던 살인청부업자를 잡아다가 저렇게 걸레짝으로 만들다 못해 자신에게 던져 준 사람이.

낯빛을 굳힌 이성동 반장이 병원을 빠져나갔다.

한편 삼전의료원의 주차장.

찰칵! 치이익!

"열심히 뺑이 치십쇼, 반장님."

고정숙의 의뢰 부분만 제거한 책 속에 기록된 사건들의 진범만 밝혀내도 특진은 따 놓은 당상.

이건 자신이 옛 인연인 이성동 반장에게 주는 선물이었다.

"그럼 할 일도 다 끝났으니까 돌아가 보실까?"

이 춥고 칼바람 부는 서울보다 훨씬 따뜻한 남쪽, 신안으로 돌아갈 시간이었다.

부르릉!

주차장을 빠져나가는 종혁의 입가에 미소가 맺혀 있었다.

2장. 사랑의 다른 이름

사랑의 다른 이름

늦은 밤, 서울의 한 지하도.

그 자리에 가만히 선 종혁이 시계를 보며 눈빛을 가라앉힌다.

"11시 2분……."

시간이 지났다. 2011년 여대생 피살 사건의 피해자인 여대생이 죽은 시각이.

집으로 가기 위해 걸음을 재촉하다 이 자리, 이곳에서 뒤통수가 함몰되어 죽은 여대생.

"지하도에 설치되어 있던 CCTV는 모두 고장."

흉기를 비롯해 용의자를 특정할 만한 어떠한 단서도 발견하지 못해 결국 미제로 남게 되었던 사건이다.

찰칵! 화르르르!

종혁은 타들어 가는 여대생의 사진을 서늘한 눈으로 노

려보다 몸을 돌렸다.

* * *

─아덴만 여명 작전의 성공으로 인해 소말리아 해적에게 피랍됐던…….

TV를 끈 종혁이 기지개를 켠다.

이 시기 국민들을 떠들썩하게 만든 소말리아 해적 피랍 사건. 이번에도 무사히 구해 낸 것에 다행이라며 가슴을 쓸어내린다.

"이종국 센터장님이 가셨으니 이번에도 무사히 치료해 낼 테고……."

'이걸로 깡패들에 대한 국민들의 시선도 거둬졌네.'

앞으로 며칠은 이 사건으로 떠들썩할 터. 이태흥들이 움직이기 딱 좋은 타이밍이 됐다.

옅게 웃은 종혁이 외투를 들며 집을 나선다.

"하아."

'따뜻하네.'

입 밖으로 새하얀 입김이 뿜어져 나오지만, 춥다 못해 살을 베는 듯했던 서울과 달리 포근하다.

꼬르륵!

종혁의 발걸음이 경찰서 앞 편의점으로 향한다.

"아이고! 오셨어라, 서장님!"

이른 아침부터 환한 미소로 맞이해 주는 신복동 사장님.

"좋은 아침입니다."

종혁의 입가에도 미소가 어린다.

아직 이겨 낸 게 아니다. 자식에게 배신당해 아내를 잃고, 본인의 목숨마저 위험했던 충격이 그렇게 쉽게 가실까.

그럼에도 웃으려 노력하는 그의 모습이 참 고마울 뿐이다.

종혁은 신선 코너로 다가가 햄버거와 삼각김밥 등을 집어 든다.

"아따, 또 밥을 안 자셨소?"

"흐흐. 계산해 주세요."

"계산은 무신. 그냥 들고 가쇼. 앞으로 우리 서장님은……."

틱!

종혁이 십만 원 수표를 내려놓자 신복동이 그대로 굳는다.

"에헤이. 걍 들고……."

틱!

이번엔 백만 원짜리 수표.

싱글벙글 웃는 종혁의 얼굴을 본 신복동이 이내 한숨을 쉬며 계산을 한다.

삑! 삑!

"일은 계속하실 생각이세요?"

"……해야지라. 이 나이에 집에서 뒹굴믄 사람들이 욕한당께요. 괜히 처지기나 하고."

그리고 고향을 떠나 봤자 괜히 헛생각만 들 뿐이다.

물론 고향을 떠날 생각을 해 보지 않은 건 아니다. 자식에게 죽을 뻔했는데, 주변 시선이 온전할까.

하지만 어딜 가도 이 아픔을 털어 버릴 수 없는 걸 알기에 그냥 남기로 했다.

"우리 사장님 일 중독이시네."

"푸흐. 여태껏 요로코롬 살아왔는디 우짜겠어라. 팔자려니 하고 살아야제."

"앞으로도 잘 부탁드리겠습니다."

"……나도 잘 부탁드리겠습니다, 서장님. 얼릉 아무 아가씨 낚아채서 결혼하시고."

"큭!"

"낄낄낄!"

고개를 저은 종혁은 봉지를 집어 들며 편의점을 나선다.

'그래요. 사시는 겁니다.'

가슴을 짓누르던 짐을 한 덩이 내려놓은 종혁이 한결 후련한 표정을 지으며 경찰서 안으로 들어서던 순간이었다.

흠칫!

종혁이 걸음을 멈춰 세운다.

"전체 차렷! 서울에서 신안서를 알리고 복귀하신 서장님을 향하여 경례!"

"충! 성!"

종혁은 경찰서 로비에 서서 경례를 하는 경찰들에 자신도 모르게 주위를 둘러봤다.

'몰래카메라인가?'

＊　＊　＊

"하하핫! 놀라셨습니까?"

얼굴에 웃음이 한가득 담겨 있는 각 계의 계장들.

그럴 수밖에 없다.

전국의 깡패 1800여 명을 검거하는 대작전에 자신들의 서장이 자문으로 참여했다. 깡시골의 경찰서인 신안경찰서의 격이 한 단계 상승한 것이다.

종혁이 특수본의 본청 간부들과 나란히 서서 기자들에게 브리핑을 하는 모습을 보던 그 감동이란……

여기에 광주광역시와 목포 깡패 검거에도 신안경찰서가 한 손 보탤 수 있게 됐다.

본래라면 그저 손가락만 빨고 있어야 할 신안경찰서.

모두 종혁 덕분이었다.

그것도 모자라 종혁은 그들에게 각 계에서 몇 명씩 차출해 검거 작전에 투입시키게 함으로써 신안경찰서 모든 계가 막대한 인사고과와 상여금의 은총을 입게 했다.

그래서 이런 이벤트를 진행한 것이다.

"이야, 이거 경무관으로 진급하시는 거 아닙니까?"

10만 경찰 조직에서 100명도 채 되지 않는 계급인 경무관. 여기서부터는 간부 중에서도 고위 간부라 불릴 수 있는 위치였다.

종혁이 경무관이 된다면, 또 한 번 역대 최연소를 갱신하는 것이었다.

"경무관은 무슨. 경무관이 그렇게 쉽나요."

2009년부터 2년간, 짧은 기간이었으나 그사이에 종혁이 해결한 사건들은 하나같이 엄청난 규모를 자랑했다.

그 실적들만 놓고 보자면 종혁은 충분히 경무관 특진이 가능하다고 남았다.

그러나 고작 31살에 경무관이 된다?

시민을 지키는 경찰이라는 직업에 능력보다 우선시해야 할 건 없다지만, 아무리 그래도 한 사람 때문에 조직의 체계까지 무너질 수 있다면 이야기는 달랐다.

종혁은 체계의 중요성을 잘 알고 있기에 그에 별다른 불만이 없었고, 오히려 특진을 제안받았다 하더라도 거절할 생각이었다.

'무엇보다……'

지금 이상으로 승진을 하면, 경무관이 된다면 정말 현장에서 뛰기 어려워질 수도 있었으니까.

"대신 우리 신안서를 위한 특진 점수와 상여금은 넘치도록 가져왔으니, 이번 작전에 참가한 분들께 골고루 나눠 주세요."

"허어……"

"앞으로 영원히 딸랑거리면 되겠습니까? 일단 집부터

청소해 드릴깝쇼?"

"하하핫!"

사무실의 분위기가 방금 전과는 비교도 할 수 없을 만큼 온화해졌다. 역시 뭐니뭐니 해도 머니가 최고였다.

"아, 그보다 목포와 광주 상황은 좀 어떻습니까? 서울 쪽 사건들이 너무 많아서 챙겨 보질 못했는데 말입니다."

아덴만 여명 작전의 여파가 가시면 검찰이 움직일 거다. 대한민국 전체가 뒤집힌다고 봐야 했다.

분위기가 살벌해지기 전에 어느 정도 파악은 해 놔야 했다.

"음. 일단 광주 쪽 파출소장들과 계장급들, 경찰서장 두 분의 목이 날아갔습니다."

종혁의 눈이 동그래진다.

"설마?"

"예. 신21세기파와 선양OB파한테 돈을 받아먹은 것 같습니다."

"서장 두 분 다 완전히 옷을 벗으신 겁니까?"

"시골 경찰서로 인사이동을 하는 걸로 마무리됐습니다."

종혁은 고개를 끄덕였다.

"목포는요?"

"목포서장님이 이번에 쩌그 태백경찰서로 가신 것 같아라."

"그렇습니까……."

이건 알고 있다.

"그럼 깡패들 쪽은 어떻습니까?"

그 물음에 계장들의 표정이 오묘해진다.

"이 전라도에 태흥파만 남게 됐습니다."

소규모의 조직들은 꽤 많이 남아 있었지만, 규모가 제법 있는 조직들 중에선 태흥파만이 유일하게 살아남았다.

"이태흥, 이 썩을 놈이 제법 영리하게 대처했지라."

경찰 조사가 들어가자마자 조직원 10명을 자수를 시킨 이태흥.

빌미가 잡힐 수 있는, 자신들이 엮일 만한 약간의 가능성이라도 있는 일에는 먼저 선수를 쳐서 자수를 시킨 것이다.

그렇게 본격적으로 조사를 시작해 보기도 전에 죄다 자수를 해 버리니, 더 털기도 애매한 상황이 되어 버렸다.

덕분에 태흥파만이 유일하게 약간의 손실만으로 태풍을 피할 수 있었다.

"그런 다음 곧바로 목포와 광주를 접수했지라."

"그뿐만 아니라 전주와 군산 등 전라북도도 접수했습니다."

태흥파는 조직원 10명을 희생한 대가로, 영역을 크게 확장했을 뿐만 아니라 300명이 넘는 조직원을 추가로 영입할 수 있었다.

표면적으로는 태흥건설 및 산하 계열사의 직원으로 채

용된 것이었지만, 그걸 곧이곧대로 받아들일 경찰은 없었다.

이로써 태흥파는 명실상부 전라도 최대 조직이 되어 버렸다.

"그래도 그나마 다행이라믄…… 아니, 이걸 다행이라고 해야 할지 모르겠는디, 요 새끼가 전라도에서 활동하던 마약 밀매 조직들을 조지고 다닌다는 거지라."

"그러니까. 나도 그 새끼가 왜 그러는 건지 궁금했어. 태흥이 새끼 옛날에 마약에 크게 데인 적이라도 있는 거야?"

"없어. 그래서 의문인 거지."

"뭐, 아무튼 별다른 말썽을 일으키진 않고 있어서 전남청에서도 그냥 예의주시만 하고 있다고 합니다."

"이 새끼 죽을 날짜라도 받아 놓은 거 아녀?"

"하하. 그냥 마음을 고쳐먹은 것일 수도 있지 않겠습니까?"

종혁은 뭔 개소리를 하냐는 듯 쳐다보는 계장들의 시선을 피하며 다시 고개를 끄덕였다.

'잘하고 있군.'

약속한 걸 잘 지키고 있는 듯하다.

종혁은 표정을 굳혔다.

"곧 검찰이 포문을 열면, 전라도를 비롯해 전국이 뒤집어질 겁니다."

깡패들의 뒤를 봐주던 정재계 인사들이 줄줄이 검찰로

소환될 테고, 그들이 엮여 일으킨 불법적인 일들이 드러난다면 한동안 바빠질 터였다.

"뭐, 신안은 별일 없겠지만요."

시골 중의 시골인 신안은 먹을 게 없는 만큼 더러운 이권이 개입될 일이 적을 수밖에 없으니 말이다.

"그러니 인력 파견이나 협조 요청이 들어오면 거부하지 말고 들어주도록 하세요. 웬만한 상황이 아니라면요."

그래야 자신도 훗날 명분이 생길 테니 말이다.

"으음. 뭐, 서로 식구가 부족한 거 다 아니까 어쩔 수 없죠. 알겠습니다."

짝!

순순히 수긍해 주는 계장들의 모습에 고맙다 웃은 종혁이 박수를 친다.

"자, 그럼 제 복귀 기념으로 아침 회의는 이쯤에서 마무리 짓도록 하죠."

아침밥도 먹고, 그동안 밀린 일감들도 검토해야 한다. 1분 1초가 절실했다.

"예! 수고하셨습니다!"

"다시 한번 저희를 신경 써 주셔서 감사합니다!"

"그래서 그런데 오늘 저녁에 한잔 어떠십니까? 겨울엔 방어가! 크으!"

이번에 특진 포인트들을 받을 직원들을 싹 다 불러다 회식을 하는 거다. 그러면서 종혁도 폼을 좀 잡고 말이다.

"하하. 말씀은 고마운데, 오늘은 안 될 것 같네요."
"무슨 일 있으십니까?"
"예."
 이번에 새로이 부임한 목포경찰서에 부임한 서장 및 주변 군 서장들과의 식사 약속이 잡혀 있다. 뺄 수 없는 자리였다.
"대신 내일은 괜찮으니 내일 회식을 하도록 하죠. 신안서 전체 회식을!"
"오오!"
"예, 알겠습니다! 그럼 그렇게 알고 준비하겠습니다!"
"충성!"
 종혁은 경례를 하는 그들에게 마주 경례하며 미소를 지었다.
 드디어 신안에 돌아온 듯한 기분이었다.

* * *

 퇴근 후 종혁이 향한 곳은 목포의 평화광장이었다.
 웅성웅성!
 눈이 소복소복 내리고 있음에도 평화광장을 꽉 채운 사람들.
 누군가는 연인과 함께 길을 재촉하고, 누군가는 감성에 젖어 술잔을 기울인다.
 정복을 벗고 정장을 입은 종혁이 향한 곳은 한 횟집이

었다.

드륵!

'아이고.'

방 안으로 들어간 종혁은 이미 와 있는 장년인들의 모습에 아차 싶었다.

"오. 최 서장 왔어?"

서장이란 말에 몇몇 사람들이 깜짝 놀란다. 이번에 부임한 경찰서장들이다.

"죄송합니다. 먼 곳을 다녀오느라 좀 늦었습니다. 신안경찰서 서장 최종혁입니다. 충성."

"……젊다는 말을 듣긴 했지만, 이렇게 젊을 줄은 몰랐습니다. 이번에 목포서에 부임한 서장 함필성입니다."

'어?'

꽤 희귀한 성씨인 함씨.

함경필 전남청장이 떠오른다.

꽤 중후한 인상의 장년인이 일어서 손을 내밀고, 이번에 인사이동을 한 다른 서장들도 인사를 한다.

그들과 인사를 나누고 자리에 앉자 초롱초롱한 눈빛들이 쏟아진다.

"끙. 늦었으니 벌주 한 잔 마시고 시작하면 되겠습니까?"

"으하핫! 한 잔 가지고 되겠어? 석 잔 마시고, 여기 방어도 먹어!"

"하하. 감사합니다!"

'방어를 여기서 먹네.'

참 공교로운 우연이다.

글라스에 가득 한 잔 따라서 원샷을 한 종혁이 방어를 듬뿍 떠서 입에 가져간다.

'으음.'

입안에서 뭉개지는 묵직한 지방의 맛. 물이 제대로 오른 대방어다.

"자, 우리 최 서장도 목을 충분히 축인 것 같으니……."

어서 특수본의 썰을 풀어 봐라. 그런 압박에 종혁은 입맛을 다실 수밖에 없었다.

종혁은 처음 강남범동방파를 인식했을 때부터 만들어진 이야기보따리를 풀어내며 각 경찰서의 서장들을 가만히 살펴보았다.

'어떤 부류의 사람들일까.'

그게 무척이나 궁금했다.

* * *

"이야. 영화네, 영화!"

"그러게. 이걸로 영화를 찍어도 되겠는데? 이봐, 최 서장. 내 사촌 동생이 충무로에 있거든? 이거 이야기해도 될까?"

한 편의 장구한 스토리에 서장들이 얼굴을 발그레 붉히며 엉덩이를 들썩인다.

"아하하."

"하느님이 이놈의 새끼들을 징치하기 위해 최 서장님을 평창으로 보냈나 봅니다. 그런 사소한 것까지 놓치지 않다니…… 정말 훌륭합니다, 최 서장님."

목포서장의 말에 종혁이 고개를 젓는다.

"당연히 해야 할 일을 했을 뿐입니다."

"크으. 내가 전에 말했던가? 최 서장은 참 겸손해서 좋다고!"

"하핫! 아이쿠. 잔들이 비셨군요. 가장 막내가 술 한 잔 올리겠습니다!"

앞으로 앞날이 창창한, 그리고 어디까지 갈지 모르는 종혁이 스스로를 낮추며 술병을 기울이자 기존의 서장들도, 그리고 새로 부임한 서장들도 미소를 짓는다.

"그래서 평창의 그 축제는 어떻게 됐는데? 그놈들에게 당할 뻔한 사람들은 어떻게 됐고?"

"저도 자세한 건 모르지만, 운영진들 중 몇 명이 옷을 벗었다는 소릴 들었습니다."

우빈 등 아르바이트생들에게 모든 걸 맡긴 채 강남범동방파의 수작에 적극적으로 대응하지 않았던 관리직들 대다수가 옷을 벗었다고 한다.

"축제 예산을 착복한 정황이 발견됐다고 하더라고요."

하마터면 깡패들에게 뺏길 뻔했던 평창송어축제.

그런 일이 벌어지고 있는데도 정작 축제 현장에 관리직들 대다수가 보이지 않으니 평창군청은 추궁을 할 수밖에 없었고, 그들이 부여된 예산의 일부를 착복해 개인적으로 썼음이 밝혀졌다.

그 결과, 평창 청년회는 그 권한이 대폭 축소됨은 물론이고, 청년 회장 및 간부들은 대다수 고소를 당하게 됐다.

그러며 평창군청은 관리직이 부재중임에도 축제를 무사히 이어 간 우빈 등 아르바이트생들을 관리하던 이들을 대거 채용하여 평창송어축제 현장 관리를 맡기기로 했다.

예산이나 인적 관리는 평창군청에서 맡기로 했다.

모두가 잘된 일이었다.

"크으으! 그렇지! 이런 게 바로 정의 구현이지!"

"암, 암. 어딜 가나 이놈의 청년회들이 문제라니까. 썩을 것들이 말이야. 나이 젊은 게 벼슬이라고, 어?"

"에이. 안 그런 데도 많습니다."

"허어. 그나저나 이래서 이태홍이 이놈이 분탕을 치는 거구만?"

"어이쿠. 이젠 이 회장님이라고 불러야 해."

"이 회장은 무슨. 콱 그냥 지금 따 버려?"

"갑자기 커진 덩치를 수습하느라 정신없을 테니까?"

"그렇지! 여기저기 약점을 다 드러내고 있을 테니까!"

역시 경찰이라서 그런지 곧바로 범죄자 이야기로 넘어간다.

종혁은 싱긋 웃으며 잔을 들었다.

"자, 자. 재미없는 이야기는 그만하고 한잔들 하시죠!"
"재미가 없진 않지만, 그래도 마셔야지!"
"어이쿠. 우리가 이 좋은 방어를 앞두고 제사 지내고 있었네. 목포서장님, 건배사 하시겠습니까? 다음은 우리 해남서장님이 해 주시고!"
"그럴까요? 제가 모두 만나서 하고 선창하면 반갑습니다라고 후창하시는 겁니다. 모두 만나서!"
"반갑습니다!"
"반갑습니드아!"

채재쟁!

"크아!"
"좋다!"

내일은 토요일. 그들은 벨트를 풀며 목구멍을 열어젖혔다.

    * * *

"3차 가야지, 3차! 웨에엑!"
"야, 괜찮아?"

취객들이 돌아다니는 늦은 밤.

잠시 양해를 구하고 나온 종혁이 담배를 문다.

찰칵! 치이익!

'아직까진 별다른 게 없긴 한데…….'

올해 총경이 되어 서장 부임을 받은 사람도 있고, 서장으로서 10년 넘게 살아온 사람도 있다.

그들의 입에서 나오는 이야기는 모두 사건에 관한 것들. 현재로선 모두 그저 경찰일 뿐이었다.

"혹시 믿으시는 종교가 있습니까?"

종혁의 옆으로 목포서장 함필성이 선다.

종혁은 그의 눈을 보며 미소를 지었다.

"아뇨, 무교입니다."

"저런. 하나님의 은총을 이렇게 듬뿍 받으시는 분께서…… 나중에 교회 한번 나오십시오. 하나님께서 최 서장의 앞날을 더욱 밝혀 주실 겁니다."

"지금보다 더요?"

"예. 이태홍 회장도 하나님을 믿기에 그런 성공을 한 것이 아니겠습니까."

쿵!

종혁이 마음속으로 입술을 비튼다.

'들켰네.'

확실히 들킬 만했다. 은연중에 이태홍에 대한 언급을 꺼려 했으니 말이다.

아니면 이태홍이 함필성과 만난 것일 수도 있다.

"이태홍 회장이 기독교였습니까?"

"모르셨습니까?"

"알아야 합니까? 아, 말 편히 하시죠."

"그럴까?"

종혁과 함필성이 서로를 바라본다.

"경필이에게는 이야기 많이 들었어."
"역시 전남청장님과 인척 관계셨네요."
함경필 전남경찰청장과 성이 똑같은 함필성 목포서장. 함씨라는 성이 희귀하기에 혹시나 했다.
"어디까지 들으셨습니까?"
"어디까지 말할 수 있는데?"
한 치도 물러서지 않는 둘이 서로를 보며 미소를 짓는다.
"다음에 둘이서 한잔해."
"술은 또 제가 빠지 않죠. 연락만 주십쇼. 섬에 들어갈 때 빼고는 언제든 찾아뵙겠습니다. 급하시면 신안으로 오셔도 되고요."
"그래도 먹을 건 도시가 많지. 교회 다니고 싶으면 말해."
종혁의 어깨를 두드린 함필성 목포서장은 다시 횟집 안으로 들어갔고, 종혁은 눈을 가늘게 떴다.
"의뭉스런 양반이네."
피식 웃은 종혁은 다 타들어 간 담배꽁초를 버릴 곳을 찾아 고개를 돌렸다.
"응?"
그렇게 멀리 떨어져 있지 않은 골목 안으로 들어가는 고등학생 커플이 종혁의 눈에 들어온다.
다소 어색해 보이는 남학생의 얼굴과 몸짓. 아마 사귄 지 그리 오래되지 않은 듯했다.

"좋을 때다."

종혁이 기억하기로 저곳은 막다른 골목이었다.

피식 웃은 종혁의 입가에 푸근한 미소가 맺히는 순간이었다.

고등학생 커플이 들어간 골목 안으로 뒤따라 들어가는 네 명의 고등학생.

그런데 껄렁거리며 걷는 게 모로 보나 양아치였다.

"에휴, 새끼들아. 커플은 좀 놔둬라."

종혁은 한숨을 내쉬곤 골목을 향해 걸음을 옮겼다.

* * *

사각사각!

샤프와 볼펜이 움직이는 소리만 가득한 목포의 명문고인 목포고등학교.

매년 명문대에 수많은 학생들을 진학시키는 명문고답게, 방학임에도 교실에 학생들이 가득하다.

띵동댕동!

드르륵! 드르륵!

"끄아아!"

"아우, 죽겠다. 씨이. 배고파."

"햄버거 사 먹으러 갈까?"

"고고고!"

화장실을 가거나 매점으로 달려가는 학생들.

굳은 몸을 푸는 학생들 사이 자리에 앉아 기지개를 켠 김선우가 교탁으로 다가가 핸드폰을 가져온다.
다른 학생들은 죄다 스마트폰으로 바꿨지만, 사정이 있어 슬라이드폰을 쓰는 선우.

-공부 잘하고 있니? 밥은 먹었어? 엄마가 준 약은 꼬박꼬박 마시고 있지?

어머니에게 온 문자 말고는 아무런 연락이 없는 핸드폰.
다시 바구니에 핸드폰을 집어넣은 선우가 자리로 돌아가 가방에서 보온병 하나를 꺼내 든다.
마개를 연 순간 옅은 한약 냄새가 풍기지만, 그 누구도 신경 쓰지 않는다. 다른 학생들 몇 명도 차나 박카스를 먹고 있기 때문이다.
보온병 마개에 한 컵 가득 따라 마신 선우는 인상을 찡그리며 사탕 하나를 입에 문다.
그리고 다시 문제집을 펼쳐 들고 샤프를 든다.
띵동댕동!
다음 교시가 시작됐다.

"하아."
한숨을 푹 내쉬며 기지개를 켠 선우가 주변을 둘러본다.

해가 어스름히 저물어 가는 오후, 교실엔 20퍼센트의 학생이 빠져 있다.

모두 통학을 선택한 학생들이다. 기숙사에서 사는 학생들은 모두 교실에 남아 올해 있을 수험을 준비하고 있다.

'쟤들은 11시에 퇴실한다고 했지?'

교실이 곧 독서실인 목포고 기숙사생들.

그렇게 퇴실해 기숙사에 들어간다고 해도 최소 새벽 1시까지는 공부를 해야 된다고 들었다.

그렇다고 불쌍하진 않다. 통학을 하는 자신도 만만치 않은 스케줄이 있기 때문이다.

하지만 어느덧 일상이 되어 버린 스케줄.

한숨을 폭 내쉰 선우도 목포고를 나선다.

"끄아아!"

교문 밖으로 겨우 한 발짝만 내디뎠을 뿐인데 달라진 공기.

꼬르륵!

선우는 주린 배를 움켜쥐며 근처의 분식집으로 향했다.

학원에 가기 전에 식사부터 해야 했다.

* * *

"수고하셨습니다!"

우당탕! 드르륵!

재빨리 가방을 정리한 학생들이 학원을 나선다.

저녁 11시가 넘었음에도 힘이 넘치는 학생들.

어떤 학생은 집으로, 또 어떤 학생은 다른 학원으로.

선우도 가방을 싸며 한 곳을 힐끔거린다.

분홍색 필통을 가방에 집어넣는 긴 생머리의 예쁜 여학생.

'최수미.'

이 학원의 퀸카이자 선우가 짝사랑하는 여학생이다.

멍하니 여학생이 학원 교실을 나갈 때까지 쳐다보던 선우는 이내 아차 하며 황급히 가방을 들고 일어선다.

향긋한 복숭아 향기가 코끝을 간질이자 오늘 하루 처음으로 그의 입가에 미소가 번진다.

학원을 빠져나간 학생들을 지나친 선우가 집으로 향한다.

겨울의 늦은 저녁이라서 그런지 유독 고요한 거리.

하얀 입김이 선우의 입가에서 흩어진다.

"하. 이제 정말 고3이구나."

한 달 뒤 3월이 되면 고등학교 3학년, 정말 수험생이 되는 거다.

그에 작년까지만 해도 학원은 10시까지였는데, 해가 바뀌자마자 학원을 하나 더 등록하게 됐다.

1시간 더 늘어난 시각이 선우의 어깨를 짓누른다.

"아니야. 아니야."

한국대에 가려면 이 정도 스케줄은 충분히 소화해야 된

다. 아니, 솔직히 이걸로도 부족하다.

애써 웃으며 영어 단어장을 꺼내 든 선우가 가로등 불빛에 의지해 집으로 향한다.

그렇게 얼마나 걸었을까.

웅성웅성. 왁자지껄!

평화광장이 자리하고 있는 유흥가를 바라본 선우의 얼굴이 일그러진다.

"부럽네."

이미 지금 자신이 견디고 있는 시간을 보내고 어른이 되었을 그들.

그 어른들의 자유로운 모습에 괜스레 우울해진다. 매일 보는 모습이지만 오늘따라 유독 그렇다.

꼬르륵!

"씨이."

이놈의 배는 왜 이렇게 눈치가 없을까.

선우가 마침 나타난 편의점으로 들어가려는 순간이었다.

톡톡!

"응?"

몸을 돌린 선우는 눈앞에 있는 여성의 모습에 눈을 크게 떴다.

수미. 그가 짝사랑하는 최수미였다.

"안녕? 너 나 알지? 우리 같은 학원 다니는데."

선우는 다시 한번 크게 놀랄 수밖에 없었다. 지금껏 대화 한 번 해 본 적 없던 수미가 설마 자신을 알고 있을 줄은 몰랐으니까.

"아, 알아. 최수미……."

"다행이다! 혹시 모르는데 말 건 걸까 봐 걱정했는데. 편의점 가려고?"

"으응. 배고파서 뭐 좀 사 먹으려고."

"잘됐다! 나도 편의점 가려고 했는데! 같이 가자!"

최수미는 선우의 팔을 잡아 팔짱을 꼈고, 선우는 팔꿈치에 닿는 감촉에 정신줄을 놓아 버렸다.

'꿈인가?'

초등학교 4학년 때부터 지금까지 오직 한국대학교 목표로 공부만 해 오다 보니 집으로 돌아가던 중 결국 정신을 잃은 것 같다.

아니라면 이런 일이 자신에게 일어날 리가 없었다.

하지만 꿈이라도 좋았다.

결코 깨고 싶지 않았다.

삑! 삑!

"3만 8천 원입니다."

"여, 여기요."

"와아! 고마워. 잘 먹을게! 아니다. 우리 같이 먹자. 따라와, 내가 먹을 만한 곳 알아!"

멍하니 최수미의 손에 이끌려 가로등 불빛조차 없는 골목 안으로 들어온 선우는 코를 찌르는 암모니아 냄새에 그제야 정신을 차린다.

골목 밖에서 들어오는 불빛 말고는 아무런 불빛이 없는 골목길.

하지만 그게 문제가 아니다.

'방금 3만 8천 원이라고 하지 않았나?'

3만 8천 원. 일주일 용돈의 80퍼센트가 넘는 돈이다.

기겁하며 최수미를 쳐다본 선우는 입술을 뭉개며 들어오는 김밥의 감촉에 다시 굳을 수밖에 없었다.

"자, 먹어!"

'반칙이잖아…….'

저렇게 예쁘게 웃는데 어떻게 돈을 내놓으라고 말할 수 있을까.

'에휴.'

선우는 모아 놓은 대부분 쓰게 됐지만, 짝사랑녀 수미와 대화를 나눠 볼 수 있게 됐으니 만족하기로 했다.

'그런데 왜 여기서 먹자는 거지?'

그냥 편의점 안에서 먹어도 됐는데 말이다.

그런 의문이 드는 순간 골목 안으로 들어오는 찬바람에 뒤섞인 희미한 담배 연기가 그의 콧속으로 빨려 든다.

그리고 골목 안으로 들어서는 사람들.

선우가 본능적으로 최수미의 앞을 막아선다.

그런데…….

"이야. 그림 좋네. 왜? 그놈으로 갈아타게?"

"개솔 노. 왜 이렇게 늦게 와."

'뭐?'

"이름이…… 선우구나? 선우야, 이거 잘 먹을게."

최수미는 선우의 교복에 붙은 명찰을 확인하며 말하고는, 이내 그를 지나쳐 안으로 들어오는 학생들 중 한 명에게 안겼다.

쿵!

심장이 내려앉은 선우가 눈을 끔뻑인다.

지금 이게 어떻게 된 상황일까.

뭐가 어떻게 돌아가는 상황일까.

남중을 나와 남고로 진학하며 일평생 공부만 해 온 선우로서는 단번에 이해하기 힘든 상황이었다.

그때 골목 안으로 들어선 무리 중 키가 거의 2미터에 가까워 보이는 남학생이 다가와 선우의 눈앞에 손을 흔든다.

"친구? 정신 차려야지?"

"어……."

짜악!

"정신 차리라고, 친구야."

돌아간 고개와 화끈하게 달아오르는 볼.

선우는 정신을 차림과 동시에 두려움에 휩싸인다.

그리고 모든 상황을 이해한다.

"왜, 왜 이러세요. 저, 저 돈 없어요."

"어휴. 우리 호구 친구가 이제야 상황을 파악했구나? 그럼 내가 다음에 할 말이 뭔지도 알겠네?"

"지, 진짜예요. 저 돈 없어……."

퍼어억!

"꺽?!"

배를 얻어맞은 선우가 머리채를 잡혀 고개를 든다.

"호구 친구야, 우리 선수끼리 이러지 말자. 왜 쉬운 길을 어렵게 가려고 해? 넌 맞으면 아파서 싫고, 난 때려서 힘들고. 우리 그냥 쉽게쉽게 가자니까?"

"저, 정말이에요!"

지갑에 현금은 없다. 있는 거라곤 카드뿐이다.

"하. 진짜 이 찐따 호구 새끼들은 왜 이러는지 모르겠네."

"야, 야. 적당히 해. 그러다 오줌 싸겠다."

"킬킬킬."

이젠 심장마저 옥죄어진다.

"친구야, 우리 일단 맞고 시작하자. 알았지?"

"시, 싫……."

들어 올려지는 상대의 손에 선우가 반사적으로 몸을 웅크리는 순간이었다.

"어허이. 애새끼들, 동작 그만."

쿵!

모두의 시선이 골목 입구로 향했다.

골목 안으로 들어선 종혁이 어이없다는 듯 웃는다.

손을 든 덩치 큰 남학생과 몸을 웅크리고 있는 남학생. 그리고 그런 그들을 보며 킬킬 웃고 있는 다른 학생들.

심지어 방금 전 저 몸을 웅크린 학생의 팔을 이끌며 골목에 들어갔던 여학생은 킬킬 웃는 학생들 중 한 명에게 매달려 있다.

단숨에 모든 상황이 파악된다.

"와아."

박수를 쳐 줄 정도로 창의적이다.

"왜 나쁜 새끼들은 이렇게 머리가 좋지?"

아주 범죄 꿈나무다. 그렇기에 더 짜증이 난다.

"아저씬 또 뭐야?"

"어이, 아저씨. 그냥 가지?"

"오?"

신선한 반응이다.

웬만한 사람들은 자신의 덩치를 보면 겁먹어 잘 말하지 못하는데, 역시 눈에 뵈는 거 없는 십대라서 그런지 겁을 잘 먹질 않는다.

아무래도 몸을 웅크리고 있는 학생을 위협하는 2미터 크기의 학생 때문인 것 같다.

"아저씨, 그냥 가시라고요. 예?"

쿡!

"요새 애들은 무섭거든요?"

종혁에게 다가온 학생 한 명이 검지를 세워 종혁의 가슴을 찌른다. 그에 종혁이 푸근히 웃는다.

"새끼."

쩌어억! 쿵!

뭔가 터지면서 부서지는 듯한 소리에 골목 안이 침묵에

휩싸인다. 솥뚜껑만 한 종혁의 손바닥에 얻어맞고 옆 건물에 처박힌 자신들의 친구.

"이런 씨발!"

종혁을 향해 달려드는 무리 중 한 명.

종혁은 주먹을 피하며 그의 머리채를 잡아 꺾는다.

그리고······.

"바른 말. 고운 말. 새끼야."

퍽퍽퍽퍽퍽!

"꺼흑! 꺼흐흑!"

순식간에 얻어맞은 복부를 움켜쥔 학생은 무릎을 꿇으며 흐느꼈고, 골목엔 다시 침묵이 내려앉는다.

그에 선우를 상대하던 학생이 목을 꺾으며 다가온다.

"어디서 좀 노셨나 본데······!"

번개처럼 종혁의 옷깃을 향해 손을 뻗는 덩치 큰 학생.

'유도?'

콱!

"걸렸어!"

종혁은 그대로 몸을 돌리며 엉덩이를 내미는 덩치 큰 학생의 모습에 이 학생이 유도를 배웠음을 깨달을 수 있었다.

'유도를 배웠는데도 이딴 짓거리를 하고 있다?'

이 유도 기술로 얼마나 많은 아이들을 괴롭혀 온 걸까.

"그렇다면 이 양팔은 필요가 없겠네."

눈빛이 싸늘하게 가라앉은 종혁이 옷깃을 잡은 손을 떼

어 내며 양 옆구리에 낀다.

"어?"

"일상생활에 지장은 없을 거다."

오싹!

"아, 안……."

뿌드드드득!

"끄아아아악……! 아아아악!"

 종혁은 눈물, 콧물을 쏟아 내며 바닥을 구르는 학생을 일견하며 여학생과 함께 서 있는 남학생을 바라봤다.

 키도 크고 몸도 탄탄한 게 딱 봐도 이 무리의 리더로 보이는 양아치.

"뭐냐? 넌 안 들어오냐? 네 친구들 다 뻗었잖아. 복수해야지."

"다, 당신! 이, 이러고도 무사할 것 같아?! 여, 여기요! 경찰서죠!"

"에휴. 새끼야."

 왜 이런 새끼들은 지들 불리할 때만 어른을 찾는 걸까.

 종혁이 그에게 발을 내딛는다.

"씨발! 한 발자국이라도 더 와 봐! 나 지금 신고 중……."

쩌억!

"꺄아아악!"

"시끄러워요, 학생. 학생도 맞을래요?"

 다급히 양손으로 입을 틀어막는 최수미의 행동에 고개를 끄덕인 종혁이 뺨을 맞고 넘어진 학생의 핸드폰을 집어 든다.

　―여보세요? 괜찮습니까? 지금 어디십니까?

　꿈틀!

　'이런 상황에선 곧바로 인근 순찰차를 급파하는 게 매뉴얼일 텐데?'

　이딴 걸 물을 시간에 상황을 통제할 인력을 출동시킨다. 이것이 바뀐 매뉴얼이다.

　아무래도 목포서장에게 말을 해야 할 것 같았다.

　"아이고, 수고하십니다. 신안경찰서장 최종혁 총경입니다. 지금 여기가 평화광장 맞은편 꿈동산식당 옆 골목이거든요? 구급차 세 대 부탁드립니다."

　삐요오옹!

　"아, 순찰차가 도착했네요. 빨리 출동하시네."

　'근처에 있었나?'

　아무래도 목포서장에겐 말하지 않아도 될 것 같았다.

　"지금 손 흔드는 사람이 저니까 멈춰 서라고 하세요."

　종혁은 골목 밖으로 나가 손을 흔들었다.

　"추, 충성!"

　종혁의 경찰공무원증을 본 파출소 경찰들이 다급히 경례를 한다.

　"애들 병원에 입원시켜서 치료받게 하고, 그 후에 따로 소환해서 특수폭행과 특수협박, 갈취 미수로 조서 꾸미세요. 아, 저 여학생도 한 패거리니까 같이 소환시키고요. 어이, 학생! 몇 살이야?"
"여, 열아홉이요……."
"들었죠?"
촉법소년은 훨씬 지난 나이.
아직 만 19세를 넘지 않았기에 소년법이 보호하는 나이라고 해도, 앞에 특수라는 글자가 붙은 범죄는 중하게 다룰 수밖에 없다.
"아, 알겠습니다! 박 순경, 구급차 지금 어디쯤이래?"
종혁은 다급해진 경찰들을 뒤로하며 선우에게 다가갔다.
"괜찮아요, 학…… 생?"
손을 내밀던 종혁이 딱딱하게 굳는다.
'이 얼굴은?'
기억에 있는 얼굴이다. 아니, 강렬하게 남아 있는 얼굴이다.
그 살인이 결국 경찰의 잘못으로 비롯됐음에.
계속 내밀었던 손을 알아차리지 못하고 잡아 주지 못했음에.
'그래, 너였구나.'
곧 보려고 했던 학생.
올해 말, 대한민국을 발칵 뒤집은 비운의 살인범.
'김선우…….'
선우는 멍하니 종혁을 바라봤다.

* * *

대체 자신에게 무슨 일이 벌어진 걸까.

난생처음 겪은 일에 손이 떨리고, 심장이 쿵쾅쿵쾅 뛴다.

그보다 더 그를 괴롭게 하는 건 짝사랑 상대였던 최수미의 배신이다.

"바보."

넋이 나가 어떻게 걸어온 줄도 모른 채 집 앞까지 도착한 선우가 얼굴을 구긴다.

현관문을 보자 정신이 번뜩 차려진다.

"이번 주 토요일에 연락이 오면 경찰서로 가라고 했지."

말이 어려워 잘 이해할 순 없지만, 경찰서로 넘어갈 만큼 중대한 사건이니 경찰서로 가라고 했다.

"씨이."

엄마한텐 어떻게 말해야 할까.

심장이 더 거세게 뛴다.

쿵쿵!

답답해지는 가슴을 두드린다.

"아."

고개를 숙인 채 가만히 서 있던 선우의 눈에 더러워진 교복이 비친다.

'얼굴에도 상처가 났을 건데…….'

입술이 따끔거리고, 아깐 피도 났었다.
이건 또 어떻게 변명을 해야 할까.
"오늘은 집에 들어가지 말까?"
안 된다. 그러면 큰일 난다.
하지만 버틸 수도 없는 게 자신이 들어올 때까지 엄마는 주무시지 않는다.
결국 포기한 선우는 현관문을 열고 들어간다.
"다녀왔습니다."
"왔니?"
앉아 책을 보고 있던 작은 체구의 중년 여성이 몸을 일으켜 다가온다.
"늦었네? 밥은?"
"저, 저녁은 먹었어요."
차마 엄마와 눈을 마주치지 못하는 그.
선우의 모친은 그런 아들을 바라보다 몸을 돌린다.
"배고프겠다. 얼른 씻고 나와. 간식 먹고 공부해야지."
'눈치채지 못한 건가?'
순간 다리에 힘이 풀린다.
선우는 부엌으로 향하는 엄마를 바라보다 얼른 자신의 방으로 향했다.
솔직히 알아차리지 못한 게 좀 서운하긴 하지만, 그래도 무사히 넘어갈 수 있어서 다행이었다.
옷을 갈아입은 선우는 화장실로 향했다.
그리고 앉은 식탁.

"아들, 오늘 학교에선 어땠어. 공부는 뭐 했어?"

파인애플 한 조각을 입에 넣은 선우는 다정하게 물어오는 엄마를 향해 입을 열었다.

* * *

"꺼흐."

트림을 토해 낸 종혁이 뒷목을 주무른다.

"어젠 많이 안 마셨는데……."

2차로 따뜻한 감자탕에 소주를 마시는 걸로 끝낸 어제의 술자리.

노래방이나 유흥주점 같은 곳은 가지 않았다. 목포서장이 꺼려 해서다.

그로 인해 후끈 달아오를 때 술자리는 끝나 버렸고, 그렇게 다음을 기약하며 헤어졌다.

"흠."

'딱히 별거 없었지?'

다들 거나하게 취하긴 했지만, 사건이나 취미 이야기 말고는 나눈 이야기가 없다.

견찰은 아닌 것 같음에 종혁은 마음을 놓을 수 있었다.

그러다 곧 선우의 얼굴이 종혁의 눈앞에 떠오른다.

"후우. 어떻게 해야 할까."

쿵! 쿵!

"예, 들어오세요. 아, 생안계장님. 무슨 일이십니까?"

사랑의 다른 이름 〈75〉

"충성."

"앉으세요. 커피?"

"주시면 감사하죠."

몸을 일으킨 종혁이 커피를 타온다.

"믹스커피는 잘 마시지 않다 보니 원두커피밖에 없습니다."

"어이쿠. 이거 신안서에 온 덕분에 입이 호사를 누립니다."

신안에서 오기 전까지만 해도 믹스커피를 입에 달고 살았던 그. 생안계장뿐만이 아니라 경찰들 대부분이 그럴 것이다.

그런데 신안경찰서에 발령을 받자마자 거의 매시간마다 1층 로비 사랑방 커피숍에서 파는 커피와 쿠키로 입과 배를 채우고, 이렇게 가끔 서장실에 들를 때엔 발음하기도 어려운 원두커피로 목을 축인다.

"하하. 양갱도 괜찮으시죠?"

"어이구구. 없어서 못 먹죠."

어디 서장실 냉장고에 있는 간식들이 보통 간식인가.

강남 백화점이나 5성급 호텔 등에서만 한정판으로 파는 것들이다. 이곳 신안은 물론이고, 가까운 대도시인 광주 어디에서도 구하지 못할 것들.

"잘 먹겠습니다. 으음."

입안에서 녹듯 사라지는 달지 않은 양갱과 희미하게 남아 있는 단맛마저 깔끔하게 지워 내는 상큼하고 고소한 커피의 향.

생활안전계 계장의 얼굴이 느슨하게 풀린다.

달그락!

"그래서 무슨 일이십니까?"

"아차. 내 정신 좀 봐. 다름이 아니라 목포서에 공문을 보낼 수 있을까 해서 말입니다."

"목포서 생안계에 말입니까?"

그럼 그냥 보내면 되지 않냐는 듯한 물음에 생안계장이 어떤 서류를 내민다.

"목포의 고등학생 중 경찰대와 중경으로 진학하는 학생들 숫자입니다."

대학을 졸업하고 중앙경찰학교, 즉 순경 지원을 하는 학생들의 숫자도 적혀 있다.

"호오?"

눈을 빛내며 서류를 살핀 종혁이 흥미 가득한 표정을 짓는다.

"이거 꽤 되는데요? 아, 그러고 보니 제 경찰대 기수에도 목포 출신이 여섯 명이나 있었죠."

정원 백여 명 가운데, 목포에서만 여섯 명. 이는 굉장히 많은 숫자라고 볼 수 있었다.

뿐만 아니라 순경이나 경찰행정 쪽을 지원하는 학생들의 숫자로 굉장히 많았다.

"확실히 이 정도면 대전, 광주랑 비교해도 별 차이가 없는데요?"

대전광역시, 광주광역시와 인구수 차이는 약 6배에 달하는데, 경찰을 지원하는 학생들의 숫자는 거의 비슷했다.

이는 목포서에 다른 지방 경찰서에는 없는 특별한 노하우가, 학생들이 경찰을 미래의 직업으로 삼고 싶게끔 만든 노하우가 있다고 볼 수밖에 없었다.

"서장님께서 올려 주신 신안서의 격을 저희가 떨어트릴 순 없잖습니까. 하하."

모든 부서가 잘해야 누구나 오고 싶은 신안경찰서가 될 터.

어제 계장들끼리 한잔하면서 이에 대한 이야기를 나눈 생활안전계장은 눈을 초롱초롱 빛냈다.

"끄응. 이거 목포서장님과 찐하게 한잔해야겠네요."

남의 영업 비밀을 알아내야 하는 일. 보통 기름칠 가지곤 어림도 없을 거다.

하지만 그렇다고 그냥 포기할 수도 없는 노릇.

부하 직원이 이렇게 열의를 보이는데 수장이 되어서 초를 칠 수 있을까.

잠시 고민하던 종혁은 고개를 끄덕였다.

"아니. 그냥 단합회를 해 보는 것도 나쁘지 않겠네요."

목포서장은 어떻게 잘 구슬린다고 해도, 아랫사람들까지 온전히 따라 줄까.

그래서 떠올린 방법이 바로 단합회.

서로 웃고 떠들며 몸으로 부딪치다 보면 금세 친해지는 법.

거기에 술까지 곁들이면 게임은 끝이라고 봐야 했다.

종혁은 핸드폰을 들었다.

"충성. 신안서장입니다, 선배님. 이렇게 연락을 드린 건 다름이 아니라 겨울이라 별일도 없으니 다리 하나를 두고 붙어 있는 목포서와 저희 신안서가 단합회를 해 보는 건 어떨까 해서 말입니다. 1등 상품은, 글쎄요…… 5박 6일 가족 동반 동남아 여행권으로 할까요? 호텔까지 포함해서요."

"허억?!"

생활안전계장뿐만 아니라 전화를 받는 목포서장 함필성 역시도 입을 떡 벌렸다.

'잘됐군.'

그렇지 않아도 목포를 돌아다닐 명분이 필요했는데, 딱 맞게 명분이 생겼다.

* * *

"으."

늦은 오후, 쉬는 시간이 되자 선우가 통증이 치미는 배를 쓰다듬는다.

하지만 그것도 잠시.

곧 허벅지를 문지르는 그.

조용히 이를 악문 선우가 고통을 참아 낸다.

그 순간이었다.

드륵! 쾅!

문이 거칠게 열리는 소리에 모두의 시선이 돌아간다.

'어? 쟤들은?'

전남에서 공부를 제법 한다는 이들만 모이는 목포고였지만, 그것도 평준화 제도가 시행되기 이전의 이야기.

2005년부터 고등학교 평준화 제도가 시행된 이후부터는 공부를 포기한 학생들도 제법 입학하게 되었다.

지금 들어오는 이들은 그런 학생들, 그중에서도 일진들이었다.

"여기 김선우가 누구냐?"

움찔!

모두의 시선이 선우에게로 향한다.

"나, 난데?"

"너야? 따라 나와."

"왜, 왜?"

가기 싫다.

"그럼 교실에서 얻어 터질래?"

쿵!

몸의 모든 피가 빠져나가는 아찔함에 주위를 둘러본 선우는 고개를 푹 숙여야 했다.

시선을 피하는 학급 친구들.

도와줄 사람이 없는 것을 깨달은 선우는 어쩔 수 없이 일진들을 따라나서야 했다.

쿠웅!

"컥?!"

고등학교 건물 뒤편, 멱살이 잡혀 벽에 밀쳐진 선우가 방금 전보다 더한 공포에 질린다.

"어제 너 때문에 강현이가 다쳤다며?"

"켁! 케엑! 가, 강현이가…… 누군데……."

"어제 네가 부른 웬 개새끼 때문에 양팔이 부러진 내 친구, 새끼야!"

전남 도대표 유도선수인 친구.

유도로 대학에 갈 친구였는데, 어제 일로 인해 더 이상의 선수 생활을 할 수 없게 되어 버렸다.

"모, 몰라……. 모르는 사람이었단 말이야…… 케에엑!"

"너랑 전화번호 교환했잖아!"

"그, 그건……."

억울하다. 맞은 건 자신인데, 왜 자신이 이렇게 고통을 받아야 하는가.

퍼어억!

"커헉!"

"말 안 해? 안 할 거지?"

"그, 그 아저씨 겨, 경찰이야."

"뭐?"

"그 아저씨 경찰이라고-!"

경찰. 거의 반사적으로 멱살을 푼 일진 무리의 눈이 흔들린다.
"경찰이라고?"
"으응. 신안경찰서 서장이라고 했어."
"……아, 씨발. 이 새끼들은 그렇다면 그렇다고 말을 해 주지. 야, 미안하다?"
"아, 아니야."
"그럼 당연히 아니어야지."
움찔!
일진 무리는 몸을 움츠리며 시선을 피하는 선우를 보며 비릿하게 웃었다.
"그럼 다음에 또 보자."
'아니, 보기 싫은데…….'
하지만 절대 할 수 없는 말.
오늘도 온몸을 엄습하는 무력감에 선우는 입술을 깨물며 교실로 향한다.
그러나 오늘 그에게 닥친 불행은 아직 끝나지 않았다.
"선우야."
'최수미…….'
학원 앞, 선우는 뻔뻔하게 자신의 앞에 나타난 최수미의 모습에 주먹을 꽉 쥐었다.
최수미가 다가오자 선우가 하얗게 질리며 물러난다.
자신보다 키가 작은 여학생이지만 무섭다.
최수미의 남자친구도 무섭고, 그녀도 무섭다.
멈칫!

명백하게 자신을 두려워하는 신우의 모습에 걸음을 멈춰 선 최수미의 낯빛이 흐려진다.

"저기……."

"마, 말해. 왜? 무, 무슨 일이야?"

"……사, 사과하려고."

그리고 오해를 풀고 싶다.

"오해?"

"일단 사과부터 할게. 미안해. 나도 남자친구가 그렇게까지 할지 몰랐어."

헛소리다.

남자친구가 나타나자마자 쪼르르 달려가 안겼던 최수미.

애당초 그럴 목적으로 자신에게 접근했던 것이 명백했기에 오해란 있을 수 없었다.

"어차피 내가 사과를 한다고 고소를 취하해 줄 거라곤 생각하진 않아."

'응?'

선우는 당황했다.

맞는 말이긴 한데, 그녀가 먼저 이렇게 나오니 머릿속이 엉클어진다.

"하지만 오해는 풀고 싶었어."

이것도 개소리인 게 분명하다.

"내 남자친구…… 걔가 목포공고 도진태야."

"……도진태?"

들어 본 적 있다.

목포공고 3학년 도진태.

중학생 때부터 목포에서 학생들 사이에 꽤 유명한 일진이다.

"나 걔 안 좋아해. 아무한테나 주먹 휘두르고 난폭한 걜 좋아할 여자가 어디 있겠어?"

"……그게 무슨 소리야?"

남자친구라고 하지 않았는가.

도대체 무슨 말이 하고 싶은 걸까.

최수미는 선우의 물음에 눈물을 글썽거리기 시작했다.

그 순간 선우는 대답을 듣지 않았음에도 무슨 일인지 대략 직감할 수 있었다.

"설마……. 아니, 경찰에 신고를 하지……."

"뭐라고?"

움찔!

자신이랑 사귀지 않으면 가만두지 않겠다고 협박당했다고 경찰에 신고를 한다?

아직 직접적으로 폭력을 당한 것도 아니고, 협박을 했다는 증거도 없는데 그걸 누가 믿겠는가.

"경찰이 믿어 줘서 조사를 해 봤자 훈방 조치로 끝날 거고……. 그러면 나는……."

최수미가 양팔로 본인의 몸을 감싸며 부들부들 떤다.

그 애처로운 모습에 선우가 자신도 모르게 한 발 다가선다.

정말일까.

거짓말이라기엔 너무 떨고 있다.

"흑!"

'헉?!'

선우는 갑자기 안기는 최수미의 모습에 굳어 버렸다.

어떻게 해야 할까.

등을 토닥여 줘야 할까, 아니면 가만히 있어야 할까.

선우는 안절부절못하다 이내 그녀의 등을 다독인다.

괜찮다, 괜찮다 다독인다.

학원을 들어가는 학생들의 음흉하고 부러워하는 시선들에 얼굴이 빨개진다.

"……휴. 고마워."

"아, 아니야."

"고소는 취하하지 않아도 돼. 내가 어떻게 그런 걸 요구할 자격이 되겠어. 그냥 내 사정이 이렇다는 것만 말해 주려고 했던 거야. 수업 잘 들어."

선우는 돌아서는 그녀의 모습에, 그녀의 처량하고 왜소한 어깨에 주먹을 불끈 쥐었다.

뜨거운 게 울컥 올라왔다.

"하, 할게."

"응?"

"넌 취하할게."

"선우야!"

선우는 최수미가 다가오려고 하자 다시 한 발 물러섰다.

그에 최수미가 멈춰 서며 어색한 표정을 짓는다.

"그러면…… 우리 이제 친하게 지내는 거 맞지?"

"그, 그래."

"고마워! 내가 사과 받아 준 기념으로 맛있는 거 사 줄게!"

"응?"

"하루쯤은 학원 빠져도 되잖아. 가자!"

잡아끄는 그녀의 행동에 선우의 몸이 덜컥 굳는다.

그러곤 그녀의 팔을 잡아 떼어 낸다.

"아, 안 돼."

"뭐?"

"학원 빠져선 안 돼."

절대 안 된다. 절대 그럴 수 없다.

"사과는 받았으니까 됐어. 너도 수업 잘 들어."

선우는 무언가에 쫓기듯 학원 안으로 들어갔고, 남겨진 최수미는 그런 선우를 멍하니 쳐다봤다.

하지만 그것도 잠시다.

"나 지금 까인 거야?"

최수미의 얼굴이 구겨졌다.

* * *

"수고하셨습니다!"

웅성웅성.

"후우."

책가방을 정리하는 학원생들 사이 한숨을 내쉰 선우도 가방을 정리한다.

이걸로 오늘이 끝나면 좋으련만, 집에 가서 또 공부를 해야 한다는 사실에 가슴이 콱 틀어막힌다.

지금도 이렇게 피곤한데, 본격적으로 수험 준비에 들어가면 얼마나 더 힘들까.

남은 10개월이 아득하게 멀게 느껴진다.

'수능을 보는 날이 오긴 올까.'

선우가 힘없이 걸음을 옮긴다.

"선우야!"

덥썩!

"윽?!"

다시금 콧속으로 빨려 드는 복숭아향과 신체에 닿는 뭉클한 감촉.

선우의 정신이 혼미해진다.

"이제 또 어디 가? 다른 학원 가?"

"……아니."

집에 가서 공부해야 한다. 엄마가 기다리고 있었다.

"웩! 집에서 공부가 돼? 난 집에선 공부 못하겠던데. 그래서 학원 다니는 거잖아."

"나도 가고 싶어……."

"응?"

"아니야."

"응? 뭐…… 아무튼 다른 학원 안 간다는 거지? 그럼 나랑 밥 먹을 시간 있겠네?"

왜일까. 왜 이렇게 밥을 먹고 싶어 하는 걸까.

"싫어? 아, 내가 너무 나댔지? 용서를 해 줬다고 해도 없었던 일이 되는 것도 아닌데……."

최수미의 낯빛이 흐려지자 선우는 당황했다.

자신이 너무 매정하게 대했나 하는 생각이 들었다.

"아, 아냐. 가. 밥 먹을 시간은 있어."

가볍게 뭘 먹고 왔다고 하면 엄마도 이해할 것이다.

그런 선우의 말에 최수미가 환하게 웃는다.

"와아! 가자! 고고고!"

'나쁜 애가…… 아니구나.'

최수미는 안심하는 선우를 이끌고 학원 근처의 편의점으로 향했다.

그런데…….

"아."

편의점 바깥 테이블을 본 선우가 그대로 굳는다.

코를 찌르는 담배 연기와 이쪽을 비릿한 눈으로 쳐다보는 얼굴이 퉁퉁 부은 사람들. 아니, 일진들.

그리고 최수미의 손이 빠져나간다.

"웩! 씨발, 이런 것 좀 시키지 마! 토 나오려는 거 참느라 내가 얼마나 고생했는지 알아?"

"오구, 오구. 그랬쩌?"

"나 정말로 기분 더럽거든? 건드리지 마라. 아, 씨발.

찐따 냄새나는 것 같아."

도진태를 향해 눈을 흘기는 최수미.

선우의 얼굴이 일그러진다.

'그랬구나. 하긴…….'

저렇게 예쁜 최수미가 자신 같은 찐따와 어울릴 이유가 없잖은가. 가슴 한구석에서 생각했던 일이 현실에 됨에 선우가 많은 걸 내려놓게 된다.

도진태는 도망을 치려 하기는커녕 공포에 굳어 버린 선우의 모습에 만족스럽게 웃으며 몸을 일으켰다.

"일단 자리 좀 옮길까?"

여기는 보는 사람이 너무 많다.

그에 선우는 그냥 여기서 말하라고 말하려다가 어깨를 잡는 두꺼운 손에 포기해 버리고 만다.

그렇게 그들은 근처의 골목으로 들어간다.

퍼어억!

"컥?!"

골목에 들어서자마자 배를 얻어맞은 선우.

무릎을 꿇은 그가 침과 함께 고통을 쏟아 낸다.

"어이, 찐따. 내가 왜 왔는지 알지?"

안다. 이젠 완전히 알 것 같다.

뻐어억!

발로 얼굴을 얻어맞은 선우가 땅바닥을 구르고, 도진태는 놀라고 겁먹은 눈으로 자신을 쳐다보다 시선을 돌리는 선우의 앞에 쪼그려 앉는다.

너무도 익숙한 눈빛.

선우는 이제 자신의 밥이었다.

툭!

도진태의 손바닥이 선우의 볼을 두드린다.

"좋게 말로 할 때 그런 거 아니라고 해라. 그냥 친구끼리 장난한 거라고."

툭!

"그냥 말 한마디만 하면 되는 거 가지고 괜히 안 해서 뒤지면 너도 억울하잖아."

뒤진다. 죽는다.

선우의 심장이 철렁 내려앉는다.

'죽어? 내가? 내가 왜?'

선우의 눈이 흔들린다.

툭!

"엄마랑 둘이서 산다며? 네 엄마도 죽여 줄까?"

"어, 엄마?"

순간 숨통이 옥죄어진다. 그의 고개가 푹 숙여진다.

"……지도."

"뭐, 이 새끼야? 똑바로 말을 해, 새끼야!"

짜아악!

골목을 울리는 거북한 소리.

"하, 이 새끼가 끝까지 말을 안 하네. 넌 뒤졌다."

도진태가 주먹을 움켜쥔 순간이었다.

"하, 이런 상큼한 애새끼들."

저벅저벅!

골목 안으로 들어오는 누군가의 모습에 도진태와 그 친구들이 딱딱하게 굳는다. 너무도 익숙하다 못해 증오스럽기까지 한 데자뷰.

다급히 고개를 돌린 도진태와 최수미들은 종혁과 다른 체격을 가진 누군가임을 확인하곤 안도의 한숨을 내쉰다.

하지만 그것도 잠시다.

"씨발! 아저씬 또 뭐야?!"

자라 보고 놀란 가슴, 솥뚜껑 보고 놀란다고 겁을 먹은 자신들의 모습에 수치심이 차오른 도진태들이 이십대 중반의 사내에게 다가간다.

"씨바랄 아저씨야. 좋은 말로 할 때 그냥 가세요. 요새 애들 존나 무섭거든요? 괜히 나이 어린 새끼한테 처맞고 질질 짜지 말고……."

뻐어억!

"꺼흑?! 꺽! 꺽!"

심장을 얻어맞은 일진이 가슴을 움켜쥔 채 무너진다.

그런 그의 얼굴에 사내의 정강이가 날아든다.

뻐어억!

"……끄허어어! 꺼어억!"

찰칵! 화르륵!

"후우. 애새끼가 말이라고 뱉으면 단 줄 아나 보네. 이래서 애새끼들은 3일에 한 번씩 자진모리로 패 버려야 한다니까."
 치이익!
 "끄아아아악……!"
 불을 붙인 담배를 일진의 볼에 비벼 버린 사내가 무심한 눈으로 도진태들을 본다. 그러며 시끄럽다는 듯 일진의 얼굴을 다시 까 버린다.
 주춤!
 다르다. 저번 주에 친구를 반병신으로 만든 종혁과 결이 다른 부류다.
 폭력이 너무도 익숙한 부류.
 "어이, 너희 목포공고지?"
 "……그, 그런데요?"
 "그런데요? 아, 이 씨발 새끼들이 선배한테 그런데요? 씨발 상필이 이 개새끼는 후배 관리를 어떻게 하는 거야?"
 움찔!
 상필이란 이름에 도진태들이 하얗게 질린다.
 상필은 작년에 졸업한 2년 선배이자, 목포공고 통합 짱이었던 선배이기 때문이다.
 사내는 굳어 버린 그들을 보며 핸드폰을 들었다.
 "씨발아. 어디냐? 아니, 5분 준다. 여기로 튀어 와."
 신경질적으로 통화를 종료한 사내가 입술을 비튼다.
 "어이, 후배 새끼들. 딱 5분만 기다려. 그러고 나서 다시 이야기하자. 그리고…… 아이고, 괜찮니?"

다급히 선우에게 달려가 부축을 하는 사내.

"예? 예?"

"휴. 얼굴을 안 다쳤네."

볼이 살짝 붓기는 했지만, 이 정도는 괜찮을 것이다.

"많이 무서웠지? 어휴, 떠는 것 좀 봐. 춥니? 그래, 춥 겠지. 자, 이것 좀 걸치고."

자신의 점퍼를 벗어 선우에게 입혀 주는 사내.

코끝에 닿는 알싸한 담배 냄새에 선우는 정신을 차릴 수가 없었다.

그렇게 5분이 흐르자 저 멀리서 오토바이 소리가 다가 온다.

부아아아앙! 끼이이익!

"헉! 헉! 부, 부르셨습니까, 선배님!"

"어이. 좆상필이."

"예, 선배님!"

신호 따위 모두 무시하며 달려온 이십대 청년의 얼굴이 파랗게 질려 있다.

그럴 수밖에 없다.

자신을 부른 사람은 자신의 3년 선배이자, 목포 최대 조직 태흥파의 조직원이었기 때문이다.

"대가리 박아."

"예?"

"대가리 박으라고, 개새끼야. 왜? 푸닥거리 한 번 하고 박을래?"

"예, 예!"
쿵!
"아."
 망설임 없이 머리를 박는 그의 모습에 아득한 절망이 도진태들을 찾아들었다. 공포에 질려 주저앉은 최수미의 엉덩이 아래가 축축해졌다.

* * *

 부우웅!
 골목 앞 도로에 차를 세우고 내린 종혁이 골목 안으로 들어간다.
"끄으."
"끄으응."
"하, 이 개새끼들. 겨우 이 정도로 힘들…… 헉! 오, 오셨습니까!"
 태홍파 조직원의 인사를 무시한 종혁이 차디찬 바닥에 머리를 심고 있는 도진태들을 무심히 응시한다.
 그리고 고개를 돌려 선우를 본다.
 배와 얼굴에 남은 구타의 흔적.
 빡!
 종혁의 구두 끝이 태홍파 조직원의 정강이를 때린다.
"큽?! 죄, 죄송합니다! 죽을죄를 지었습니다!"
"꺼져."

허리를 깊이 숙인 태흥파 조직원은 다급히 사라졌고, 종혁은 아직도 멍해 있는 선우에게 다가갔다.

 "선우 학생, 괜찮아?"

 "……흑!"

 안 괜찮다. 괜찮지 않았다.

 종혁은 자신의 품에 안겨 펑펑 우는 선우의 모습에 이를 악물었다.

 아무래도 더 이상 이태흥에게 맡기면 안 될 것 같다.

 "예, 수고하십니다. 신안경찰서장 최종혁입니다. 지금 제가 있는 장소로 순마 두 대만 보내 주시겠습니까? 실어 날라야 할 새끼들이 있어서 말입니다. 목포서 형사과로 가야 하니까……."

 "아, 안 돼요!"

 기겁한 선우가 고개를 들었지만, 종혁은 멈추지 않았다.

 그렇게 신고를 마친 종혁이 선우를 본다.

 "선우 학생, 어머님 전화번호가 어떻게 돼?"

 파랗게 질린 선우가 입을 꾹 다물었다.

 "학생, 벌써 귀가 시간이 한참 늦었잖아. 이번 일 어머님에게 설명하지 않으면 더 혼나게 될 거야."

 "예?"

 지이잉! 지이잉!

 종혁은 거보라는 듯 맹렬하게 울기 시작한 핸드폰을 가리켰고, 발신자를 확인한 선우는 깜짝 놀라 핸드폰을 떨어트렸다.

그의 두 눈이 공포에 질려 갔다.

지이잉! 지이잉!

선우는 핸드폰을 차마 잡지 못했다.

* * *

"아, 안 되는데……."

손톱을 깨문 선우가 다리를 떤다.

"학생, 괜찮아요. 학생이 잘못한 거 없잖아요. 부모님도 다 이해해 주실 테…… 어이구. 자자, 이거 좀 마시면서 긴장 풀어요."

아니다. 그런 게 아니다.

선우는 더욱 몸을 움츠리며 떨었고, 금방이라도 울 것 같은 그 모습에 목포서 형사과 형사가 속으로 한숨을 쉰다.

그러며 고개를 숙이고 있는 도진태들을 노려본다.

대체 애를 어떻게 잡았으면 애가 이렇게 패닉에 빠져 있을까.

형사가 서류철을 움켜쥐며 드는 순간이었다.

끼이익!

"저기, 여기에 제 아들 김선우가……."

쿠당탕!

"어, 엄마!"

의자를 박차며 일어난 선우가 새파랗게 질리고, 선우의 어머니의 낯빛이 딱딱하게 굳는다.

또각또각!

"아이고, 선우 어머님 오셨……."

짜아악!

목포경찰서 형사과 사무실의 공기가 싸늘하게 얼어붙는다.

멍하니 아들의 뺨을 후려친 어머니를 바라보는 형사들.

선우 어머니의 볼이 푸들부들 떨린다.

"네, 네가 감히……."

'아.'

또르륵!

선우의 눈에서 눈물이 흐른다.

이럴 줄 알았다. 결국 이렇게 되어 버렸다.

선우는 힘없이 주저앉았고, 종혁은 그런 그들의 모습을 차가운 눈으로 응시했다.

짜아악!

선우의 고개가 반대쪽으로 돌아갔다.

* * *

저녁 10시, 지친 몸을 이끌고 퇴근한 선우의 모친, 오향숙의 시계는 멈추지 않고 계속 돌아간다.

혹여 아들이 신경을 쓸까 몸에 가득한 음식 냄새를 씻어 내고, 공부에 지치고 배고파 할 아들이 힘을 낼 음식을 준비한다.

덜컹!

"오늘은……."

온갖 식재료들이 들어 있는 냉장고.

빛나는 오향숙의 눈이 몇 가지에 고정된다.

"이게 좋겠네."

아몬드와 땅콩, 블루베리를 꺼낸 그녀가 블루베리를 갈기 시작한다.

눈과 두뇌에 좋은 블루베리. 혹여 몸이 비대해져 체력이 떨어질까 저지방 우유와 꿀을 넣어 함께 간다.

카가가가가!

믹서기를 한 손으로 잡은 오향숙이 다른 손으론 볼펜을 들어 오늘 있었던 일들을 다시 체크한다.

아들과 대화를 하기 위해서다.

부모와 대화가 단절된 아이보다 부모와의 커뮤니케이션이 활발한 아이가 더 향상심과 정신 안정도가 높다라는 어느 연구 결과 때문이다.

육아는 다그치고, 지시하는 게 아니라 교감하는 것.

아들 선우가 10살 때, 교통사고로 남편을 잃은 이후 매일같이 해 온 일과였다.

혹여 아비 없이 자란 애라는 소리를 듣게 하지 않기 위해 그녀는 끊임없이 노력하고 있었다.

욱씬!

"흡?!"

양팔을 끌어안으며 몸을 웅크린 그녀가 식은땀을 흘린다.

누가 면도칼로 저미는 것 같은 손가락들.

누가 인대를 잡아 찢는 것 같은 손목과 팔꿈치, 어깨.

자신도 모르게 안방으로 달려가 보일러 온도를 올리려던 오향숙이 이를 악물며 참아 낸다.

'방이 따뜻하면 졸려······.'

아들도 그 힘들고 숨 막히는 시간을 보내고 있는데, 부모가 돼서 도와주지 못할망정 방해할 수 있을까.

한참을 주무르던 그녀가 겨우 한숨을 내쉬며 싱크대를 붙잡는다.

애써 눈물을 닦는 그녀.

이럴 때마다 먼저 가 버린 남편이 떠오른다.

"여보······."

그녀의 기억이 먼 옛날로 향한다.

* * *

"여보!"

어두운 밤, 오향숙이 버스에서 내리는 남편을 향해 활짝 웃는다.

그런 그녀를 향해 고소한 냄새가 풍기는 검은 봉지를

들어 올리며 배시시 웃는 남편.

"추운데 뭐하러 기다리고 있어. 먼저 들어가지. 선우도 기다릴 텐데."

"우리 남편이랑 함께 들어가려고 기다렸지?"

발갛게 달아오른 오향숙의 귀를 보는 남편의 속이 쓰리다.

자신이 벌어 오는 것으로는 부족해 저녁 시간대에 식당에서 일을 하는 아내.

"씁. 또 이상한 생각한다."

"크흠. 그건 뭐야?"

아내의 손에 들린 검은 봉지에 시선이 간다. 자신처럼 치킨을 산 게 아닐까 걱정이 든다.

"이거? 우리 선우 문제집."

"……에휴. 적당히 하라니까."

중학교만 졸업해서 그런지 아들의 공부에 꽤 진심인 아내.

지금이야 선우가 초등학생이라 선을 지키고 있다지만 중학교, 고등학교에 올라가면 어떻게 될지 걱정이 앞선다.

"자고로 애들은 나무 같은 곳에 기어 올라가다가 떨어져 머리가 터져 보기도 하고……."

"싸우기 싫은데?"

"……예, 마님."

잠시 서로를 바라보던 둘은 이내 웃으며 신호등으로 향한다.

"오늘 별일 없었어?"

"오늘? 별일 없었지. 여보는?"

"나야 뭐……."

별일은 많았다.

하지만 아내에겐 내색할 수 없었다.

"별일 없었지. 아, 신호다."

남편은 오향숙을 향해 손을 내밀었고, 그녀는 익숙하다는 듯 그 손을 잡으며 횡단보도 위에 발을 내딛는다.

그 순간이었다.

빠아아아앙!

그들을 덮치는 커다랗게 하얀 불빛.

남편은 반사적으로 오향숙을 바라본다.

둘 사이의 시간이 한없이 느려지기 시작한다.

'사랑해.'

'아, 안……!'

투욱!

밀쳐지는 몸에 오향숙의 눈앞이 아찔해진다.

미소를 짓는 남편의 모습에 눈물이 차오른다.

안 된다. 이러면 안 된다.

꽈아아아앙!

"여보—!"

삐용! 삐용!

"다, 당신…… 그날 기억나?"

"마, 말하지 마! 말하지 말라고!"

오향숙이 피투성이가 된 남편을 붙들며 애원한다.

말하게 해선 안 된다. 이렇게 말할 힘도 아껴야 살 수 있다.

"저, 전남도청 분수대 앞에서 당신한테 고백했잖아."

기억난다. 어떻게 잊을 수 있을까.

민주화를 위해 시위가 한창이던 어느 날, 광주의 도청 앞을 쩌렁쩌렁하게 울린 외침.

-향숙 씨! 결혼합시다-!
-미, 미쳤어! 그만해!

오향숙은 그렇게 용감하면서도 무모한 남편과 결혼을 하게 됐다.

"손에 무, 물 한 방울 안 묻히겠다고 다짐했는데…… 그러지 못했네."

"말하지 말라니까, 좀!"

흐려지는 남편의 눈동자에 오향숙의 눈앞이 흐려진다.

"미안해……. 이, 이런 못난 사람과 결혼해 줘서 고맙고…… 호, 혼자 남겨 둬서 미안해……. 쿨룩! 컥!"

"좀! 좀!"

"우, 우리 선우……. 우리 선우…… 결혼하는 건 봐야 했는데……."

고등학교를 졸업하고, 대학을 졸업하고, 연애를 하고,

취직을 하고, 결혼을 하고, 아이를 낳고.

그 모든 순간을 함께 하고 싶었다.

그런데 아무래도 힘들 것 같다.

"제발! 제바알!"

콱!

손을 거칠게 잡는 남편의 손에 오향숙이 헛숨을 삼킨다.

남편의 눈빛이 또렷해지자 온몸에서 힘이 풀린다.

눈물이 하염없이 쏟아진다.

남편은 그런 오향숙을 바라보며 입을 연다.

자신이 떠나면 혼자가 될 아내.

엄마랑 단둘이 남겨질 아들, 선우.

미안했다. 너무도 미안했다.

"우리 선우 내 몫까지 사랑해 줘. 이런 짐 혼자 지게 해서 미안해. 그리고 정말 사랑했습니다. 고마웠습니다, 향숙 씨……."

급격히 흐려지는 눈.

툭!

힘없이 풀려 바닥으로 떨어지는 손에 그녀의 심장도 함께 저 아래 나락으로 떨어진다.

"여보-!"

* * *

"아빠, 일어나! 일어나서 나랑 놀자-!"

"아이고!"

"흐으으윽!"

관을 잡고 흔드는 선우의 모습에 모든 이들이 붉어지는 눈시울을 감춘다.

오향숙은 떠나는 남편을 보며 망연히 바라본다.

너무 흘리고, 또 흘려서 나오지도 않는 눈물.

대체 시간이 어떻게 지나간 걸까.

왜 자신에게 이런 일이 벌어진 것일까.

"엄마, 아빠가 안 일어나요! 일어나라고 좀 해 줘!"

오향숙은 자신의 손을 잡고 흔드는 아들 선우를 응시한다.

'그래. 그렇구나.'

모두 성공하지 못해서다.

배움이 짧아 좋은 직장을 얻지 못해서다.

'그랬으면 차를 타고 다녔을 텐데…… 그랬으면 이런 사고도 나지 않았을 텐데…….'

이 지독한 가난이 남편을 자신들에게서 떼어 놓은 거다.

'그래. 더 슬퍼할 수 없겠구나.'

자신이 슬픔에 정신을 놓으면 하나뿐인 아들 선우는 어떡한단 말인가. 지켜야 한다.

성인이 될 때까지 지켜야 하고, 남편의 유언도 지켜야 한다.

'우리 선우, 판검사로 키울게. 의사로 키울게. 그러

니…… 하늘에서 지켜봐.'

그녀의 두 눈이 단단하게 굳어 갔다.

* * *

"휴우……."

애써 얼굴에 흥건한 땀을 닦은 그녀는 다시 볼펜을 든다.

'앞으로 10개월이야!'

수능까지 앞으로 10개월. 길고 길었던 달리기도 이제 얼마 남지 않았다. 이후로 논술이다 뭐다 준비를 해야 할 건 많지만, 지금보다는 덜 힘드리라.

'10년을 버텼는데, 10개월을 못 버티겠어?!'

더욱이 앞으로 10개월이 아들의 인생에 있어 가장 중요한 순간이지 않은가.

작은 방심, 작은 이기심으로 아들의 인생을 망칠 순 없었다.

아들을 한국대에 보내기 위해서라면 그녀는 온몸이 찢겨져 나간다고 해도 참아 낼 수 있었다.

그렇게 오늘 있었던 일과 일하는 도중 짬짬이 읽은 명언책에서 발췌한 글귀를 적으니 어느덧 10시 30분.

아들이 도착할 시간이었다.

"……오늘도 늦네. 또 뭘 사 먹고 오는 건가?"

오향숙이 한숨을 내쉰다.

솔직히 마음 같아선 도시락뿐만 아니라 간식까지 모두 식단을 맞춰 주고 싶다.

하지만 아들이 다니는 학교가 명문인 목포고다.

졸업생들 대부분이 명문대에 진학을 하는 목포고.

이런 짬짬이 시간에, 아주 작은 일탈을 하며 서로 먹을 걸 나누며 친해지는 게 십대이다 보니 참을 수밖에 없다.

그녀는 들었던 핸드폰을 내려놓는다.

"휴우. 너무 늦는데……."

이런 일이 없었던 아들이라서 그런지 더 걱정이 든다.

결국 아들에게 전화를 한 그녀.

하지만 전화를 받지 않는다.

"이놈이……."

그녀는 부들부들 떨면서도 곧바로 전화하지 않았다.

혹여 친구와 토론을 하는 것일 수 있을 테니까.

그렇게 10분, 30분.

참다못한 그녀가 다시 아들에게 전화를 걸기 위해 핸드폰을 든다.

그 순간이었다.

띠리링! 띠리링!

갑자기 울리는 그녀의 핸드폰.

모르는 번호지만, 혹시 몰라 전화를 받은 그녀가 벌떡 몸을 일으킨다.

"네?"

쿵!

그녀의 눈앞이 하얗게 물들었다.

* * *

짝! 짝짝짝!

형사과 사무실을 울리는 뺨 때리는 소리.

"네가 어떻게 나한테 이럴 수 있어!"

자신이 얼마나 참고 견뎠던가.

하지만 아들이 더 힘들 것이기에 애써 참았다. 아들을 위해 헌신을 했다.

그런데…….

"그런데! 이 나쁜 놈! 나쁜 놈!"

작은 체구의 오향숙의 손길에 바람에 흔들리는 갈대처럼 흔들리는 선우의 모습에 종혁이 그녀의 손을 잡는다.

오향숙이 뿌리치려 하지만 허사로 돌아간다.

"진정하세요, 어머님. 선우 학생이 나쁜 짓을 한 게 아닙니다."

움찔!

"……후우. 죄송합니다, 형사님. 제가 불민하여 아이를 잘못 키운 탓입니다. 모두 자식을 잘못 가르친 제 탓입니다!"

무릎을 꿇으며 고개를 숙이는 선우 어머니의 모습에 형사들이 펄쩍 뛴다.

"아이고, 그게 무슨 말이십니까! 아이를 잘못 키우시다니요!"

다급히 손을 젓는 담당 형사.

아이를 잘못 키운 건 선우가 아니라 도진태들의 부모였다.

"여기 선우 학생은 나쁜 아이들의 질 나쁜 행동에 당한 것밖에 없습니다, 어머님!"

"……예?"

담당 형사는 다급히 상황을 설명했고, 그제야 굳어 있던 오향숙의 표정이 풀린다. 볼이 빨갛게 달아오른 그녀가 옷매무새를 가다듬고 싱긋 웃는다.

"그런가요? 그러면 공부를 계속하는 데 지장이 없단 말이죠?"

"예? 아, 예. 그렇습니다."

"휴. 다행이다."

쿵!

종혁과 형사들이 눈을 껌뻑인다.

자신들의 귀를 의심하며 반사적으로 선우를 본다.

아직 고개를 숙이고 있는 선우.

그러는 사이 오향숙이 그들을 향해 공손히 허리를 숙인다.

"알겠습니다. 제 아이가 잘못이 없다니 이만 데려가 보겠습니다. 저 아이들 처벌은 알아서 해 주세요. 뭐하니, 일어나지 않고."

……스윽!

눈에서 초점이 사라진 선우가 몸을 일으켜 어머니의 뒤를 따른다. 그러며 종혁을 바라본다.

원망조차 스며 있지 않은 공허한 눈.

"빨리 안 와?! 공부 안 할 거야?!"

고개를 돌린 선우는 오향숙의 뒤를 빠짝 따라붙고, 남겨진 형사들은 그런 그들을 황망히 쳐다본다.

종혁은 팽팽하게 당겨지는 뒷목을 주무른다.

"아, 아니…… 이게 뭐야……."

"와, 씨. 지금 내가 뭘 본 거지?"

방금 무슨 태풍이 지나간 걸까.

이해가 되지 않는다. 오해가 풀렸음에도 아들의 안위보다 공부란 단어를 먼저 입에 담은 어머니.

또 그런 어머니의 행동에 순응을 해 버린 아들의 모습.

도저히 그들의 상식으로는 이해를 할 수가 없다.

그들의 머릿속이 엉클어진다.

하지만 종혁의 두 눈은 여전히 차갑기 그지없다.

찰칵! 치이익!

종혁의 가슴처럼 탁한 담배 연기가 뿜어진다.

"생각보다 더 지랄맞네."

왜 좀 더 일찍 개입할 생각을 못했을까.

왜 이제야 선우를 찾은 걸까.

주먹을 쥔 종혁의 손톱이 손바닥을 파고든다.

"미안합니다, 선우 학생."

비운의 살인범 김선우.

사랑의 다른 이름 〈109〉

그의 죄목은 존속 살해였다.

* * *

부우웅!

어둠을 헤치며 달리는 택시 안.

오향숙이 반대쪽 차창을 보고 있는 아들을 바라보며 입술을 깨문다.

언제나 자신을 봤던 아들이 시선조차 마주치려 하지 않음에 가슴이 찢어진다.

위로를 해야 할까. 사과를 해야 할까.

'안 돼.'

안 된다. 사과를 해도 지금은 아니다.

지금은 앞으로 남은 열 달을 위해 달리고 달려도 모자랄 때다.

독하게 마음을 먹어도 모자랄 때다.

겨우 잠깐 넘어진 걸로 호들갑을 떨었다간 선우가 약해진다.

'너도 언젠가 이 엄마의 마음을 이해하겠지.'

지금은 이럴 수밖에 없음을 이해하게 될 거다.

나중에 성공해 아이를 낳으면 이해해 줄 거다.

악독하게 마음을 먹은 그녀는 아들을 외면했고, 선우는 그런 어머니의 모습에 주먹을 쥔다.

삐비비빅! 덜컹!

"얼른 씻고 나오렴. 엄마랑 이야기하고 공부해야지."

이런 순간이라도, 아니 이런 순간이기에 더 교감을 해야 한다.

그딴 일은 신경 쓸 가치도 없다는 걸 아들은 알아야 한다.

움찔!

선우가 멍하니 오향숙을 본다.

아들이 그런 일을 당했음에도 언제나처럼 당당하게 눈빛을 빛내는 엄마. 머리와 심장을 꽉 채우다 못해 터지려 했던 피가 차갑게 얼어붙는다.

'엄마, 나 맞았어요. 맞았단 말이에요.'

"……예."

몸을 돌리는 선우가 입술을 깨문다.

'그런데 엄마는 왜…… 똑같아요?'

탁! 쏴아아아!

욕조에 앉은 선우는 쏟아지는 물을 맞으며 무릎을 끌어안았다.

"나 아픈데……. 많이 아픈데……."

가슴이, 마음이 시리도록 춥고 아팠다.

* * *

다음 날, 아침 목포경찰서 인근의 국밥집.

함필성이 종혁을 보며 어이없다는 듯 웃는다.

사랑의 다른 이름 〈111〉

이른 아침, 식사를 함께 하자던 종혁의 전화를 받고 얼마나 놀랐던가.

"어제 일이 있었다며?"

"예. 잠깐 볼일이 있어 목포에 나왔다가 본의 아니게 신세를 지게 됐습니다."

"말을 들어 보니 그게 아닌 것 같던데?"

함필성의 눈이 가늘게 떠진다.

자세히 듣지는 못했지만, 어제 피해자로서 진술서를 쓴 김선우라는 고등학생에게 보디가드를 붙였다던 종혁.

"가해자로 체포한 놈들이 꽤 불량해 보여서 말입니다."

"말을 들어 보니 그렇긴 하더군."

얼마 전까지만 해도 목포 여러 폭력 조직들에게 스카웃 대상이었다던 도진태와 패거리.

지금이야 목포에 태홍파밖에 남지 않았지만, 이들은 이미 예전부터 경찰의 레이더에 포착된 상태였다.

"잘했어."

그리고 고맙다.

사비를 써서라도 시민을 지켜 줘서.

"이 일은 내가 수습하지."

"감사합니다."

종혁은 담백하게 고개를 숙였고, 함필성은 피식 웃었다.

"그래서?"

"예?"

"하고 싶은 말이 뭐야?"

종혁은 국물을 뜨는 모습 그대로 굳어 함필성을 바라봤다.

일진 양아치들을 팬 것 정도는 전화 정도로도 충분히 무마할 일이다. 그것이 설령 체대 진학을 앞둔 양아치의 선수 생명을 끊어 버렸다고 해도 마찬가지다.

함필성 역시도 그런 놈들은 미래가 어떻게 되든 단호하게 대처해야 한다고 생각하는 부류.

심지어 도진태를 비롯한 그의 친구들은 이제 졸업식만 남겨 둔, 이제 사회적으로 성인으로 불리는 20살. 자신의 행동에 책임을 져야 할 나이였다.

많은 사람들은 아직 어리니 기회를 줘야 한다고 말하지만, 그런 놈들이 자라 강력 범죄자가 되는 법이었다.

그리고 함필성이 판단한 종혁 역시도 자신과 같은 생각을 하는 부류였다.

후룩!

"아, 이 집 맛있네요."

"……그랬군."

함필성이 고개를 끄덕인다.

그러고 보니 결정을 내리지 않은 일이 있었다.

목포경찰서와 신안경찰서, 두 경찰서의 단합 대회. 아직 그에 대한 답을 주지 않았다.

"갑자기 이러는 이유가 뭐야?"

"이 후배에게 노하우 좀 알려 주십시오."

"노하우?"

종혁은 의아해하는 함필성에게 숨기는 것 없이 모든 걸 말했고, 함필성은 웃음을 터트렸다.

"으하하하핫!"

무릎을 치며 웃던 함필성이 미소를 짓는다.

"이래서 경찰 개혁의 선봉이자 참모가 될 수 있었군."

"칭찬 감사합니다."

함필성이 고개를 끄덕인다.

충분히 칭찬받을 만한 일이다.

그 어떤 경찰이 경찰 지원율 상승을 위해 그런 막대한 사비를 내놓을까. 종혁은 나이를 떠나 존경받아 마땅한 인물이었다.

"자네 같은 경찰이 열 명만 더 있어도 이 나라가, 우리 조직이 보다 더 좋아질 텐데……."

"아닙니다. 저보다 훨씬 훌륭한 분들이 많이 계십니다."

그건 눈앞에 있는 함필성도 마찬가지다. 그가 경찰 조직을 위해 해 온 헌신을 생각하면 자신은 감히 명함조차 내밀 수 없다.

그가 형사였던 시절 사건을 해결하다 칼에 찔린 것만 16번. 그중 4번은 생사를 오가는 중상이었다.

그럼에도 그는 경찰을 관두지 않고 지금까지도 헌신을 하고 있다.

또한 검거한 살인범의 숫자가 무려 11명, 강간범의 숫자가 37명, 납치범의 숫자가 4명, 그 외 지금까지 검거한 범인의 숫자가 무려 2674명.

그는 살아 있는 전설이었다.

"지금처럼 CCTV가 없었던 시절에도, 경찰서들 간의 긴밀한 협조가 이뤄지지 않던 시절에도 오직 열정만으로 수많은 범죄자들을 잡아 처넣으며 이 나라의 치안에 이바지하신 분들이 말입니다."

그런 경찰들이 있었기에 현재의 경찰이 있을 수 있는 거다.

자신이 여태까지 해 온 것은 그들의 헌신과 희생으로 쌓은 초석에 건물을 올린 것뿐이다.

게다가 사촌 동생이 치안감, 경찰의 고위 간부임에도 나태해지지 않고 초심을 유지한 함필성. 존경할 수밖에 없는 사람이었다.

"……큼. 내 생안계장에게 말해 놓지."

됐다.

종혁이 테이블 아래로 내린 주먹을 불끈 쥔다.

"하하. 감사합니다. 드시죠. 참 맛있습니다."

"그런데……."

종혁이 의아하게 쳐다본다.

"명분이 좀 모자라단 말이지?"

쏠 테면 더 쏘라는 말에 종혁이 얼굴을 구긴다.

"이런 성격이신 줄은 몰랐는데 말입니다."

"흐흐. 나도 한 경찰서의 수장인데, 빼먹을 수 있을 때

확실히 빼먹어야지."

그래야 부하 직원들에게 보다 더 두둑하게 나눠 줄 수 있는 거 아니겠는가.

그리고 또 그래야 생안계장을 비롯해, 한 식구가 된 지 얼마 안 된 각 부서의 장들을 확실히 설득할 수 있지 않겠는가.

단합 대회는 어디까지나 경찰서 전체의 축제일 뿐이었다.

"목포에서 강연을 좀 해 줘야겠어."

"제가요?"

"현재 우리 경찰에서 가장 성공한 사람이 누구였더라?"

"……아."

경찰 조직의 역사를 통틀어, 전무후무한 최속의 성공신화를 써 가는 종혁.

순진한 학생들을 꼬드기기에 종혁보다 더 좋은 교보재는 없었다.

'잘됐네.'

그렇지 않아도 선우와 자연스럽게 접촉할 명분을 찾고 있었던 종혁.

뜬금없이 찾아가 그날 잘 들어갔냐, 별일은 없었냐고 묻는 것보다는 이게 훨씬 자연스러울 것 같다.

종혁은 고개를 끄덕였다.

＊　＊　＊

"오늘부터 학원 앞에 마중 나갈 테니까 그렇게 알아."

쿵!

"네……. 다녀오겠습니다……."

"그래. 잘 다녀와, 아들!"

환하게 웃으며 배웅하는 오향숙을 뒤로한 채 집을 나선 선우가 가슴을 친다.

퍼억!

갑자기 숨이 막힌다.

학교로 가는 시간, 그리고 학원에서 돌아오는 시간.

유일하게 숨을 돌릴 수 있는 시간, 겨우 숨을 쉴 수 있는 시간 중 절반이 줄어들었다.

귀가 먹먹해지며 눈에 비치는 형상들이 흐릿해진다.

퍼억!

"끕! 끄흐읍!"

오랜만에 찾아온 공황 발작.

하지만 선우는 익숙하다는 듯 주변에 도움을 요청할 생각을 하지 않고 가슴만 친다.

퍼억! 퍽!

"크허억!"

한참을 주저앉아 가슴을 치던 선우.

숨통이 트이자 눈에 고인 눈물을 닦아 낸 선우가 힘이 풀린 다리를 이끌고 버스 정류장으로 향한다.

새벽 6시 30분, 이른 시간이건만 출근을 위해 움직이는 차량들을 멍하니 바라본다.

'저 차에 치여 죽으면 그땐 울어 주실까?'

아직도 기억이 난다.

교통사고로 돌아가신 아버지.

장례식장에서 엄마는 하염없이 울었다.

미안하다고, 잘못했다고, 그러니 이만 일어나라고.

그렇게 울며 몇 번이나 기절을 했었다.

그리고 그 이후 엄마가 운 걸 본 적이 없다.

"아빠랑 똑같은 모습으로 죽으면 후회해 줄 거예요?"

아파트를 바라보며 공허하게 중얼거린 선우는 이내 도착한 버스에 몸을 싣는다.

그렇게 말했지만 알고 있다.

자신은 죽을 수 없다는 걸. 죽음은 무섭다는 걸.

평소보다 더 우울한 하루의 시작이었다.

웅성웅성.

7시가 되자 목포고의 정문 안으로 교복을 입은 학생들이 들어간다.

예전에 폐지된 0교시조차 시작하지 않을 시간이건만, 이미 기숙사 학생들은 일어나 공부를 할 시간이기에 학생들은 어둠을 헤치며 걸음을 옮긴다.

강제 아닌 강제.

7시 30분까지 등교를 하지 않으면 생활기록부에 불이

익이 생기기에 그들은 졸음을 쫓으며 학교로 향한다.

선우도 단어장을 읽으며 학교 안으로 들어간다.

턱!

"아, 미안."

누군가에 부딪치자 반사적으로 말하던 선우가 뭔가 느낌이 이상해 고개를 들었다가 그대로 굳는다.

일진들이다.

등교를 하던 학생들도 힐끔거린다.

"야."

"으, 응."

어제의 일 때문인가.

'제발 나 좀 놔줘! 내가 잘못한 게 아니잖아!'

눈을 질끈 감은 선우가 그렇게 속으로 외친다.

다시 귀가 먹먹해지고, 숨통이 옥죄어진다.

"미안하다."

"응?"

"우리가 잘못한 게 있으면 미안하다고."

"씨발. 존나리 안 미안한데, 미안해. 아니, 그냥 미안."

"어?"

"아무튼 우린 사과했다. 나중에 딴소리하면 정말 죽는다. 하아암."

"씨발. 진태 그 새끼들 때문에 이게 뭔 짓이야."

"어쩌겠어. 맞아 뒤지지 않으려면 해야지. 이따가 물어본다잖아."

일진들은 하품을 하며 등굣길을 벗어났고, 선우는 그런 일진들을 보며 눈을 껌뻑였다.

"뭐…… 지?"

분명 자신에게 무슨 일이 일어났는데, 그게 뭔지 알 수가 없다.

고개를 저은 선우는 다시 걸음을 옮겼다. 이딴 것에 신경을 쓸 여유 따윈 없었다.

그렇게 교실 안으로 들어가니 먼저 온 학생들이 문제집과 참고서를 펼쳐 놓고 공부를 하고 있다.

그 누구도 자신을 신경 쓰지 않음에 씁쓸하게 웃은 선우가 욱신거리는 볼을 만지며 자리에 앉는다.

'뭘 기대한 거야.'

좋은 대학을 가기 위해 인생을 바치는 아이들이다.

공부를 할 때는 딱 공부만. 그건 자신도 마찬가지였다.

어머니 오향숙이 준 따뜻한 차로 몸을 녹인 선우는 문제집을 꺼내 들어 문제를 풀기 시작했다.

이제부터 늦어도 사흘에 한 권.

그가 풀어야 할 문제집의 숫자였다. 그것도 한 과목당 한 권이었다.

띵동댕동! 스르륵!

"차렷! 경례!"

"안녕하세요!"

"그래, 다들 아침은 먹었냐!"

"네!"

"오늘도 존나게 추운 아침이다. 다들 불알들은 멀쩡하지?"

"하하하."

이른 아침부터 공부를 하느라 경직된 학생들의 얼굴에 잠깐의 여유가 서린다.

"어디 보자. 올 놈들은 다 온 것 같고…… 안 온 놈 없지?"

"네!"

"그래. 너희도 곧 3학년, 수험생이잖아. 자기 성적, 자기 내신은 알아서 잘 챙기자."

이런 인문계 고등학교에서 3학년이 되면 선생들의 개입은 한없이 줄어들게 된다.

이미 수년을 노력해 온 학생들. 이젠 알아서 잘 해낼 시기이고, 또 잘해야 할 시기다.

그런 학생들을 쥐 잡듯 잡았다간 안 그래도 힘든 수험생 스트레스가 폭발할 수도 있다.

학생들이 무사히 수능을 치르고 좋은 대학에 진학시키는 것이 바로 수험반 선생의 역할.

그저 아이들의 긴장과 피로를 풀어 주는 것만 하며 빠르게 조례를 마무리 지은 담임이 아차 하며 다시 입을 연다.

"이번 주 금요일에 강연이 있다."

아이들의 미래를 결정지을 진로에 대한 강의다.

"어디 보자……. 우리 반에서 누가 경찰대를 지원하고 있지?"

담임의 질문에 두 개의 손이 올라온다.

"이번에 강연을 해 주실 강연자가 경찰대 출신의 경찰 간부시라니까 너희에게 도움이 되겠지?"

"오!"

"와아!"

"이건 이미 진로를 정했거나 아직 진로를 정하지 못한 다른 학생들도 마찬가지일 거다."

특정 직업을 정한 채 그 길만 걸어왔다고 하더라도 한순간에 뒤집어지는 게 이 나이의 학생들이다. 진로는 언제든 바뀔 수 있는 법이었다.

"이미 원서 접수를 마친 선배들도 참석할 거니까 이번 강연을 통해 너희들의 꿈을 다시 한번 생각해 보는 시간을 가졌으면 좋겠다. 이상 조례 끝."

"차렷! 경례!"

"수고하셨습니다!"

"그래, 오늘도 열심히 공부해라!"

선우는 교실을 나서는 담임을 바라보다 다시 문제집에 시선을 돌렸다.

그의 목표는, 아니 어머니의 목표는 한국대.

강연 따위에 신경 쓸 정신 따윈 없었다.

그건 이미 진로를 정한 다른 학생들도 마찬가지였다.

* * *

금요일이 되자 목포고가 약간 어수선해진다.

종혁의 약력이 소개되어서다.

국가대표 최연소 코치이자 무제한급 세계 랭킹 1위의 유도 영웅이었음에도 정당한 실력으로 경찰대학교에 입학한 종혁.

어떤 의미에선 한국대의 여타 학과들보다 더 들어가기 힘든 경찰대학교.

하나도 힘든 일을 두 개나 쟁취해 낸 인물이다.

그것도 모자라 겨우 31살에 총경, 일반 기업으로 치면 부장급의 임원이었다.

수많은 정치인을 비롯한 여러 유명 인사들이 졸업한 목포고.

성공했다고 자신 있게 말할 수 있는 그들 중에서도 이토록 빠른 승진 가도를 달린 이는 없다 보니 학생들은 관심을 가질 수밖에 없었다.

특히 목포고가 유도를 필수 체육으로 지정한 곳이다 보니 더욱 그랬다.

웅성웅성.

히터가 빵빵하게 틀어진 체육관에 학생들이 모여든다.

담임들이 말한 것처럼 졸업식만 앞둔 선배들도 자리를 차지한다.

"후."

'이럴 시간에 문제 하나 더 봐야 하는…… 아니구나.'

지긋지긋하고 괴로운 공부.

공식적으로 쉴 수 있는 시간이 생긴 거다. 우중충했던

선우의 얼굴에 햇살처럼 따듯한 온기가 돈다.

 선우는 챙겨 온 단어장을 내려놓으며 잠시 눈을 감는다.

 단상에 올라선 교감이 뭐라고 하던 듣지 않고 잠시의 휴식을 취한다.

 그때였다.

 짜아아악!

 늘어지는 분위기를 일깨우는 쩌렁쩌렁한 박수 소리.

 선우뿐만 아니라 선우처럼 휴식을 취하던 학생들이 놀라 단상을 본다.

 그리고…….

 "어?"

 ─모두 반갑습니다. 현재 신안경찰서에서 서장을 맡고 있는 최종혁 총경입니다.

 '뭐, 뭐야. 그 사람이 저 아저씨였어?'

 선우는 이 놀라운 우연에 눈을 껌뻑였고, 종혁은 그런 선우를 빤히 응시했다.

 '김선우 학생.'

 선우와 종혁의 시선이 허공에서 부딪쳤다.

* * *

 며칠 전에 봤을 때보다 약간은 밝은 낯빛.

 '많이 혼나지 않은 건가.'

간혹 그런 부모가 있다.

분명 자식이 피해자임에도 왜 현명하게 대처하지 못했냐며 오히려 자식을 다그치는 부모가.

다행히 선우는 그렇지 않은 것 같다.

시선을 돌린 종혁이 목포고등학교의 학생들을 둘러본다.

십대답게 맑고 당당한 눈빛들. 그저 바라보기만 해도 젊어지는 기분이다.

"어우. 이거 잡아먹히겠네요."

"하하하."

종혁도 흐뭇한 미소를 짓는다.

"내가 어때 보여요? 아저씨 같죠?"

"네!"

"아저씨 맞는데요!"

"12년 후 너희 모습입니다, 짜샤들아. 니들은 아저씨가 안 될 것 같습니까?"

"하하하하하!"

"안 될 건데요-!"

"선생님, 이 자랑스런 목포고에 숫자 계산을 못하는 친구가 있나 보네요. 아니, 자기가 피터팬처럼 늙지 않는다는 망상에 빠진 친구가 있는 것 같습니다. 조속한 정신 감정 부탁드립니다."

다시 웃음이 터진다.

종혁도 학생들의 긴장이 풀린 것 같자 고개를 끄덕인다.

"내가 누군지 알아요?"

"네!"

"아니요!"

"모르면 그냥 들어요. 그럼 자연스럽게 알게 될 겁니다."

"푸하하하!"

"내 이름은 방금 소개했듯 최종혁입니다. 아마 여러분의 부모님 세대나 삼촌 세대들은 어디선가 한 번쯤 들어봤을 이름일 겁니다. 계급은 총경. 경찰대학교를 졸업한다면 평균 25년 정도 후에 달 수 있는 계급입니다."

경찰대학교에 입학해 의경 소대장으로서 복무까지 모두 포함한 시간.

"물론, 치열한 경쟁을 이겨 내야 할 테지만 말입니다. 그래도 순경 출신들보다는 수월하게 차지할 수 있죠."

웅성웅성!

뭔가 앞뒤가 맞지 않는 이야기에 학생들은 의아함을 표했다.

경찰대를 졸업하고 25년이라면, 눈앞의 종혁은 사십 대여야만 했는데 아무리 봐도 사십대로는 보이지 않았던 것이다.

그에 종혁은 학생들을 향해 씩 웃으며 말을 이었다.

"예. 내가 잘났다는 소립니다."

"푸핫!"

"아하하하!"

"그리고 여러분도 저처럼 될 수 있고요."

체육관이 조용해진다.

이른 나이의 성공. 학생들의 열의에 불이 지펴진다.

종혁은 미소를 지으며 입을 열었다.

"그럼 강연에 들어가기 앞서 질문 하나 하겠습니다. 혹시 여기에 편부모 가정인 학생이 있나요?"

제법 많은 수의 학생들이 쭈뼛거리며 손을 든다. 선우도 마찬가지다.

본인들의 잘못이 아님에도 머뭇거리는 모습에 가슴이 아려 온다.

종혁은 선우를 보며 입을 열었다.

"나도 그랬습니다."

종혁이 태어나기 전에 돌아가신 아버지.

그리고 그런 아버지의 몫까지 대신해 아들을 키우기 위해 희생을 하신 어머니 고정숙.

종혁의 강연이 시작됐다.

"가장 기억에 남는 건 어머니가 부엌에 서서 김밥 재료를 다듬는 모습입니다."

매일 아침 눈을 뜨면 보였던 어머니의 뒷모습.

어머니의 젊었을 적 얼굴은 이젠 떠오르지 않지만, 그 뒷모습만큼은 결코 잊을 수가 없었다.

그 시절엔 무엇 하나 부족함을 느끼지 못했고, 모든 게 그냥 다 좋았다.

방 한구석에 핀 곰팡이도, 집 안에 가득한 습하고 퀴퀴한 냄새도.

아무것도 신경 쓰이지 않았다.

다른 친구들은 특별한 날이 있을 때만 먹는 김밥을 자신은 매일같이 먹을 수 있어서 좋을 뿐이었다.

어머니가 싸 준 김밥과 어묵 꼬치를 한 손에 쥐면 무서울 게 없었다.

그런 김밥이 물리고 싫어진 건 초등학교에 들어간 뒤부터였다.

"가난은 사람을 일찍 철들게 한다죠?"

1980년대 말.

그 당시엔 지금처럼 PC방이나 코인 노래방도 없었고, 어린아이가 쉽게 이용할 수 있는 곳이라곤 오락실 하나가 전부였다.

게임 한 번에 50원짜리 오락실.

그곳에 드나들며 자신의 집이 다른 아이들의 집과는 다르다는 걸 알게 됐다.

자신은 고작 50원도 없어서 매일 다른 아이들이 게임을 하는 걸 뒤에서 지켜보기만 해야 했으니까.

그로 인한 자격지심과 분노는 시간이 흐를수록 더욱 커져만 갔고, 다른 아이들이 자신을 깔보는 듯해서 견디기 힘들었다.

"불합리하다고 생각했죠."

난 왜 이렇게 살아야 하지?

왜 친구들에게 웃음거리가 되어야 하지?

"하지만 더 화가 났던 건, 제가 뭔가를 잘못하면 저를 욕하는 게 아니라 제 어머니를 욕한다는 거였습니다."

종혁처럼 편부모 가정의 학생들의 눈이 흔들린다. 자신들도 그런 경험이 있기 때문이다.

"참을 수 없었죠."

홀로 자신을 키우기 위해 이른 새벽부터 고생하시던 어머니.

가난은 원망할지언정 어머니를 원망한 적은 단 한 번도 없었다.

어머니가 자신 탓에 허리를 굽히는 모습을 보자, 세상만 탓하던 한심한 자신을 향한 분노가 끓어올랐다.

"그때 생각했습니다. 비록 없이 살아도 남들에게 무시당하지 않을 사람이 되자고."

그날부터 무엇을 하더라도 독기를 품었다. 뭔가를 하나 잡으면 될 때까지 했다.

그러다 보니 어느새 주변 친구들의, 선생님들의 시선이 바뀌기 시작했다.

"그때 유도라는 게 제 앞에 나타났습니다."

그건 종혁에게 있어 다시없을 기회이자 행운이었다.

"제 몸 보이죠?"

"네!"

"6학년 때 180센티에 근접했습니다."

"우와!"

"오!"

"다행히 재능도 있었죠."

처음 나간 대회에서 8강까지 올랐다.

이후 유도부가 있는 온갖 중학교에서 스카우트가 빗발치기 시작했다.

그때부터 유도는 종혁의 삶, 그 자체가 되었다고 해도 과언이 아니었다.

"다들 공부란 무엇이라고 생각합니까. 거기 학생, 공부가 노력만으로 된다고 생각하나요?"

"아니요!"

질문을 받은 학생들뿐만 아니라 목포고 학생들 전체가 고개를 젓는다.

그들도 뼈저리게 알고 있는 것이다.

어느 정도까진 밤을 새서 공부하는 것으로 올라갈 수 있지만, 결국 그들이 목표로 하는 꼭대기는 노력만으로 해낼 수 있는 게 아니라는 걸.

"맞습니다. 공부도 재능이죠."

종혁이 뒤에 세워진 화이트보드에 커다란 글자를 적는다.

[공부는 여러 가지 재능 중 하나]
[재능=선택지]

재능이 많을수록 선택할 수 있는 미래도 많아진다.

"제겐 유도라는 재능이 있었고, 그걸 택한 거죠."

하지만 거기서 끝이었다면 지금의 종혁은 없었을 터였다.

"살면서 선택해야 하는 상황은 계속 올 겁니다. 그리고 그때 후회하지 않을 선택을 하기 위해선 각자 자신의 재능을 알고 있어야겠죠."

그 재능이 공부고, 그것을 계속 갈고닦는 것도 분명 방법 중 하나다.

하지만 그건 어디까지나 방법 중 하나일 뿐, 선택지가 그것 하나만 있는 것은 결코 아니었다.

"가령 저 같은 경우엔……."

회귀 후 종혁의 이야기가 시작됐다.

검찰과 경찰, 국정원.

내 입맛대로 가기 위해 발악을 했던 과거를.

적당히 포장해서.

* * *

"재미없는 이야기는 여기까지입니다. 모두 재미없었죠?"

"네!"

"아니요!"

"재밌었다는 거야, 아니라는 거야?"

아직은 웃음이 헤픈 십대라서 그런지 웃음이 쉽게 터진다.

"그럼 우리 질문 시간을 가져 볼까요? 궁금한 게 있는 사람 손?"

처처처척!

수많은 손들이 올라온다.

하지만 아쉽게도 선우의 손은 올라오지 않았다.

"오케이. 거기 학생."

"경찰이 되기 위해선 사명감이 필요하다고 하셨는데, 경찰에게 사명이라는 건 어떤 건가요?"

"사명감이라……. 음. 골목에 피투성이가 된 할머니가 쓰러져 있습니다. 학생이라면 어떻게 하겠습니까?"

"시, 신고를 하겠죠?"

"그리고요?

"괜찮나 살펴보겠죠?"

학생들은 고개를 끄덕였다.

"왜죠? 학생이 범인으로 몰릴 수도 있는데?"

"어? 어…… 당연히 그래야…… 하니까?"

종혁은 고개를 끄덕였다.

"예. 당연히 그래야 하는 마음. 경찰의 사명감이란 건 결국 그런 마음에서부터 시작되는 겁니다."

약자를 보호하며, 불의를 용서하지 않는 것.

경찰의 사명은 여러 가지가 있겠지만, 결국 그 기본은 인간이라면 기본적으로 가지는 그러한 마음에서 비롯되는 것이었다.

"뭐, 물론 단순 연봉은 판검사나 변호사에 비할 바는

아니겠지만, 요새 경찰 복지가 엄청 좋아졌거든요."

종혁이 화이트보드에 경찰의 복지와 월급, 호봉에 따른 월급의 변화들을 빠르게 적는다.

그에 학생들의 눈이 빛난다.

월급은 적지만 그 외적인 부분들이 빵빵했다.

"여러분이 경찰을 되기를 희망한다면 오직 이 생각만 가지고 있으면 됩니다. 설혹 범인을 놓치더라도 억울한 피해자는 만들지 말자. 경찰에게 있어서 사명감은 오직 이것뿐이고, 이 생각만 가지고 있으면 누구든 경찰이 될 수 있습니다."

"오오."

"호."

"그럼 다음 질문?"

다시 손들이 올라왔다.

* * *

"오늘의 강연은 여기까지입니다."

"아아아!"

"아, 왜지? 이제 더 이상 저 아저씨 말을 듣지 않아도 돼서 다행인 것 같다는 것처럼 느껴지는 건?"

"아니에요!"

"그렇게 말해 주면 땡큐! 아, 다들 치킨 좋아합니까?"

"우왁!"

사랑의 다른 이름 〈133〉

"네!"
"피자는?"
"없어서 못 먹어요!"
"아주 환장을 하네."
"크크크."
"이제부터 내가 할 말이 뭔지 다 아는 것 같으니까 더 이상 말 안 할게요. 다들 교실로 뛰어! 치킨과 피자는 거기 있다!"
"우와아아아아!"

종혁은 우르르 빠져나가는 학생들과 안으로 들어오는 피자와 치킨에 활짝 웃는 졸업생들을 일견하며 선생들에게 다가갔다.

"제 이야기가 학생들에게 도움이 됐을지 모르겠네요."
"아닙니다. 충분히 도움이 됐을 겁니다."

편부모 가정 아이들에겐 희망이 됐을 거고, 경찰대를 지원하는 학생들에겐 자신의 꿈을 더욱 확고하게 만드는 계기가 됐을 거다.

그리고 아직 갈피를 잡지 못한 채 마냥 좋은 성적만 받으려는 학생들에게도 생각을 정리하는 계기가 되어 주었을 거다.

"그렇게 말해 주시니 다행이네요."

종혁은 푸근히 웃으며 체육관을 빠져나가는 선우를 봤다.

　　　　　＊　＊　＊

'달라.'

똑같이 편모 가정인데도 달랐다.

'만약 내게도 그 아저씨 같은 엄마가 있었다면······.'

선우의 낯빛이 흐려진다.

"우와악!"

"미, 미쳤어! 각자 한 판씩이야!"

피자뿐만 아니라 치킨도 한 마리씩이다.

경악하는 학생들처럼 선우도 깜짝 놀란다.

밀가루와 튀김은 장에 트러블을 일으키고 컨디션을 저하시킬 수 있기에 특별한 날이 아니면 먹을 수가 없는 치킨과 피자.

선우가 침을 꼴깍인다.

그때였다.

"김선우."

"아, 네!"

"넌 좀 따라오고, 다들 맛있게 먹어라! 체하면 죽는다!"

"네!"

"와아악!"

난리가 난 교실.

선우는 아쉬움과 초조함을 품으며 담임의 뒤를 따른다.

"쌤, 무슨 일로······ 어?"

선우는 누군가를 발견하곤 깜짝 놀랐고, 그 누군가인 종혁은 씩 웃으며 손을 흔들었다.
"지금 시간 되지?"
이제 면담, 선우의 고통을 알아볼 시간이었다.

* * *

목포고 근처에서 치킨과 피자를 같이 파는 치킨피자집.
"저, 공부해야 하는데……."
"오늘 몇 시간쯤은 괜찮잖아요. 그날 이후로는 좀 어때요. 그놈들 친구들이 괴롭혀요?"
선우는 고개를 저었다.
괴롭히기는커녕 오히려 자신을 피해 다녔다.
종혁은 다행이라는 듯 고개를 끄덕였다.
"집에 가선 어땠어요? 어머님께 더 혼났어요?"
움찔!
"……아니요."
"다행이네요."
울컥!
테이블 아래로 늘어진 선우의 주먹이 쥐어진다.
다행히 아니다. 그 일이 있은 이후 어머니 오향숙의 간섭이 더 심해졌다. 이젠 매 순간순간이 숨 막혔다.
학교에서조차도 편히 쉴 수 없는 숨.
이러다간 어떻게 되어 버릴 것 같았다.

종혁은 고개를 숙인 그를 안쓰럽다는 듯 바라봤다.

선우를 만나면 하고 싶었던 말들을 지워 버린다.

이렇게 눈앞에서 보니 확실히 알겠다. 생각보다 상태가 심각했다. 선우는 이미 궁지에, 그것도 벼랑 끝에 몰려 있었다.

"숨 막히지?"

"흡?!"

선우가 경악하며 고개를 든다.

종혁이 다 이해한다는 듯 바라본다.

"아주 예전에 너와 비슷한 아이가 있었어."

웃는 게 참 맑은 아이였다.

"이 친구의 아버지는 10살 때 돌아가셨지. 그것도 교통사고로."

선우의 눈이 크게 떠진다. 자신의 아버지도 10살 때 돌아가셨기 때문이다.

"그 친구가 말하길, 가장 기억이 남는 어린 시절이 바로 엄마 앞에서 구구단을 외우는 거였대."

"흐읍?!"

공장에서 일하는 아버지.

그리고 식당에서 낮 타임만 일하는 어머니.

선우의 눈이 요동을 치기 시작한다.

"그런데 어떻게 5살짜리가 구구단을 외울 수 있겠어. 자신의 생각도 제대로 뱉지 못하는 어린아이가……."

그런데 못 외운다고 맞았다고 한다.

사랑의 다른 이름 〈137〉

사정없이 맞다 못해 눈이 오는 겨울날 팬티도 입지 못한 채 쫓겨났다.
 그 말을 듣자 선우의 숨통이 탁 틀어막힌다.
 자신도 비슷한 기억이 있기 때문이다.
 아버지가 돌아가신 그해 겨울, 시험 성적이 나쁘다고 팬티만 입은 채 쫓겨났었다.
 너무도 변해 버린 어머니의 모습에 선우는 충격을 받았고, 그때부터 지옥이 시작됐다.
 "그때부터 그 아이는 어머니 앞에서 구구단을 외워야 했대."
 선우도 그랬다. 언제나 학교가 끝나면 엄마 앞에서 문제집을 풀어야 했다.
 그리고 못 외우면 사정없이 맞고 쫓겨났다.
 비가 오나 눈이 오나, 바람이 부나.
 "어쩔 땐 장롱에 갇히기도 했어."
 "자, 장롱에요?"
 장롱이란 단어에 선우의 호흡이 거칠어진다.

 엄마 잘못했어요! 꺼내 주세요! 공부 열심히 할게요! 안 틀릴게요!

 몇 번을 외쳤는지 모른다.
 종혁은 잠시, 아주 잠시 선우를 외면했다.
 "아이에겐 집이 지옥이었던 거야. 그러던 와중에 언제

나 자신의 편이었던 아버지가 돌아가신 거지."

그때부터 어머니는 더 지독하게 변하기 시작했다.

그래도 아버지가 있기에 선을 지켰던 어머니는 그때부터 아들을 쥐 잡듯 잡기 시작했다.

자식만큼은 성공시키고 싶어서.

중학교도 나오지 못해 빌빌거리는 자신과는 다르게 성공시키고 싶어서 그렇게 학대를 했다.

선우의 몸이 덜덜 떨린다.

이것 역시도 똑같았다.

"그렇게 하루하루. 그 아이도 어느새 고등학생이 됐지. 고3, 수험생이 된 거야."

그럼에도 학대는 멈추지 않았다.

"그러다 결국…… 터져 버리고 말았어."

"그, 그래서요?"

자신과 똑같은 삶을 산 아이는 어떻게 됐을까.

종혁은 집요하기까지 한 선우의 눈을 보며 씁쓸히 웃었다.

"극단적인 선택을 해 버리고 만 거야."

쿠당탕!

선우가 벌떡 일어났다. 그의 눈이 경악과 공포로 물들었다.

종혁은 그런 선우의 손을 꼭 잡았다.

"다시 물어볼게, 선우야. 너 힘드니?"

그렇다고 말해 주기를.

종혁은 간절히 빌었다.

사랑의 다른 이름 〈139〉

이건 선우의 이야기다.

또 다른 선우의 이야기이자, 지금의 선우가 앞으로 저지를지도 모를 이야기.

종혁은 벌벌 떨리는 선우를 응시했다.

'주, 죽었다고?'

들으면 들을수록 자신과 비슷한 삶을, 아니 똑같은 삶을 살았던 종혁의 이야기 속 인물.

그런데 그런 사람이 극단적인 선택을 해 버렸다니.

그 이야기를 듣는 순간, 마치 날카로운 무언가가 자신의 심장을 찌르는 듯했다.

'나, 나도 죽는 거야?'

스윽!

손등을 감싸는 따뜻한 손길에 정신을 차린 선우의 귀로 스쳐 지나간 종혁의 말이 떠오른다.

"선우야, 너 힘드니?"

쿠웅!

"……네."

힘들어요.

이러다간 죽을 것 같아요.

선우의 눈에서 눈물이 쏟아져 내렸다.

* * *

"그, 그래서 그분은 왜 그런 선택을 한 거였어요?"

하염없이 울던 선우가 정신을 차린 후 처음으로 던진 질문.

종혁의 표정이 낮아진다.

이제부터 하는 말은 종혁이 선우에게 하고 싶은 말이었다.

"예전에는 가정폭력이 그저 부모의 훈육으로 치부되기도 했었어. 그런 가정폭력을 피해 도망칠 행복의 쉼터 같은 곳도 없었고."

자립할 능력이 없는 아이들로서는 부모의 말을 따르는 것 외에 달리 할 수 있는 게 없었다.

"그렇게 아무런 목적도 꿈도 없이 그냥 부모님이 시키니, 하라고 하니 공부를 하는 거지."

종혁은 이러한 교육을 무작정 부정할 생각은 없었다.

십대부터 뚜렷한 목표를 지니고 있는 이들은 매우 드물고, 당장 목표로 하는 꿈이 없다면 수험 공부를 해서 명문대를 가는 것이 미래에 유리한 건 맞으니까.

명문대라는 학력이 훗날 하고 싶은 일이 생겼을 때 선택할 수 있는 선택지의 폭을 넓혀 줄 테니까.

다만 그 과정에서 학대가 더해진다면 이야기는 달라질 수밖에 없었다.

"수능을 망치고 자살을 한 수험생들 이야기를 한 번쯤은 들어 본 적 있을 거야."

"……네, 들어 본 적 있어요."

"그 사람들은 도대체 왜 자살을 했던 걸까?"

사랑의 다른 이름 〈141〉

모두 무섭기 때문이다.

이 한 번의 실패로 자신의 인생 전체가 망가진 것 같아서.

실패한 자신을 향해 쏟아질 주변의 시선이 무서워서.

또다시 1년을 더 공부할 자신이 없어서.

"고작 시험이 뭐라고. 성적이 뭐라고."

쿵!

"시, 시험이 중요하지 않다고요?!"

선우는 이해하기 힘들었다.

시험이 중요하지 않다면 지금 자신은 왜 이토록 힘들어야만 한단 말인가.

"넘어지면 일어나면 되는 거야. 고작 19살이잖아."

한 문제, 두 문제 차이로 입학할 수 있는 대학이 바뀔 수는 있을 것이다.

하지만 그것이 인생을 포기할 이유가 될 수 있을까.

지금의 실패는 완전한 실패가 아니다.

한 번 넘어진 것뿐이다.

다시 일어서서 달리면 되는 것이었다.

"공부를 잘하면 좋겠지. 좋은 대학을 가면 좋고."

다만 그게 인생에서 선택할 수 있는 유일한 길은 결코 아니었다.

하지만 몇몇 부모는 자신의 자식들에게 수험 성적이 인생의 모든 것을 결정하는 듯 오랫동안 가스라이팅을 하고 한다.

그것이 아이들을 끝내 자살까지 하게 만드는 것이었다.

종혁은 이제야 자신이 하려는 말을 알아듣는 선우의 손을 다시 잡았다.

"선우야."

"네, 네."

"살자, 우리. 살아 줘."

자신도 도울 테니까 부디.

"흐으으윽!"

선우는 다시 울음을 터뜨렸다.

* * *

"죄, 죄송해요."

한참을 울다 그친 선우가 볼을 붉힌다.

그럴수록 종혁의 가슴은 찢어진다.

이렇게 수줍고, 내성적인 아이가 어머니를 살해한 거다.

얼마나 궁지에 몰렸으면 그렇게 됐을까.

왜 이 아이가 그렇게까지 궁지에 몰릴 때까지 그 누구도 손을 내밀어 주지 않았을까.

왜 부모의 말이 전부가 아니라는 걸 알려 주지 않았을까.

"괴로웠니?"

"……네."

괴롭고, 힘들었다.

그러나 그 누구에게도 털어놓을 수 없는 사연이었다.

친구가 없었던 건 아니다.

하지만 아버지가 돌아가신 이후 어머니는 성공을 하려면 친구도 가려 사귀어야 한다면서 당시 노는 걸 더 좋아했던 친구들을 멀리하게 했다.

그렇게 친구들이 떠나갔고, 새로 친구를 사귈 수도 없었다.

쟤는 어머니가 좋아해 줄까. 쟤는 허락해 줄까.

결국 주위엔 어머니밖에 남지 않게 됐다.

그렇게 선우는 내성적인 아이가 되어 버렸다.

"이젠 어떻게 하고 싶니?"

"모르겠어요."

"어머니와 계속 살고 싶은 거야?"

"……그것도 모르겠어요."

엄마가 싫다. 엄마가 무섭다.

하지만 좋다.

공부에 대한 것만 제외하면 참 좋은 어머니.

딱 그 하나가 이렇게 숨을 막히게 하지만, 그 외에는 너무도 자신을 위해 준다. 자신을 위해 헌신해 준다.

종혁은 갈피를 잡지 못하는 선우의 모습에 한숨을 내쉬었다.

'그랬지.'

선우의 인터뷰 내용도 그랬다.
어머니께 미안하다. 어머니를 보고 싶다.
선우에게 있어 오향숙은 애증의 대상이었다.
'오늘은 이쯤에서 물러나야 하나.'
자신이 하고 싶은 말은 모두 전했다. 선우에겐 생각을 정리할 시간이 필요할 터였다.
종혁은 전자사전을 내밀었다.
"핸드폰도 검사받지?"
어떻게 알았냐는 듯한 눈에 종혁은 다 안다는 듯 웃어 줬다.
"이걸로 통화랑 문자도 할 수 있어."
선우의 눈이 동그랗게 떠진다.
"그리고 여기 버튼들 보이지?"
전자사전 옆구리에 튀어나온 하나의 버튼.
"한 번 짧게 누르면 그때부터 녹음이 시작될 거야."
"네?"
"그리고 짧게 두 번 누르면 녹음 종료. 한 번 길게 누르면 내게 전화가 연결이 될 거야."
그러니 힘들고 아픈 일이 있으면 바로 연락을 줬으면 좋겠다.
그릇된 선택을 하기 전에.
"……감사합니다."
"먹자. 이미 식었지만."
아니라는 듯 딱딱한 피자를 입에 가져간 선우는 맛있다

며 활짝 웃었다.

－우리의 함성은 신화가 되리라!
"와."
전자사전에서 재생되는 축제 영상에 선우의 눈이 흔들린다.
"참 재밌게 놀지?"
"네……."
분명 우리나라 상위 1퍼센트의 학생들이, 수재와 천재들이 가는 대학임에도 열기가 넘친다.
솔직히 충격이었다.
한국대에 입학한 이후의 일을 생각하지 않고 있었기 때문이다.
"대학은 종점이 아니야. 그저 스쳐 지나가는 곳이지."
보다 좋은, 그리고 편한 길로 만들 수 있기에 갈 뿐, 인생이란 길고 긴 길에서 스쳐 지나가는 갈림길에 불과한 장소.
"스쳐 지나가는 갈림길……."
"지나가면 좋지만, 꼭 지나갈 필요가 있는 곳은 아니란 거야."
"……감사합니다. 정말 감사합니다."
"가 봐. 힘들거나 심심하면 언제든 연락하고."
"네!"
종혁은 멀어지는 선우를 바라보다 담배를 물었다.

찰칵! 치이익!

'이제 시간을 벌었고.'

버팀목이 주변에 있다는 걸 알려 줬다. 그 심리적 안정이 선우의 그릇된 선택을 한 번쯤 말려 줄 거다.

"후우. 그럼 가 보실까."

이 사건의 피해자이자 가해자인 오향숙을 보러 가야 했다.

종혁은 오향숙이 다니는 식당을 향해 걸음을 옮겼다.

* * *

달그락, 달그락.

설거지를 마친 오향숙이 기지개를 켠다.

'오늘 경찰대를 나온 경찰 간부의 강연이 있다고 했는데······.'

"혹시 공부할 시간 뺏긴 거 아니야?"

오향숙의 눈이 뾰족했다가 가라앉는다.

아들이라면 그런 시간에도 공부를 했을 거라고 믿는 것이다.

"명문고에 진학한 건 참 다행이지만······."

고교평준화로 인해 그 위상이 좀 줄었다고 하지만, 그래도 목포고다. 학생들과 수업의 수준이 높은 명문고.

그래서 다행이지만, 이런 강연들로 아들이 공부할 시간을 뺏긴다는 게 마음에 들지 않는 그녀였다.

어차피 선우는 한국대에 입학할 테니 말이다.

한국대 외에 다른 대학은 갈 필요도 없고, 가서도 안 됐다.

"선우 엄마."

"응, 지민이 엄마. 왜?"

"선우가 작년 모의고사 때 전국에서 천 등 안에 들었다며?"

"정확히는 852등이었지."

위로 아직 851명이 남아 있다. 한국대에 가려면 앞으로 끌어내려야 할 학생들이 많았다.

"대체 비결이 뭐야?"

흠칫!

오향숙의 눈이 가늘게 떠진다.

"갑자기 무슨 일이야? 내가 말할 땐 콧등으로도 안 듣더니?"

"아니, 미진이도 이제 2학년이고 하니까……."

"왜? 전남대 과외 선생이 시원치 않나 봐?"

광주를 포함해 전라남도 최고 명문대인 전남대학교.

자신의 조카가 그 명문대의 경영학과생이라고, 그 조카가 딸을 과외해 준다고 얼마나 잰 척을 했던가.

"뭐, 시원치 않은 건 아니고……."

'그럼 지민이 머리가 나쁜 거네. 지 딸 머리가 나쁜 걸 나보고 어쩌란 거야?'

학원 같은 거 보낼 필요 없다고, 과외가 최고라고 자랑질을 하던 지민이 엄마에게 한바탕 쏘아붙이고 싶다.

하지만 앞으로도 수십 년간 함께 봐야 할 사이다.

"흐응. 맨입으로?"

"앞에 카페에서 커피 마실래? 내가 살게!"

"뭐, 곧 쉬는 시간이니까…… 얘, 너도 갈래?"

"네? 저도요?"

얼마 전 새로 들어온 이십대 여성이 화들짝 놀라고, 지민이 엄마의 얼굴이 일그러지는 순간이었다.

"선우 엄마!"

오향숙이 갑자기 주방으로 들어오는 사장에 의아해한다.

"방금 3번 룸으로 들어간 회덮밥이랑 동태탕 누가 만들었어?"

"제가 만들었는데요?"

"그래? 그럼 얼른 손님한테 가 봐. 손님이 할 말이 있데!"

"……또요?"

요 며칠 사이 자신을 찾는 사람이 부쩍 많아졌다.

오향숙의 미소가 서린다. 이렇게 불려 갈 때마다 팁을 받았기 때문이다.

"얼른 가. 얼른!"

"아, 네……."

오향숙은 얼른 손을 닦으며 주방을 나섰다.

"이번엔 엄청난 부자인 것 같으니까 특별히 언행에 조

사랑의 다른 이름 〈149〉

심하고!"

"네."

똑똑똑!

"예, 들어오세요."

"실례하겠습니다."

문을 열고 들어간 오향숙이 살짝 놀란다. 사장의 말처럼 정말 있어 보이는 사람이 앉아 있었기 때문이다.

"절 부르셨다고요."

"아, 이 동태탕을 만드신 분입니까?"

"네, 무슨 문제라도……."

"아뇨. 아니요. 문제가 아니라 너무 맛있어서 이렇게 실례를 하게 됐습니다. 혹시 비법 양념 같은 게 있는 겁니까?"

"그런 건 없어요."

그저 있는 조미료들을 손에 잡히는 대로 넣어 만드는 것뿐이다. 비법 양념은커녕 육수랄 것도 딱히 없다.

"오! 손맛이 대단하시네요."

"호호. 아니에요."

"아, 제 소개를 하지 않았군요. 반갑습니다. 푸드코리아의 최종혁 과장입니다."

명함을 내민 종혁은 푸근히 웃었다.

"아주머님을 저희 푸드코리아에서 스카우트하고 싶습니다."

쿵!

"……네?"

오향숙은 입을 떡 벌렸다.

* * *

"선우 엄마, 오늘은 이만하고 가 봐."

"네?"

"왜 그렇게 놀라? 오늘은 장사가 잘 안 되는 것 같으니까 가 보라고. 가끔은 이런 날도 있어야지."

"아, 아니……."

강제적으로 식당 밖으로 쫓겨난 오향숙이 얼른 가라고 손을 흔들다 들어가는 사장의 모습에 피식 웃는다.

'들었나 보네.'

어지간히 급했나 보다.

주방 찬모들의 손맛에 따라 달라지는 가게 매출.

이 식당에서 일한 지 벌써 10년이다. 이 식당의 매출 중 30퍼센트는 자신 덕분이라고 봐도 무방했다.

아무래도 그 때문에 환심을 사려는 것 같다.

"이런 날이 많으면 좋겠네, 호호."

그녀는 몸이 가벼워지는 걸 느끼며 몸을 돌렸다.

"잠깐 아들만 보고 집에 들어갈까?"

지금쯤이면 학교에 있을 선우를 볼 생각에 기분이 좋아진 오향숙이 종혁이 준 명함이 생각나 꺼내어 바라본다.

'푸드코리아.'

"식품개발부라고 했지?"

맛 조절 능력. 그것이 필요하다고 했다.

능력을 알아봐 준 것 같아서 기분이 좋다.

그런 그녀를 더 기분 좋게 만드는 건 바로 연봉이었다.

최소 월 400만 원.

식당에서 뼈 빠지게 일해 봤자 겨우 200만 원 언저리를 버는 그녀에게 400만 원은 지금의 월급보다 두 배나 많은 엄청난 돈이었다.

아들을 한국대에 보내기 위해선 무조건 필요한 돈.

그녀의 마음이 흔들릴 수밖에 없다.

'문제는 푸드코리아가 경기도 광주에 있다는 건데······.'

이것이 많이 걸린다. 그곳엔 목포고만 한 명문고가 없으니까.

오향숙은 인상을 찌푸리며 걸음을 옮긴다.

그렇게 목포고에 도착해 얼마나 기다렸을까.

웅성웅성.

해가 지고도 한참의 시간이 지나자 통학을 하는 학생들이 하교를 시작한다.

"호오. 호오."

1월, 맹추위에 얼어붙은 손을 불던 그녀는 고개를 숙인 채 밖으로 나오는 선우를 발견하곤 환하게 웃으며 다가갔다.

"선우야!"

"어? 어, 엄마?"

고개를 든 선우가 딱딱하게 굳는다.

반사적으로 종혁이 준 전자사전을 주머니에 숨기려 한다.

하지만……

-우리의 함성은 신화가 되리라!

"응?"

오향숙의 시선이 선우의 손에 들린 전자사전으로 향하고, 선우의 얼굴이 하얗게 굳는다.

그리고 이내 차갑게 가라앉은 오향숙이 눈이 아들을 노려보기 시작했다.

이건 배신이다.

자신은 아들을 위해 이렇게 헌신을 하고 있는데, 아들은 저딴 걸 보며 소중한 시간을 낭비하고 있다.

하지만 목포고 학생들이 쳐다보고 있다.

"아…… 아……."

애써 웃은 오향숙이 선우에게 다가간다.

"이건 뭐니, 아들? 처음 보는 건데?"

"비, 빌린 거예요! 가, 같은 반 치, 친구에게!"

선우는 필사적으로 거짓말을 했다.

"대, 대학교 축제 영상이라고요! 내, 내가 갈 수도 있는 대학이니까!"

살기 위해 거짓말을 했다.

"그러니? 친구 누구?"

사랑의 다른 이름 〈153〉

"그, 그냥 같은 반 친구예요! 이, 이거 전자사전도 되는 거라서 시, 신기해서 빌렸어요! 죄송해요!"

"전자사전?"

그렇게 생기긴 했다.

신기하다는 듯 바라본 것도 잠시.

"아들, 엄마랑 집에 갈까?"

"으응?"

"가자."

여긴 너무 장소가 좋지 못하다.

오향숙은 선우의 손을 잡아끌며 택시를 잡아탔다.

평소엔 부담돼서 탈 수 없는 택시. 하지만 오늘 같은 날은 어쩔 수가 없었다.

오향숙은 택시에 오르자마자 전자사전을 뺏었다.

-FOREVER!

짜악!

거칠게 전자사전을 닫은 오향숙이 선우의 뺨을 후려친다.

"네가 정신이 있니, 없니! 이딴 곳은 인생 패배자들이나 가는 곳이라고 몇 번 말해-!"

무슨 대학교 축제를 이렇게 화려하게 한단 말인가. 이건 그냥 놀자 대학생들이 다니는 놀자 대학교다.

이딴 대학교의 축제 영상을 봤다는 것 자체부터 자신에 대한 배신이었다.

"뭐? 네가 갈 수도 있는 대학이라고?! 네가 어떻게 내게 그런 말을 할 수 있어!"

짜악! 짝! 짝!

"아이고, 어머님!"

멈칫!

"어머. 놀라셨죠. 제 아들이 허튼 곳에 정신을 팔아서요. 실례를 끼쳤다면 죄송합니다."

"……어이구. 그래도 훈육이 너무 과하시네. 적당히 하세요. 애들이 얼마나 섬세한데."

"호호. 죄송합니다."

오향숙은 선우를 노려보곤 화를 삼켰고, 선우는 고개를 숙인 채 바들바들 떨었다.

'아니에요. 그런 대학교 아니라고요.'

한국대학교와 더불어 국내에서 세 손가락 안에 드는 명문대다. 그런 대학교의 축제 영상이다.

공부를 잘하는 형, 누나들이 노는 것도 잘하는 것뿐이다.

선우는 그렇게 말하고 싶었다.

그렇게 공포에 질려 떠는 사이 택시는 어느덧 선우가 다니는 학원 앞에 섰다.

스윽! 움찔!

볼에 닿는 어머니의 꺼끌꺼끌한 손에 선우가 반사적으로 물러선다.

그럼에도 오향숙은 놀라지 않고 한 발 다가서며 선우의 부어오른 **뺨**을 쓰다듬는다. 그녀의 눈에서 애정이 넘친다.

"선우야, 엄마가 다 너 잘되라고 하는 행동인 거 알지? 우리 선우, 한국대 법대 가야지? 의대 가야지?"

'법대는 사라졌다고요.'

한국대에 이제 법대는 없다. 몇 년 전 로스쿨이 도입되면서 법대가 사라진 것이다.

그리고 의대는 이과다. 문과인 자신이 갈 확률은 지극히 낮았다.

그런 것도 모른 채 그저 법대, 의대만 외치는 어머니.

"이건 엄마가 보관하고 있다가 내일 줄 테니까, 내일 그 같은 반 학생에게 가져다주렴. 알았지?"

"……네."

'네' 말고, 허락되는 답이 없는 물음.

오향숙은 만족스럽게 웃으며 집으로 향했고, 선우는 그런 어머니를 빤히 바라보다 고개를 푹 숙이며 학원으로 들어갔다.

맑아졌던 마음속의 하늘이 금방이라도 눈이 내릴 듯 흐려졌다.

"아들."

학원에서 돌아온 선우를 오향숙이 반긴다.

움찔!

"……네, 엄마."

선우는 이런 어머니의 미소가 어떨 때 짓는 것인지 알고 있다.

그의 낯빛이 검게 물든다.

"그럼 이제 벌을 받아야지?"

감히 한눈을 판 벌을.

탁! 탁!

선우는 오향숙에 손에 들려 다른 손바닥을 치는 장구채에 눈을 감으며 바지를 벗었다.

"이게 다 널 위해서란다."

짜아악!

* * *

목포로 향하는 차 안.

종혁의 표정이 가라앉아 있다.

'별일이 없으면 좋으련만……'

어젯밤 목포고를 찾아간 오향숙.

흥신소 직원의 보고에 따르면 선우가 공포에 질린 것 같다고 했다. 볼도 빨갛게 달아올라 있었다고 했다.

맞은 거다.

그래서 조심스럽게 선우에게 전화를 했는데, 전자사전을 뺏겼다고 했다.

괜찮냐고 물어보니 괜찮다고 답한 선우.

"쯧."

자신이 준 전자사전이 이런 상황을 불러온 것 같아서 기분이 좋지 않은 종혁이었다.

'그나마 다행이지.'

전자사전으로 전화를 걸지 않은 게.

그때 가슴을 쓸어내린 기억이 떠오른 종혁은 불쾌한 표정을 지으며 목적지에 차를 세운다.

끼이익!

종혁의 차 뒤에서 브레이크를 밟는 네 대의 리무진 버스.

그 안에서 신안경찰서 경찰들과 그 가족들이 내린다.

와글와글. 왁자지껄!

"엄마! 엄마! 체육관!"

"그래, 체육관이네?"

"어이구. 거 얼마나 이동했다고 몸이 찌뿌둥한 겨?"

"목포는 오랜만이네."

"하긴, 웬만한 건 신안에 다 있지?"

미리 예약을 해 놓으면 영업을 종료하지 않는 신안의 식당들. 그렇다 보니 웬만해선 목포로 잘 나오지 않게 된다.

젊은 경찰들은 주말이나 비번마다 목포에 나가는 것 같지만 말이다.

타지에서 신안경찰서로 발령을 받은 유부남, 유부녀들은 모두 틈이 날 때마다 가족들부터 찾는다. 가까운 거리라면 아예 그 지역에서 출퇴근을 하는 경찰들도 있다.

이윽고 목포실내체육관의 주차장으로 차량들이 도착한다.

웅성웅성!

종혁이 함필성에게 다가간다.

"오느라 수고했어."

"다리 하나만 건너면 되는데요, 뭘. 여기 이분들이 오늘 출전할 선수들인가 보네요."

오늘 걸린 상품이 상품이라서 그런지 다들 전의가 엄청나다.

"그렇지. 인사해."

"반갑습니다. 신안서장 최종혁 총경입니다."

"아이고. 거리도 얼마 안 되는데 이제야 인사를 올리네요잉. 목포서 생안계장 조두호입니다."

종혁 인사를 청하는 생활안전계장을 보며 눈을 빛낸다. 오늘 이 자리를 만들게 한 주역이기 때문이다.

목포서에서 생활안전계장만 무려 10년이나 도맡아 한 그. 참 배울 게 많을 터였다.

그건 생안계장도 마찬가지다.

"지는 뭐 봐주기 하는 거 딱 질색인디……."

"그거 우연이네요. 저도 게임은 정정당당하게 하는 게 원칙이라서요. 우리 페어플레이 합시다."

"여그서 일어나는 일은 여그서 푸는 걸로?"

"딱 여기를 나서면 다 잊는 걸로."

목포서 생안계장은 씩 웃으며 돌아섰고, 종혁은 재밌다는 듯 웃었다.

'호승심이 강하네.'

가끔 저런 타입들이 있다.

그래서 다행이다. 저런 타입은 뒤끝이 없기 때문이다.

이후 목포서 경찰들도 묘한 눈빛을 지으며 종혁에게 악수를 청한다.

고작 30살의 나이에 경찰서장이 된 종혁. 당연히 신기할 수밖에 없다.

"그럼 들어가시죠."

그렇게 그들은 목포실내체육관 안으로 들어갔고, 이내 입을 떡 벌렸다.

"땅콩 있어요!"

"버터구이 오징어와 맥주 있습니다!"

"모두 무료입니다! 그냥 손만 들어 주세요!"

종혁은 경악해 쳐다보는 목포서 경찰들과 함필성을 향해 푸근히 웃어 줬다.

"이런 축제에 주전부리와 술이 빠지면 안 되잖습니까."

신안서 경찰들은 '너흰 이런 서장 없지?'라며 어깨를 거만하게 폈다.

목포서 경찰들의 몸이 살짝 움츠러들었다.

* * *

"여보, 파이팅!"

"아빠, 이겨-!"

1등 상품이 숙소까지 포함된 5박 6일 동남아 여행권이다, 가족이 몇 명이든 다 갈 수 있는. 그것도 종합 우승 MVP가 아닌 각 종목 1등 상품이 말이다.

2등 상품은 무려 5백만 원 상당의 백화점 상품권.

그 외에도 상금이 넘쳐 난다.

가족들까지 목이 터져라 응원을 할 수밖에 없었고, 목포실내체육관은 겨울임이 무색할 정도로 뜨겁게 달아올랐다.

종혁도 미소를 지으며 맥주를 홀짝인다.

하지만 그것도 잠시다.

"쯧."

울컥울컥 생각나는 선우.

종혁의 표정이 살짝 흐트러진다.

"최 서장은 참가 안 하나?"

"제가요? 어이구."

종혁이 손을 젓는다.

자신이 참가하면 모든 종목 1등은 신안서 차지다. 비록 목적은 따로 있다지만, 두 경찰서 간의 화합을 위해 만든 자리를 망칠 순 없었다.

"호오. 자신 넘치는걸?"

"이 피지컬이 그냥 만들어진 게 아니라서 말입니다. 그리고 딱히 제가 나설 필요도 없을 것 같고요."

현재까지 스코어는 2:1. 오늘 준비된 7개의 게임 중 3게임을 치렀고, 그중 신안서가 2개의 게임에서 우승을 차지했다.

"오히려 목포서에서 와일드카드를 써야 하는 거 아닙니까?"

함필성의 미간이 좁혀진다.

"……지금까지야 몸풀기지. 이후 종목들부터 기대하라고."

"다들 그렇게 말하죠."

"흠. 그나저나 경기에 참가하는 것도 아니라면 다른 이유 때문인가 보군."

종혁이 심란해하며 응원에 집중하지 못하는 이유가 말이다.

몸을 굳혔던 종혁은 머리를 긁었다.

"좀 신경 쓰이는 학생이 있어서 말입니다."

"……김선우 학생이라고 했던가?"

함필성이 선우를 기억할 줄 몰랐던 종혁은 살짝 놀랐다가 이내 고개를 끄덕였다.

"예. 그 학생 말입니다. 가정폭력을 당하는 것 같더군요."

움찔!

"저런……."

배우자나 자식에게 신체적, 정신적으로 고통을 주는 가정폭력. 이는 한국뿐만 아니라 전 세계적으로 굉장히 많이 발생하는 심각한 문제다.

다만 미국을 비롯한 여러 국가에서는 이러한 가정폭력이 일찍이 사회적 문제로 대두되며 피해자를 보호, 지원하는 제도를 비롯해 가해자를 적극 제재하는 법률이 조성됐지만 한국은 그렇지 못했다.

아니, 정확히는 법률은 존재했지만 이를 안일하게 생각하고 대처하여 피해자들에게 믿음을 주지 못하고 있었다.

부부싸움은 칼로 물 베기라며 가정폭력 가해자를 미온하게 처벌하고, 이것이 결국 피해자들이 자신이 제대로 보호받지 못할 수도 있다는 생각으로 이어져 신고 자체를 두려워하게 만들어 버린 것이다.

이는 배우자 간의 가정폭력뿐만 아니라, 보호자와 자녀 사이에서도 마찬가지로 작용했다.

"결국 그 아이가 적극적으로 의지를 드러내지 않으면 경찰이 개입할 수도 없으니 난처하겠군."

종혁은 고개를 끄덕였다.

"여차하면 행복의 쉼터를 소개해 줄까도 생각하고는 있지만……."

"흠. 확실히 행복의 쉼터라면 그 학생을 보호할 순 있겠지."

가출한 청소년에 대한 절대적인 보호권을 지니고 있는 행복의 쉼터.

한 번 품에 들어온 청소년은 본인이 원하지 않는 한 절대 부모에게 인계하지 않는 행복의 쉼터라면 선우를 보호해 줄 수 있었다.

"하지만 알잖아. 그렇게 부모, 자식의 연을 끊어 놓는다고 해결될 문제는 아니라는 거."

 교육의 방법이 잘못됐을 뿐, 오향숙이 아들 선우를 생각하는 마음은 진심일 터였다.

 근본적인 문제를 해결하지 않고 두 사람을 갈라놓기만 한다면, 두 사람은 영원히 서로를 오해한 채 어긋날 수밖에 없었다.

"그래서 우선 선우가 혼자서 스스로의 인생에 대해 조금 더 생각해 볼 시간을 만들어 줄 방법을 고민 중입니다."

 잠시만, 조금만 더 오향숙에게 떨어져서 스스로 생각할 수 있도록.

 그런 시간을 보내며, 선우의 자립심을 키워야 한다.

"흠. 아, 이렇게 해 보면 어떻겠나? 아니, 그 전에 그 학생의 성적이 어떻게 되지?"

"전국에서 900등 안에 드는 수재입니다."

"좋군. 그럼 이렇게 하지. 내가 순천고 교장과 친분이 있어서 그런데……."

 목포고에 버금가는, 아니 일부는 더 위에 있다고 말하는 전남의 명문고인 순천고.

'맞아. 함 서장님이 순천고 출신이셨지.'

 종혁은 이어진 함필성의 말에 눈을 크게 떴다.

"호오."

"물론 예산은 자네 주머니에서 나와야겠지."

"풋핫! 저를 너무 정확하게 파악하신 거 아닙니까?"

"기본이지."

종혁이 고개를 힘차게 끄덕였다.

"그런 돈이라면 아깝지 않죠. 그럼 부탁드리겠습니다."

함필성은 고개를 끄덕였다.

* * *

"다녀오겠습니다."

현관문을 닫은 선우가 마침 도착한 엘리베이터에 오른다.

그러나 그가 누르는 건 1층이 아니라 3층.

띵!

3층에 도착한 엘리베이터가 열리자 선우는 엘리베이터 옆 소화전을 열어젖힌다.

"……다행이다."

선우가 종혁이 준 전자사전을 꺼낸다.

역시 여기다 숨긴 게 최고인 것 같다.

정말 전자사전을 돌려준 건지 그날 가방과 옷을 검사했던 엄마.

그런 일이 한두 번이 아니었기에 혹시 몰라 숨겨 뒀던 선우로서는 가슴을 쓸어내려야 했다.

입가에 미소가 그린 선우가 절뚝이며 계단을 내려가 학교로 향한다.

"너 요새 그거 맨날 본다?"

"아, 응."

옆자리 짝꿍의 말에 선우가 슬그머니 전자사전을 숨기고, 짝꿍은 더럽고 치사해서 안 본다고 툴툴거리며 몸을 일으킨다.

쉬는 시간.

교실이 살짝 소란스러워진다.

그러나 선우는 오직 축제 영상만 응시한다. 봐도 봐도 질리지 않았다.

그때였다.

드르륵!

갑자기 문을 열고 들어오는 담임선생님.

학생들 대부분이 의아해한다.

"차, 차렷! 경례!"

"됐어. 아침에 인사했는데 무슨. 그보다 다들 준비됐지?"

"네?"

웅성웅성.

뜬금없는 말에 학생들이 당황하자 담임도 당황한다.

"어? 내가 말 안 했나?"

"뭐, 뭘요?"

"오늘 시험 치른다고……."

"예에?!"

덜커덩! 우당탕!

선우도 기겁하며 담임선생님을 보고, 그는 난처해하며 머리를 긁는다.

"선배들에게도 못 들은 거야? 이런……. 이야, 이거 미안하다. 내가 말한다고 해 놓고 깜빡했나 보네."

"그, 그런 게 어디 있어요!"

"맞아요, 쌤!"

너무도 갑작스런 시험.

당연히 학생들은 뒤집어질 수밖에 없다.

"조용! 조용! 너희들이 생각하는 그런 시험이 아니니까 모두 조용히 해!"

학생들이 입을 다물자 담임선생님은 애써 표정을 굳히며 입을 연다.

"선배들에게 들은 사람도 있을 거고, 못 들은 사람도 있을 테지만, 우리 목포고는 3학년이 되면 매달 시험을 치른다."

모두 수능을 위해서다.

연습은 실전처럼. 매달 시험을 치러 보며 수능에 대한 압박감을 덜어 주려는 행위.

일종의 예방 주사다.

"그리고 맛보기 겸 3학년으로 진급하는 2학년도 1월부터 시험을 치른다."

다음 달 중순에 치러지는 반 배치고사 이전에 치르는 맛보기 시험.

"그런 의미의 시험이고, 또 생기부에도 기록되지 않는

시험이니까 걱정하지 않아도 돼. 그냥 평소 실력대로 치르면 되는 거니까."

"그, 그래도……."

"이건 이 선생님이 잘못한 거니까 오늘 시험 끝나면 음료수 쏜다! 이럼 됐지? 자, 얼른 시험지들 가져가! 그리고 이따가 전달 사항 있으니까 시험 모두 끝나도 가지 말고!"

학생들은 당황하며 시험지를 뒤로 넘겼고, 시험지를 받아 든 선우의 눈은 흔들렸다.

아무런 불이익이 없다지만, 그래도 시험은 시험.

여태까지 시험을 가장 중요하게 생각했던 선우의 머릿속이 갑자기 하얘진다.

'어, 어떡하지?'

땡동댕동!

그렇게 시험이 시작됐다.

* * *

"다들 순천고에 대해 알지?"

"네!"

"이번에 시험적으로 그 순천고와 우리 학교가 연계해서 10박 11일 합숙 수업을 진행하기로 했다. 작년 성적을 기준으로 총 30명을 뽑았는데…… 우리 반에선 선우."

"네, 네!"

"그리고 지수랑 철종이가 포함된다."

"오오오!"

선우의 눈이 동그래진다.

'10박 11일? 엄마가 허락해 줄까?'

놀라우면서도 얼떨떨하지만 가장 먼저 드는 생각은 바로 어머니 오향숙의 허락이었다.

하지만 가고 싶다.

숨이 막히는 집.

아주 잠시라도 떠나고 싶었다.

"이따가 교무실 와서 부모님께 드릴 통지서 가져가. 그리고 이건 오늘 시험 답안지다. 여기다 붙여 놓을 테니까 확인해."

"차렷! 경례!"

"안녕히 계세요!"

"그래, 내일 보자."

담임이 나가자 학생들이 우르르 칠판 앞으로 모여든다.

"야, 야! 내가 말할 테니까 다들 채점해! 국어 1번에 3!"

"그렇지. 3번 말곤 답이 없지."

"아자!"

당연하다는 듯 심드렁하게 정답 체크를 하는 많은 수의 아이들.

선우도 고개를 끄덕이며 정답을 체크한다.

하지만 그것도 잠시.

"어? 어어?"

흔들리기 시작하는 선우의 눈빛.

"아."

채점을 마친 시험지들을 응시하는 선우의 낯빛이 파랗게 질렸다.

* * *

부우웅! 빵빵!

저녁 9시 50분이 되자 오향숙이 선우의 학원 앞에 도착한다.

따뜻한 찻물이 담긴 보온병을 꼭 끌어안은 그녀가 주변을 둘러본다.

"아으, 추워."

"올해는 유독 추운 것 같네."

자신처럼 자식들을 데리러 온 부모들.

차가 있는 부모는 차 안에서 대기하고, 그렇지 못한 부모는 거리에서 추위에 발을 동동 구르며 자식을 기다린다.

고개를 돌린 오향숙이 오늘 걸려 온 전화를 떠올린다.

푸드코리아에서 온 전화.

'빠른 시일 내에 가부를 결정지어 주면 좋다고 했지.'

"후우."

그녀의 머릿속이 복잡해진다.

'선우를 데려가야 하는데…….'

중앙고등학교라는 곳이 그나마 명문이라 불린다고 하지만, 오향숙의 성에 차지 않는다.

'이 김에 서울의 명문고로 전학을 시키는 게 가능하면 좋을 텐데…….'

아마 쉽지 않을 것이다.

그렇다면 가장 간단한 방법은 선우를 목포고의 기숙사에서 생활하게 하고 자신만 올라가는 것이었다.

그리고 주말마다 와서 점검을 하면 된다.

다만 문제는 선우다.

이전까지라면 충분히 믿고 혼자 올라갔겠지만, 최근 보여 준 모습이 실망스럽기 그지없는 아들 선우.

"뒤늦게 사춘기라도 온 건가……."

그렇다면 더 믿을 수가 없다.

자신이 옆에서 지켜보지 않으면 한눈을 팔 게 분명했다.

웅성웅성!

"아, 끝났나 보네."

오향숙은 방금까지 하던 생각을 가슴 깊은 곳에 밀어 놓은 채 지친 모습으로 나올 선우를 기다렸다.

그런데…….

'뭐, 뭐지?'

어느새 조용해진 거리에 오향숙이 당황한다.

그녀는 얼른 학원 안으로 들어갔다.
"아, 김선우 학생이요. 잠시만요? 어? 오늘 안 왔는데요?"
"……네?"
오향숙이 눈을 동그랗게 떴다.
그녀는 다급히 핸드폰을 들어 선우에게 전화를 걸었다.
-뚜르르, 뚜르르, 달칵!
"아들! 지금 어디야!"
-지금은 전화를 받을 수 없어…….
"얘, 얘가?"
당황했던 오향숙의 얼굴이 일그러진다.
아들 선우에게 정말로 사춘기가 온 것 같다.
"하필 이 중요한 시기에……."
이건 배신이다. 며칠 전 오해로 밝혀졌던 일에 버금가는 지독한 배신.
"까드득!"
그녀의 눈이 분노로 일렁거리기 시작했다.
그녀는 선우가 갈 만한 곳을 찾아 목포시 전체를 뒤지기 시작했다.

* * *

"하아."

뽀얀 입김이 어두운 밤하늘로 퍼진다.

"내가…… 왜 그랬지?"

선우가 머리를 쥐어뜯으며 괴로워한다.

평상시보다 몇 개나 더 많이 틀렸다.

2학년 기말고사와 난이도 차이가 거의 없는 시험을.

이 시험지를 엄마가 어떤 반응을 보일지 않았기에 그게 무서워 이렇게 도망쳐 버렸다.

그런데 잠시 가만히 앉아 생각해 보니 시험지는 그냥 숨기면 되는 거였다.

"어차피 집으로 통보도 안 가는 시험이었는데……."

투욱! 툭!

선우는 자신의 머리를 치며 자책을 했다.

'지, 지금이라도 돌아갈까?'

핸드폰으로 시간을 확인한 선우의 낯빛이 검게 죽는다.

총 30통의 부재중 전화.

발신자가 모두 엄마다. 핸드폰을 무음으로 돌려 놔서 전화를 받지 못한 거다.

"아, 안 돼."

이러면 돌아갈 수 없다. 지금 돌아가면 어떤 벌을 받을지 모른다.

"어, 어쩌면……."

순간 선우의 코끝으로 퀴퀴한 곰팡내가 스친다.

"끄흑?! 끅!"

사랑의 다른 이름 〈173〉

좁고 어둡고 곰팡내가 가득한 지옥, 장롱.
눈앞이 아찔해지며 숨통이 막힌다.
선우는 익숙하다는 듯 가슴을 후려친다.
꽉 막혀 오는 숨통에 기계적으로 가슴을 두드린다.
그런데…….
'어? 어?'
평소와 다르게 트이지 않는 숨통.
이제 트일 때가 됐는데 트이지 않는 숨통.
'왜? 왜!'
손이 다급해지는 선우의 눈에 공포가 서리기 시작한다.
"끄흡! 끄흐읍?!"
'뭐, 뭐야. 나, 나 죽어? 죽는 거야?'
이젠 눈앞이 흐릿해진다. 소리가 멀어진다.
선우가 패닉에 빠지는 순간이었다.
"선우야!"
타다닥!
'아저…… 씨?'
선우는 고개를 돌리며 앞으로 고꾸라졌다.

* * *

삐익! 뻭!
정신을 차린 선우가 천장을 보며 눈을 껌뻑인다.

높고도 새하얀 천장.

'여긴 어디…….'

"일어났어?"

얼굴을 덮은 무언가를 떼어 내는 손길에 기겁하며 고개를 돌린 선우가 깜짝 놀란다.

"아저씨?"

종혁은 아저씨가 왜 여기 있냐는 듯 쳐다보는 선우의 시선에 이를 악문다.

공황장애의 대표적인 증상 중 하나인 과호흡.

이미 벼랑 끝에 서 있던 선우. 그런데 그 정도 수준이 아니었다.

선우는 지금 당장 조치가 취해야 할 만큼 상태가 심각했다.

더 이상 기다릴 시간이 없었다.

"선우야, 단도직입적으로 물을게. 어떡할래. 이대로 집에 돌아갈래? 집에 가고 싶어?"

쿵!

선우의 가슴이 탁 틀어막힌다.

"……아, 아니요."

들어가기 싫다. 최소한 오늘은 들어가기 싫었다.

'된다면 영원히…….'

엄마가 없는 공간에서 살고 싶었다.

방금 전 죽을 뻔한 경험을 하고 나서야 확실하게 알게 됐다.

이러다간 죽는다는 걸.

"그러면 혹시 기숙사에 들어갈 생각 있니?"

"기, 기숙사요? 어, 어떻게요?"

"그건 이 아저씨가 알아서 해 줄 테니까 정말 그러고 싶니? 기숙사에 들어가고 싶어?"

"……네."

엄마가 없는 공간이라면 어디든 상관없었다.

그것이 설령 지옥이더라도.

"그래."

종혁의 표정이 낮아진다.

"알았어. 조금만 기다려. 이번에 합숙을 마치고 돌아오면 기숙사에 자리가 나 있을 테니까."

"네?"

"대신 오늘은 아저씨가 하자는 대로 좀 하자."

"뭐, 뭘요? 어떻게요?"

"일단 이거 받고, 핸드폰 줘 봐."

종혁에게서 만년필을 받은 선우가 얼떨떨해하며 핸드폰을 내민다. 그걸 받아 들자마자 바닥에 떨어트리며 밟아 버리는 종혁.

콰직!

"힉?!"

"넌 학교가 끝나고 학원에 가는 길에 넘어져서 정신을 잃고 여기 병원에 실려 온 거야. 어머니 전화번호는 기억하지?"

"네, 네……."

"오늘은 여기서 자고, 내일 아침에 연락드려. 그리고 어머니가 전화를 받자마자 사과부터 해. 이제 정신을 차렸다고, 정신을 차리자마자 연락을 한 거라고."

선우의 눈이 흔들린다.

"……그, 그래도 될까요?"

그런 거짓말을 해도 되는 걸까.

이미 전자사전을 숨기는 것 때문에 양심의 가책을 진하게 받고 있는 그.

"그래야 혼나지 않을 거야."

움찔!

"……네."

"그리고 그 만년필은 일종의 도청 장치니까 잘 간직해."

"네, 네? 네에?!"

"합숙 가기 전까지 그걸 꼭 몸에 지니고 있어. 그래야 오늘 같은 일이 있을 때 바로 널 찾아갈 수 있으니까. 그거 GPS도 되는 거거든."

"아……."

"하고 싶은 말이 있으면 거기다 말해. 아저씨가 언제나 이걸 한쪽 귀에 꽂고 있을 테니까."

이어폰을 보여 준 종혁은 몸을 일으켰다.

선우에겐 지금 홀로 생각할 시간이 필요했다.

마음을 정리하고, 스스로 원하는 걸 결정할 수 있을 시간이.

"선우야."

"네."

"힘들면 꼭 말을 해 줘. 그럼 이 아저씨가 널 찾아갈 테니까."

구해 줄 테니까.

종혁은 뒷말을 삼킨다.

"그럼 쉬어라."

"아, 아저씨!"

정신없이 몰아침에 당황하던 선우가 반사적으로 종혁을 불러 세운다.

왜 불렀냐고 묻는 시선에 선우가 입술을 깨문다.

왜일까. 대체 왜일까.

"아저씨는…… 왜 제게 이렇게 잘해 주세요?"

"그러고 싶으니까."

"네?"

"또 그래야 하니까. 오히려 늦어서 미안하지. 푹 쉬어."

"네? 네, 네?"

드륵! 탁!

선우는 닫힌 문을 멍하니 바라봤다.

하지만 그것도 잠시다.

병상에 누운 선우가 웅크리며 눈을 감는다.

따뜻하다. 왜인지 가슴이 참 따뜻하고, 편하다.

"고마워요……."

선우의 입가에 떨리는 미소가 피어나기 시작했다.

* * *

오향숙이 망연히 아들을 본다.

하루 온종일 찾아다녔음에도 보이지 않던 아들이 병원에 입원해 있었다.

다행히 외상은 없어 보이는 아들.

선우는 그런 엄마의 눈빛에 안절부절못했다.

"기, 길을 지나려다가 차가 오는 바람에 노, 놀라서 넘어졌어요."

당황하고 무서워 종혁이 말한 것에 살을 덧붙인 선우.

움찔!

오향숙의 눈동자가 흔들린다.

"……그래서 오늘 새벽에 정신을 차렸다고? 그럼 어제는 공부를 못했겠네?"

"네?"

선우는 눈을 껌뻑였다.

지금 자신이 제대로 들은 게 맞은 걸까.

화를 참는 듯한 엄마의 눈빛에 고개가 절로 숙여진다.

그래서 보지 못했다. 엄마의 얼굴이 하얗게 질려 가는 걸.

"일단 학교에 가. 그리고 오늘은 학원에 가지 말고 집으로 와."

"네?!"

선우는 자신이 제대로 들은 건지 의심했다.

하지만 이내 곧 그의 입술이 꿈틀거린다.

'그래도 내 걱정을 하시는구나…….'

울컥 무언가가 차오른다.

"아, 엄마!"

선우가 가방을 뒤져 통지서를 내민다.

"합숙? 순천고 학생들이랑?"

"으응. 작년 성적을 기준으로 상위 30명을 뽑아서 진행하는 거래요."

순천고는 그녀도 많이 들어 본 명문고다.

"……알았어. 이런 건 무조건 가야지. 엄마가 선생님께 연락해 볼게."

선생님들이 일어날 때부터 잠잘 때까지 감시할 합숙. 이런 곳이라면 믿을 만했다.

"얼른 옷 입고 1층으로 나와. 학교 가야지."

선우를 내버려두고 나온 그녀가 원무과로 향했고, 남겨진 선우는 닫힌 문을 바라보다 숨을 탁 토해 낸다.

"후, 후아!"

심장이 떨려 혼났다.

"……다행이야."

이 거짓말에 엄마가 넘어가 줘서.

엄마를 속인 죄책감이 가슴을 두드리지만, 선우는 혼나지 않아서 다행이라고 생각했다.

"그리고……."
가슴을 쓸어내리는 선우의 입가에 미소가 걸린다.
"아저씨, 듣고 계세요?"

"모두 수납이 됐다고요?"
"네. 어제 환자분과 함께 오신 분께서 모두 수납을 하셨어요."
오향숙이 소스라치게 놀란다.
"……혹시 연락처를 알 수 있을까요?"
"죄송합니다. 개인정보는 알려 드리지 않는 게 원칙이라서요."
"그래도…… 하아. 네, 감사합니다."
몸을 돌린 오향숙이 핸드폰을 든다.
"네, 최종혁 과장님. 제가 너무 이른 아침에 연락을 드렸을까요? 네. 저 할게요. 숙소는 따로 지원해 주는 거 맞죠? 네, 네. 알겠습니다."
통화를 종료한 그녀는 다른 곳으로 전화를 걸었다.
"네. 거기 복덕방이죠?"
그녀의 눈빛이 차갑게 가라앉았다.

* * *

"으흐응."
하교를 하는 선우의 얼굴에 미소가 가득하다.

언제나 천근만근 무거웠던 몸이 날아갈 것처럼 가볍다.

 난생처음이었다.

 그 기분을 만끽하며 걷다 보니 어느덧 아파트 앞에 도착한 그.

 잠시 아파트 입구에 멈춰 선 선우가 자신의 집을 바라본다.

 "다음 주 합숙을 다녀오면……."

 이제 저 집에서 살지 않아도 된다.

 답답하고도 지옥 같은 집에서.

 "미안해요, 엄마."

 엄마가 많이 아쉬워할 테지만, 살고 싶었다. 숨을 돌리고 싶었다.

 선우는 가슴속에서 차오르는 죄책감을 누르며 집으로 들어갔다.

 "다녀왔습니다."

 "왔니? 씻고 나오렴."

 "네!"

 선우가 그 어느 때보다 빨리 화장실로 들어가 씻고 나온다.

 식탁에 앉은 두 사람.

 선우는 엄마가 무슨 말을 할까, 또 걱정을 해 주지 않을까 작은 기대를 품어 본다.

 "후우. 선우야. 아들."

"네, 엄마."

"엄마에게 이번에 아주 좋은 기회가 왔어. 엄마 음식 솜씨가 좋은 거 알지?"

이어진 그녀의 설명에 선우가 눈을 크게 뜬다.

"저, 정말요?!"

"응. 별다른 일이 없으면 다음 달부터 경기도 광주로 가게 될 거야."

"와아!"

왜일까. 정말 대단하다고 말하고 싶은데, 다행이라는 생각부터 든다. 선우는 치밀어 오르는 격동을 숨기고자 얼른 고개를 숙였다.

너무 좋아하는 모습을 보이면 엄마가 실망하지 않을까 시선을 피했다.

"그래서 엄마가 많이 생각하고 결론을 내린 건데…… 우리 아들도 전학을 가야겠다."

쿵!

"네?!"

"알아보니까 광주에서 성남으로도 등교할 수 있는데, 성남에도 꽤 괜찮은 학교들이 있더라고. 네 성적이면 거기서도 당연히 반길 테고……."

뒷말이 들리지 않는다.

그 어느 때보다 맑았던 하늘이 무너져 내리기 시작한다.

"아들, 들리니? 엄마 말 들려?"

"……왜, 왜요?"

선우가 떨리는 눈으로 엄마를 본다.

오향숙은 그런 아들을 보며 코웃음을 쳤다.

"왜긴 왜야. 내가 널 어떻게 믿고 여기에 놔두겠니."

이미 사춘기에 들어선 아들이다.

그렇지 않아도 마음에 들지 않았는데, 이런 사고까지 났다. 제 아빠와 같은 모습으로 갈 뻔했다.

목포의 터가 안 좋은 것이었다.

"아."

아침에 넘어간 건 넘어갔던 게 아니었다.

선우는 이 순간 깨달았다.

자신은 뭘 어떻게 해도 어머니를 벗어날 수 없다는 것을.

평생을 이렇게 살아야 한다는 것을.

"끄흡! 끄흐윽?!"

"아들? 아들!"

선우는 가슴을 잡고 무너졌다.

* * *

"괘, 괜찮니? 괜찮아, 아들?"

파랗게 질린 오향숙이 침대에 누워 숨을 거칠게 몰아쉬는 선우를 다독인다.

방금 전 숨이 넘어가려고 했던 것보다는 상태가 훨씬

나아진 아들. 그녀도 놀란 가슴을 다독인다.

"언제부터 이런 거야? 갑자기 왜 이러는 거야?"

모른다. 감기처럼 갑자기 찾아왔을 뿐이다.

그리고 그 뒤부터 떨어지지 않았다.

"허억! 헉!"

"벼, 병원을……."

말을 하던 오향숙이 소스라치게 놀라며 고개를 젓는다.

병원은 안 된다. 그러다 혹시나 병이 있다고 판명이 나면 어떡한단 말인가. 병원을 가도 대학에 입학을 한 후에 가야 했다.

숨이 돌아온 걸 보니 죽을병은 아닌 모양.

그녀는 놀란 가슴을 다독이며 독심을 머금는다.

"쉬렴. 나아지면 공부하고."

'공부요?'

아들이 죽을 뻔했는데도 또 그놈의 공부다.

선우의 시선이 하얗게 질린 채 문을 닫고 나가는 오향숙에게로 향한다.

"어휴. 이게 뭔 일이야? 역시 목포는 터가 안 좋은 게 분명하다니까."

달칵!

문이 닫히며 고요해지자 선우가 천장을 바라본다.

"그렇구나……."

이젠 확실히 알겠다. 자신은 그저 엄마의 욕심을 대변

사랑의 다른 이름 〈185〉

할 인형일 뿐이란 걸.

자신은 아들이 아니라 인형일 뿐이었다.

"아빠……."

'이럴 때 아빠가 살아 계셨으면 내 편을 들어 줬을 텐데…….'

아빠와 함께했던 모든 순간이 기억난다.

구구단 2단을 외웠다고 손뼉을 치며 좋아하던 아빠.

날이 좋은 날 공원에서 목말을 태워 주며 아빠.

낚시를 가서 라면을 끓여 주며 맛있냐고 묻던 아빠.

그리고 언제나 엄마에게서 구해 줬던 아빠.

그런 아빠의 장난스럽던 미소가 떠오른다. 그 온기가 떠오른다.

그러나 이젠 아빠가 없다. 자신을 엄마에게서 구해 줄 사람이 없다.

곧 주위의 모든 게 고요해진다.

째깍! 째깍!

"언제까지 이렇게 살아야 할까……."

답은 이미 정해져 있다.

평생이다. 평생 엄마를 벗어날 수가 없다.

"그러면 견딜 수 있을까?"

아니다. 그렇지 못할 거다.

'언젠가 죽고 말겠지.'

종혁이 이야기해 주었던 인물처럼.

죽는다. 죽는 거다.

선우의 몸이 다시 떨린다. 숨이 거칠어진다.

퍽! 퍽퍽!

멍한 눈의 선우가 가슴을 치며 몸을 일으킨다.

불이 꺼진 부엌으로 걸어가 싱크대 아래 찬장에 꽂힌 칼을 꺼내 들고 문이 닫힌 안방 앞에 선다.

희미하게 들리는 코 고는 소리.

'자고 있네.'

아들은 죽을 것 같았는데, 엄마는 자고 있다.

서글피 웃은 선우가 안방의 문을 조심스럽게 열고 들어간다.

침대에 누워 자고 있는 엄마 오향숙의 모습이 보인다.

"엄마, 미안해. 나 살래. 살고 싶어."

선우가 칼을 높이 쳐드는 순간이었다.

달그락!

마치 천둥이 치는 것처럼 그의 귀를 강하게 때리는 소리.

"아."

고개를 내린 선우가 그대로 굳는다.

만년필 한 자루가 발끝에 닿아 있다.

'아저씨……'

처음 본 자신을 위해 많은 걸 해 주려 한 경찰 아저씨.

언제나 자신이 힘들 때 햇살처럼 나타난 아저씨.

아버지가 돌아가신 이후 처음으로 자신에게 무조건적인 애정을 보내 준 아저씨.

'아저씨가 싫어하시겠구나.'

자신이 엄마를 죽이면 엄청 실망을 할 거다.

그리고 엄마도 알지 못할 거다. 내가 왜 이런 짓을 했는지.

"아니다. 그냥 내가 죽자."

그러면 엄마도 슬퍼할 거다. 평생 죄책감을 가지고 살아갈 거다.

자신이 평생토록 겪은 지옥을 엄마가 겪는 거다.

"그래. 그게 낫겠다."

경찰 아저씨도 자신을 싫어하는 것보다는 슬퍼하는 게 나을 것 같다.

"헤헤."

선우는 칼을 내렸다.

그때였다.

쫘아앙!

"선우야-!"

기겁한 선우가 현관문 쪽을 향해 고개를 돌린다.

"무, 무슨 일이야! 선우? 아들?"

깜짝 놀라 일어난 오향숙이 안방에 있는 아들에 어리둥절해한다.

하지만 그것도 잠시.

아들의 손에 들린 식칼에 경악한다.

"너, 너?!"

쫘아앙!

"아, 안 돼."

안 된다. 이렇게 끝나면 안 된다.

선우는 다급히 안방을 뛰쳐나와 베란다로 달렸다.

"선우야! 아들!"

오향숙이 반사적으로 뒤따라 나오는 순간 현관문이 거칠게 열리며 종혁이 난입한다.

종혁의 시선이 베란다로 달려가는 선우에게로 향한다.

"야, 인마!"

드르륵!

베란다 문을 열어젖히며 몸을 돌리는 선우.

선우가 기겁하며 달려오는 종혁을 보며 싱긋 웃는다.

'죄송해요, 아저씨.'

끝이라서 그런지 느려지는 시간, 선우는 경악하는 종혁의 모습을 담은 눈을 감으며 몸을 뒤로 젖혔다.

후우웅!

등 뒤에서 몰아치는 차가운 바람에 선우의 미소가 짙어진다.

'춥다.'

죽음은 많이 추웠다.

하지만 시원했다. 선우는 양팔을 활짝 벌렸다.

'안녕. 안녕히······.'

그렇게 죽음이 찾아왔다.

"김선우-!"

콰악!

온몸을 따뜻하게 감싸는 온기에 선우가 눈을 부릅뜬다.

"아, 아저씨!"

"힘들며 말하랬잖아, 인마. 짜식이 사람 식겁하게 하고 있어."

"자, 잠깐! 아저씨!"

"더 이상 외롭지 않게 아저씨가 같이 가 줄게."

싱긋 웃은 종혁이 선우를 꽉 끌어안으며 몸을 뒤집는다.

선우의 눈에 경악한 얼굴을 내밀고 있는 엄마 오향숙이 개미처럼 작아진다.

곧 지상이다.

'아, 안 돼! 안 돼요!'

이건 아니다. 이건 정말 아니다.

"어린놈이 어딜 혼자 가려고. 이 악물어. 땅이다."

"흡!?"

종혁은 몸에 힘을 주는 선우를 더 힘주어 끌어안으며 눈을 감았다.

퍼어어억!

따뜻하다.

앞이 보이지 않고 숨이 좀 막혀 답답하지만 따뜻했다.

"지옥은…… 따뜻하구나."

빠아악!

"으악?!"

갑자기 눈앞이 번쩍이며 머리가 부서지는 것 같은 고통

에 눈을 뜬 선우가 고개를 든다.

"아저씨……? 아, 아저씨도 지옥에…….."

"개소리하지 말고 비켜, 인마. 무거워."

"으악!"

옆으로 밀쳐진 선우가 푹신한 무언가에 깜짝 놀란다.

그의 시야에 들어오는 주황색 바다.

'아니…… 매트?'

"최! 괜찮습니까, 최!"

출렁이는 매트에 고개를 돌리니 종혁이 매트를 내려가고 있다.

종혁은 달려오는 SVR과 CIA 요원들을 향해 엄지를 치켜들었다.

"굿 잡. 정확한 위치였어요."

"아니……."

낯빛이 희게 질린 각국의 요원들이 부들부들 떤다.

저번에도 이러더니 이번엔 무려 11층에서 추락이다.

할 말이 많지만 말을 못하는 그들의 모습에 종혁이 입맛을 다시는 순간이었다.

지이잉! 지이잉!

"아."

핸드폰을 본 종혁의 낯빛이 파랗게 질린다.

"이, 이거 안 받으면 안 되겠죠?"

"감당하실 수 있다면……."

"끄응."

종혁은 전화를 받을 수밖에 없었다.

-최에에에!

"윽!"

수화기 너머로 확실하게 느껴지는 나탈리아의 분노.

다급히 귀에서 핸드폰을 떼는 종혁에게 CIA 요원이 본인의 핸드폰을 내민다.

-최, 헨리입니다.

"아오……."

눈앞이 막막해진다.

"서, 선우야-! 아들!"

종혁의 고개가 아파트 입구로 돌아간다.

버선발로 뛰쳐나오는 오향숙의 모습이 종혁의 눈에 들어온다.

종혁은 다시 핸드폰을 귀에 가져갔다.

"혼나는 건 나중에 할게요."

통화를 종료한 종혁이 아들을 찾아 헐레벌떡 뛰어오는 오향숙의 앞을 막는다.

"비켜! 비키란……."

짜아악!

"……아?"

망연한 오향숙의 눈이 종혁을 바라보고, 종혁은 그녀를 찢어 죽일 듯 노려본다.

"봤습니까? 당신 때문에 당신 아들이 오늘 무슨 짓을 하려고 했는지?"

콱!

종혁이 오향숙의 머리채를 잡아채 선우를 보게 만든다.

"봐! 당신의 그 말도 안 되는 욕심 때문에 당신 아들이 무슨 선택을 했는지!"

"아! 아아……."

'나, 나 때문이라고?'

자신 때문에 하나뿐인 소중한 아들이 자신을 죽이려 했고, 죽으려고 했다?

아니다. 말도 안 된다.

"아, 아니야……. 아니야! 아니라고-!"

"아니긴 뭐가 아니야-! 보라고! 봐!"

"아아! 아아아아! 서, 선우야! 선우야!"

미안했다. 엄마가 미안했다.

이렇게 힘들 줄 알았다면 그러지 말 것을.

남편의 말을 들을 것을.

오향숙은 무너져 오열을 했고, 종혁은 선우를 향해 뻗는 그녀의 손을 낚아채 수갑을 채웠다.

철컥!

"오향숙 씨, 당신을 아동학대 및 상해, 폭행, 체벌, 감금, 협박 등 가정폭력 혐의로 체포합니다. 당신에겐 묵비권이 있고, 변호사를 선임할 수 있고, 불리한 진술을 거부할 수 있으며, 이 체포가 부당하다 생각될 시 체포구속 적부심을 신청할 수 있습니다."

"아아아! 선우야! 선우야!"

종혁은 발버둥 치는 오향숙의 발목에도 수갑을 채우며 매트를 빠져나오는 선우에게 다가갔다.

바닥에 쓰러져 버둥거리는 엄마를 멍하니 쳐다보는 선우.

종혁이 선우의 손을 잡아끌며 그 손에도 수갑을 채운다.

"김선우 씨, 당신을 존속살해미수죄로 체포합니다. 당신은 묵비권을 행사할 수 있고, 변호사를 선임할 수 있으며, 불리한 진술을 거부할 수 있습니다. 또한 이 체포가 부당하다고 생각될 시 법원에 이의를 요청할 수 있습니다. 이해하셨습니까?"

"……아저씨."

"그래, 선우야. 걱정 마. 변호사는 아저씨가……."

"고마워요."

자신을 멈추게 해 줘서.

구해 줘서.

너무 고마웠다.

"……그래. 춥다. 따뜻한 밥 먹으러 가자."

종혁은 고개를 푹 숙이며 흐느끼는 선우의 머리를 쓰다듬으며 얼굴을 일그러트렸다.

참 좆같은 날이었다.

* * *

밤사이 목포서 벌어진 끔찍한 참변!

김 모 학생은 왜 아파트에서 투신을 했나!

아들을 학대한 엄마! 아니, 악마!

훈육이란 이름의 학대! 아이들이 벼랑 끝에 내몰린다!

작년에 자살한 19세의 학생, 집계 불능! 서울에서만 1437명!

수능! 바뀌어야 한다!

다음 날 아침, 대한민국이 뒤집혔다.

후룩!

따뜻한 커피향이 퍼지는 목포경찰서의 서장실.

함필성이 졸림으로 가득한 눈을 누른다.

어젯밤 잠결에 보고를 받자마자 경찰서로 뛰어온 그. 그가 본 건 경찰서 앞을 죽치고 있는 기자들이었다.

"결국 이렇게 됐군."

"이 정도로 끝나서 다행이죠."

"최 서장이 노력한 덕분이지."

"뭘요."

아예 막아 내지 못해서 미안할 뿐이다.

"민폐를 끼쳤습니다. 죄송합니다."

"됐어. 그런 식으로 따지면 오히려 내가 고마운 거니까."

종혁이 아니었다면 관내에서 자살 사건이 벌어졌을 거다.

그리고 예비 수험생의 수능에 대한 압박으로 인한 자살

이라는 말도 안 되는 타이틀로 반짝이고는 잊혀졌을 거다.

종혁은 신문 한 줄을 겨우 차지할 한 사람의 죽음을, 그리고 인생을 구한 것이다.

'어쩌면 두 사람의 인생을.'

오히려 상을 줘도 아깝지 않다.

"그렇게 말해 주시니 감사합니다. 그럼 전 이만 일어나 보겠습니다."

"그래, 최 서장도 수고해."

고개를 끄덕이며 서장실을 나선 종혁이 강력계의 유치장 안으로 들어간다.

"후룩?!"

뜨끈한 시래기 된장국에 밥을 말아 입에 가져가다 굳은 선우.

모든 게 끝났다고 생각한 것인지 낯빛이 밝다.

종혁이 그런 그에게 신문들을 내민다.

"정말 괜찮겠어?"

어젯밤 목포서로 오는 길, 선우가 먼저 세상에 알려 달라고 했다. 자신의 아픔을.

지금도 자신처럼 고통받고 있을 또래의 아이들을 위해.

그렇지 않았으면 어제의 일은 결코 뉴스를 타지 않았을 것이다.

걱정 가득한 눈빛을 향해 싱긋 웃은 선우가 신문을 보

다 깜짝 놀란다.

"자, 자살을 한 사람이 이렇게 많았어요?"

"뭐, 모두 수능 실패로 자살을 한 건 아니지."

여타 다른 이유도 많다.

"국민 여론을 움직이기 위한 부풀리기랄까."

그래도 너무 많은 숫자의 학생들이 수능 실패로 안타까운 선택을 하고 있다.

"왜 부풀려요?"

"수능에 대해선 언제나 말이 많았잖아."

정치인, 교육청, 사교육, 정부 등 많은 이권과 이념이 얽혀 있는 어른들의 사정이다.

"……어렵네요."

"이해는 천천히 하면 돼."

넘어지고 깨지며 몸소 습득을 하는 거다.

그렇게 어른이 되어 가는 거다.

"그래도 이걸로 저처럼 힘들어하는 학생들이 구해지겠죠?"

"……그렇게 되겠지. 또 그렇게 만들어야 하고."

무조건 그렇게 만들 거다. 그게 어른의 일이니 말이다.

당장 수능에 대한 걸 바꿀 순 없어도 가정폭력에 대한 건 많은 부분 고칠 수 있을 거다.

"아마 김선우 특별법이란 게 재정될 수도 있을걸?"

"으아. 그, 그건 좀……."

종혁은 몸부림치는 선우는 따뜻하게 바라봤다.

선우는 볼을 붉히며 밥을 먹다 숟가락을 멈춘다.
딱딱하게 굳어지는 그의 낯빛.
"저…… 아저씨."
"응?"
"엄마는 어떻게 됐어요?"
"……오향숙 씨?"
종혁은 오향숙을 떠올리며 씁쓸히 웃었다.

* * *

"아들이…… 내 아들이……."
여성계의 유치장 안.
오향숙이 멍하니 천장을 보며 입술을 달싹인다.
그녀의 입 밖으로 흘러나오는 침.
"어이구. 완전히 정신을 놨네."
"그럴 수밖에 없죠."
아들이 자신을 죽일 뻔한 것도 모자라 눈앞에서 투신을 했다. 정신이 온전한 게 말이 안 됐다.
"하. 저런 여자는 깜빵에서 푹 썩어야 하는데."
"저것도 천벌 아니겠습니까?"
"에이. 그놈의 대학이 뭔지."
여성계 경찰들은 혀를 차다 몸을 돌렸고, 오향숙은 그런 그들을 공허한 눈으로 바라보다 다시 천장을 본다.
"아들…… 선우야……."

-꺄르르!

어디선가 들리는 웃음소리.

고개를 아래로 내린 오향숙이 환하게 웃는다.

어느새 품에 안겨 있는 갓난아이, 선우.

"어이구. 웃었어요. 우르르, 까꿍!"

오향숙은 선우를 꼭 끌어안으며 다독였다.

엄마랑 평생 살자. 이렇게 웃으며 살자.

우리 행복하자.

오향숙의 눈에서 눈물이 흘러내렸다.

* * *

"……비록 참담한 행위를 저지르려 했더라도 그만두려고 한 정황이 명확하고, 오랜 학대로 인한 정당방위였음이 인정되며, 피고 역시 깊게 반성하고 있기에……."

잠시 말을 멈춘 판사가 피고석에 서 있는 선우를 응시한다.

얼굴과 몸이 딱딱하게 굳어 있는 선우.

"피고."

"네! 네, 판사님!"

"앞으로 아프면 아프다, 힘들면 힘들다 말하고 살아요. 피고 김선우에게 무죄를 선고한다."

땅땅땅!

"와아아아!"

이번 국민참여재판에 참여한 시민들이 벌떡 일어나 법원의 결단에 환호를 하고, 맥이 탁 풀린 선우가 피고석에 주저앉는다.

그렇게 온 국민의 시선이 집중된 재판이, 기소부터 판결까지 불과 열흘도 걸리지 않은 재판이 막을 내렸다.

뚜벅! 뚜벅!

"자유인이 된 소감이 어때?"

겨울답지 않게 포근하고 따뜻한 햇살에 미소를 짓던 선우가 종혁의 질문에 짓궂게 웃는다.

"다신 교도소에 안 들어갈 거예요."

"그건 당연한 거고, 인마."

콩!

"윽!"

종혁은 머리를 문지르며 울상을 짓는 선우를 보며 피식 웃었다.

"이제 뭐 할래?"

이 길로 서울에 있는 행복의 쉼터로 향할 선우. 그곳에 살며 서울의 명문고로 통학을 할 것이다.

이제 뭐든 해도 된다.

"으음……."

어렵다. 평생의 목표였던 대학과 수능에 대한 압박에서 해방되자 뭘 할지 모르겠다.

미간을 찌푸리며 생각하던 선우가 떠올랐다는 듯 손뼉

을 치며 종혁을 본다.

"아! 치킨과 피자를 먹고 싶어요!"

"치킨과 피자?"

"네! 저만 따뜻한 걸 못 먹었잖아요! 사 주세요!"

"……이놈 봐라? 야, 맡겨 놨냐?"

"왜요! 사 주세요!"

"뻔뻔해지기까지? 그래! 가자, 가!"

종혁은 선우의 머리를 헤집으며 걸음을 옮겼다.

다시 살아갈 의지를 가진 선우를 위해 무엇인들 못해 줄까.

둘은 목포에서 가장 맛있는 피자집으로 향했다.

3장. 덫

덫

해가 어스름히 저물어 가는 밤.
서울의 한 PC방 앞에 봉고차 한 대가 선다.
"햐! 진짜 이런 건 어떻게 생각한 건지! 정말 대단해!"
"흐흐. 뭘요."
PC방을 보며 웃음을 흘리는 삼십대 사내.
'이것만 성공하면 난…….'
상부의 인정을 받을 수 있다.
부장님도 이 제안을 듣자마자 손뼉을 치며 흥분하지 않았는가. 그것도 모자라 적극 지원까지 해 줬다.
승진은 따 놓은 당상이었다.
'아니, 상부뿐만 아니라 정계에서도…….'
"시간 됐어, 이 기자."
그 말에 온몸에 전율이 내달린다. 사내의 표정이 굳는다.

"그럼 가시죠."

드르륵!

전의 가득한 표정을 지으며 차에서 내리는 사내의 뒤로 커다란 카메라를 든 다른 사내가 따랐다.

탕탕! 투다다다!

온갖 소음이 울리는 PC방.

"맛있게 드세요."

"감사합니다."

이십대 초반의 귀엽게 생긴 여성이 커다란 덩치의 사내 자리에 라면을 내려놓으며 미소를 짓는다.

'꺄!'

다시 봐도 잘생겼다.

날카로운 눈매가 감사하다며 곱게 휘자, 마치 강아지를 연상시키는 귀여운 인상.

그런데 자신의 허벅지만큼 큰 팔뚝에서 근육들과 핏줄들이 요동치며 마초적인 매력까지 뽐낸다.

게다가 모니터 안에서 오르내리는 빨갛고 파란 그래프들과 숫자들까지.

이런 게 사회인의 섹시함일까.

어른의 향기가 물씬 풍겨 옴에 이 PC방의 아르바이트생은 머리카락을 귀 뒤로 넘기며 새하얀 목선을 드러내는 것과 동시에 방금 뿌린 향수의 냄새를 흩날린다.

"필요한 게 있으면 언제든 연락 주세요."

도도하게 웃으며 돌아선 그녀는 얼른 카운터로 달려가 방방 뛰었다. 그러곤 얼른 핸드폰을 들어 친구에게 문자를 보냈다.

좋은 건 같이 공유해야 하는 법이었다.

딸랑!

"어서 오세…… 어?"

PC방 안으로 들어오는 카메라에 아르바이트생이 깜짝 놀란다.

이 기자는 그런 그녀에게 푸근히 웃는다.

"안녕하세요. 방송국에서 왔습니다. 사장님과는 이미 이야기가 됐는데요."

"아, 네! 들었어요!"

오늘 방송국에서 촬영을 하러 올 거라고 했다.

"카메라들은 모두 그 자리에 설치되어 있죠?"

PC방 사장이 절대 건드리지 말라고 신신당부한 초소형 카메라들.

"네, 네! 그런데 왜 벌써……?"

아직 3시간이나 더 남은 약속 시간. 그래서 사장님도 곧 출발하겠다는 문자를 보내왔었다.

"시간이 갑자기 변경돼서요. 지금 초등학생들이 얼마나 와 있죠?"

"한 20명 정도요?"

"협조해 주셔서 감사합니다. 그럼 카메라에 나오지 않게 숨어 있으세요."

"네? 아, 네……."

혹시나 방송에 탈까 기대를 했던 아르바이트생은 화장실로 들어갔고, 이 기자는 카메라맨을 봤다.

카메라를 어깨에 걸친 카메라맨이 손가락 세 개를 든다.

곧 하나씩 접어지는 손가락.

마지막 손가락이 접히자 단정하게 선 이 기자가 카메라를 보며 마이크를 든다.

"20여 명의 학생이 컴퓨터 게임에 몰입해 있는 또 다른 PC방……."

이 기자의 발이 한쪽으로 향한다. 그의 걸음이 멈춰 선 건 배전함 앞이었다.

배전함을 연 그가 다시 카메라를 보며 입을 연다.

"게임이 한창 진행 중인 컴퓨터의 전원을 순간적으로 모두 꺼 보겠습니다."

느릿하게 나아가는 그의 손이 배전함의 전체 전원 스위치를 잡아 그대로 내린다.

따악!

순간 어둠에 휩싸인 PC방.

"어?"

"뭐, 뭐야?! 저, 정전이야?!"

"아, 씨발! 뭔데! 보스 깨고 있었는데! 아……."

당황한 사람들의 모습에 이 기자가 다시 스위치를 올린다.

그에 많은 사람들이 재부팅되는 PC를 보며 다리를 떤다.

그리고…….

"으아아아! 안 돼! 그게 어떤 검인데!"

"아아악!"

PC방 곳곳에서 터져 나오는 비명들.

'됐다!'

주먹을 불끈 쥔 이 기자가 화장실을 뛰쳐나오는 아르바이트생을 무시하며 카메라를 향해 싱긋 웃는다.

"순간적인 상황 변화를 받아들이지 못하고 곳곳에서 욕설과 함께 격한 반응이 터져 나옵니다. 폭력 게임의 주인공처럼 난폭하게 변해 버린 겁니다."

"……오케이!"

"됐어요?!"

"됐어! 방금 좋았어!"

'그렇지!'

"흐흐. 오늘 저녁엔 삼겹살에 소주 어떠십니까."

"삼겹살 좋지. 얼른 가자……."

"어이, 거기 둘."

왠지 자신들을 부르는 듯한 소리에 고개를 돌린 두 사람이 딱딱하게 굳는다. 자신들보다 거의 머리 한 개는 커 보이는 신장에 엄청난 덩치.

싸늘하게 타오르는 날카로운 눈매가 그들의 심장을 짓누른다.

"왜, 왜 그러시죠?"

"당신들이 PC방 전원 내렸어?"

"그, 그런데요?"

카메라맨이 다급히 카메라를 들며 사내를 찍는다. 허튼 짓을 못하도록 찍는다.

그에 사내, 종혁은 피식 웃으며 이 기자에게 한 발 다가섰다.

"그런데요? 어이, 그 말보다 먼저 해야 할 말이 있지 않아?"

"뭐라고요? 제가 무슨 잘못을 했다고 이러십니까!"

"……무슨 잘못?"

이걸로 이놈의 처벌은 정해졌다.

종혁의 얼굴이 딱딱하게 굳는다.

"이봐, 방금 당신의 그 의미 모를 행동 때문에 내가 큰 손해를 봤어. 이거 어쩔 거야?"

"예?"

뜬금없는 말에 의아해했던 이 기자는 피식 웃었다.

'게임 아이템이라도 떨궜나 보네.'

"그래서요? 보상해 드리면 됩니까? 얼맙니까?"

기껏해야 몇 만 원일 것이다.

종혁은 지갑을 꺼내 드는 이 기자를 보며 입술을 비틀었다.

"우수리 떼고 53억."

쿵!

순간 이 기자와 카메라맨이 멍하니 종혁을 본다.

"……얼마요?"

"귀 안 들려? 내가 지금 선물거래 중이었거든? 레버리지 풀로 땡겨서. 그런데 방금 당신이 전원을 내려 버리는 바람에 매도 타이밍을 놓쳐서 53억의 손해를 봤다고."

"무, 무슨……!"

"못 믿겠으면 따라와."

덥썩!

"헉! 노, 놓으시죠! 지금 카메라 안 보입니까!"

"따라오라고, 씨발아."

이 기자의 뒷덜미를 잡고 자신의 자리로 끌고 간 종혁이 선물거래 창을 보여 준다.

"보여? 방금 전 컴퓨터가 꺼지고 다시 켜지는 몇 분 사이에 얼마가 날아갔는지?"

종혁이 마우스를 움직여 친절하게 고점에서 팔았을 시의 예상 수익을 보여 준다.

이 기자와 카메라맨의 얼굴이 파랗게 질린다.

"이거 어떡할 거야. 400억 먹을 걸 340억밖에 못 먹었다고."

"억?!"

"우와!"

주위에서 비명들이 터진다.

"아, 어……."

"됐다. 내가 너 같은 하바리한테 뭘 바라겠냐. 너희

MBS 보도국이지? 맞네."

카메라에 떡하니 MBS 마크가 붙어 있다.

종혁이 핸드폰을 들어 어딘가로 전화를 건다.

"예, 국장님. 오랜만입니다. 나 최종혁 총경입니다."

"헉?!"

'구, 국장님?!'

"이렇게 연락을 드린 건 다름이 아니라 방금 전 국장님 직원의 실수로 제가 아주 큰 손해를 봐서 말입니다."

종혁은 방금 전 벌어진 상황에 대해 설명했다.

"이거 어떡하시겠습니까? MBS에서 보전해 주시겠습니까, 마시겠습니까? 보전 안 해 주시면 소송 들어…… 아, 예. 잠시만요. 어이, 받아 봐."

받기 싫었다. 정말 국장이라면 받을 수 없었다.

하지만 결국 핸드폰을 넘겨받아 귀로 가져간 이 기자.

—너 누구야—!

"아, 안녕하십니까, 국장님! 이, 이충헌 기자입니다!"

—너였냐! 야, 이 개새끼야—!

이 기자와 카메라맨은 핸드폰 너머에서 쏟아지는 욕설에 그대로 주저앉았고, 종혁은 그런 그를 싸늘하게 쳐다봤다.

'기획에서 촬영까지 모두 이놈이 한 짓이었지.'

어찌 보면 그저 해프닝에 지나지 않을 일이다.

하지만 이번 보도로 수많은 평범한 사람들이, 그저 게임을 좋아하는 것뿐인 많은 사람들이 정신병자와 잠재적 정신병자가 되어 버린다.

학교와 직장, 그리고 그 외적인 것들로 인한 스트레스를 건전하게 게임으로 푸는 사람들이.

또한 이번 보도로 인해 더 타당성을 가지게 된 게임의 폭력성과 게임의 제재. 수많은 학생들을 울린 셧다운 제도 이 보도로 인해 더 지지를 받게 됐다.

난쟁이가 쏘아 올린 작은 공처럼 이 보도로 인해 국민들의 놀거리에 제한이 생겼고, 한참 물이 오르던 게임 산업 및 게임 개발에도 제동이 걸린다.

그럼에도 방송국은 뻔뻔하게 사과 한마디 없었고, 눈앞의 이놈은 승승장구를 하게 된다.

'뭐, 이것들 모두 정계와 정부가 분위기를 형성시켜 달라고 방송국에 부탁을 한 거지만……'

그렇다고 해도 봐줄 수는 없었다. 자신의 행동에 책임을 져야 할 사회인이지 않은가.

종혁은 흥미진진한 눈으로 이쪽을 보는 사람들을 향해 입을 열었다.

"방금 전 정전 때문에 아이템을 떨구셨거나, PK를 당하셨거나, 저처럼 주식으로 손해를 보셨거나 등 유무형적 손해를 보신 분들이 계시면 손 좀 들어 주십시오. 아, 참고로 저 경찰입니다."

종혁이 경찰공무원증을 꺼내자 PC방에 있던 모든 사람들이 손을 번쩍 들었다.

"아, 그리고 당신들을 일단 명예훼손 및 재물손괴죄로

체포합니다. 당신은 묵비권을 행사할 수 있고……."

-왜 하필 그 인간이 있는 곳을 갔냐고! 죽어, 이 새끼야! 죽어-!

　　　　　＊　＊　＊

"건배!"
"크하! 좋다!"
"이모! 여기 광어 소짜 하나요!"
목포의 한 횟집. 종혁과 최재수가 술잔을 기울인다.
"흐흐. 이번에 서울에서 한판 하셨다면서요?"
"응?"
"서장님이 MBS에 무슨 짓을 한 것 같다고 홍보부에서 그러던데요?"
MBS에서 경찰 특집을 편성하겠다면서 제발 종혁에게 잘 말해 달라고 부탁을 해 왔단다.
종혁은 피식 웃었다.
"MBS도 많이 쫄렸나 보네."
종혁은 사정을 설명했고, 최재수는 입을 떡 벌렸다.
"미친……. 아니, 게임과 폭력성이 무슨 관계가 있다고. 그럼 전쟁 영화를 보는 사람들은 죄다 전쟁광이게요?"
"내 말이."
물론 게임이 사람의 폭력성을 자극하긴 한다.

터지는 피들과 귀를 때리는 타격감. 때론 뭐든지 할 수 있는 신적인 존재가 되기도 한다.

말초적인 본능의 자극과 양심의 해방.

그러나 그보다는 내가 노력을 한 만큼 성장을 하는 보상 시스템과 서로 간의 기량을 겨루며 대화를 나누는 그런 시스템으로 사람들은 오늘의 피로와 스트레스를 풀고, 내일을 살아갈 힘을 얻는 것이다.

설령 그 폭력성이 밖으로 표출된다 할지라도 그 근본적인 원인이 게임에 있다고 볼 수는 없었다.

"애초부터 정신적으로 문제가 있는 놈이 그딴 짓을 저질로 놓고 게임이라는 핑계를 대는 것뿐이지."

"으음. 그럼 초등학생 등 미취학 아동에게도 영향이 없는 건가요?"

'호?'

종혁이 재밌다는 듯 최재수를 본다.

꽤 날카로운 지적이었다.

"마냥 영향이 없다고는 할 수 없지. 아직 가치관 형성이 안 된 나이다 보니 주변의 영향을 쉽게 받을 테니까. 하지만 방금 말했듯 그걸 밖으로 표출하는 건 전혀 다른 문제야."

가치관 형성이 되지 않았다고 한들 정상적인 교육을 받았다면 무엇이 잘못인지 알 수밖에 없다.

그럼에도 아이가 엇나간다면, 그건 결국 이 나라의 교육 시스템과 가정교육이 잘못된 것뿐이다.

"왜 촉법소년이란 말이 있는지 생각해 보면 답이 될 거야."

"아아."

모르니까 범죄를 저지르는 것이다.

그러니 가르쳐야 하는 거다.

"물론 촉법소년범죄의 60퍼센트 이상은 생활고와 괴롭힘, 그리고 무지에 의해 벌어지는 것이지만……."

회귀 전, 촉법소년의 연령대를 낮추기 힘들었던 이유도 바로 이 점 때문이었다.

"그보다 목포서에게 노하우는 잘 전수받았어?"

"아, 옙!"

결국 신안서의 승리로 돌아갔던 그날의 단합 대회.

목포서는 다음에 다시 붙자며 씩씩거렸지만, 깔끔하게 패배를 인정하며 노하우를 전수해 줬다.

"그중 하나가 초중고 학교들에 경찰 관련 다큐멘터리와 영화를 상영시켜 주는 것이더라고요."

"……이야, 이 양반들 머리 좀 굴렸네."

"그렇죠. 서장님이 경찰 이미지를 위해 충무로와 방송국을 꽉 잡았던 걸 학교까지 침투시킨 거죠."

종혁이 왜 막대한 돈을 투자하면서 동시에 약점을 쥐고 충무로와 방송국을 흔들었겠는가.

또 왜 경찰 홈페이지에 그렇게 수많은 콘텐츠를 올리고, SNS 등으로 국민들과 소통을 했겠는가.

모두 경찰의 올바른 이미지 형성을 위해서다.

견찰이 아니라 민중의 지팡이라는 이미지를 만들기 위해.

"아니, 정확히는…… 서장님이 계획하신 경찰 개혁 플랜의 일부분을 먼저 차용한 거고요."

최재수가 의미심장하게 웃자 종혁도 입술을 비튼다.

종혁이 구상하고, 또 실행하고 있는 경찰 개혁. 그 거대하고 장대한 계획엔 분명 목포서의 노하우도 들어 있었다.

"이렇게 되면 이야기를 좀 달리해야지 않을까요?"

"그래야지. 최재수."

"다음 주부터 신안의 모든 학교들을 돌기로 했습니다."

"오케이. 잘했어."

목포뿐만 아니라 신안에서도 가시적인 성과가 나타나면 '경찰 지원율 증대를 위한 방안'의 플랜을 보다 빨리 가동시킬 수 있다.

종혁이 경무관이 되면 상부에 건의하려고 했던 그 플랜을 말이다.

"아니, 내가 경무관이 될 때쯤에……."

"통계 자료가 만들어지겠죠."

서로를 향해 웃은 종혁과 최재수가 술잔을 부딪친다.

드르륵!

그때 횟집의 문이 열리며 키가 작은 장년인이 들어온다.

선글라스를 벗으며 횟집 안을 둘러보다 종혁을 발견하

곧 웃으며 다가오는 장년인, 아니 종배수.

"어이구. 오랜만입니다, 서장님. 그리고…… 팀장님."

M-컴퍼니의 회장, 종배수의 거만한 콧대를 본 종혁이 미간을 찌푸린다.

"종 사장님, 뒤질래요?"

"뭐, 뭔 말을 그렇게…… 으헤헤! 어떻게, 제 농담은 재밌으셨습니까?"

모피코트를 벗어 옆에 둔 종배수가 소주병을 들어 종혁에게 따른다.

"어휴. 우리 서장님은 이런 술 마시면 안 되는데……. 아가씨! 여기 제일 비싼 걸로 하나 가져다줘! 자연산으로 다가! 술도 복분자로 주고!"

오자마자 시끄러운 그의 모습에 종혁과 최재수가 고개를 젓는다.

"서울에서 건설되고 있는 호텔 타운은 좀 어때요?"

강남범동방파를 비롯한 조직들을 일망타진하는 데 큰 도움을 준 M-컴퍼니의 호텔 타운.

"막히는 것 없이 잘되고 있으니 걱정하지 않으셔도 됩니다."

"필리핀 쪽도 문제없고요?"

세부와 마닐라 등에 지어진 카지노 관광호텔 타운.

"어휴, 문제는요!"

종혁이 밀던 정치인이 대통령이 되면서 아예 날개를 달았다.

이제 필리핀에서 M-컴퍼니에 태클을 걸 사람은 아무도 없었다.

"이익도 흑자로 돌아섰으니, 흐흐. 평생 돈 걱정하지 않으셔 될 겁니다, 서장님."

"내가? 돈 걱정을?"

"……뭐 말이 그렇다는 거죠."

종혁은 쭈구리가 된 종배수를 보며 피식 웃었다.

"그럼 아무 문제없다는 거죠?"

"예, 음. 서울 호텔 타운 때문에 유보금이 부족해진 것 말고는……."

"정재계에서는요? 지분 달라고 떼를 쓰진 않아요?"

"어휴. 현몽준 당 대표님과 홍정필 원내대표님께서 뒤에 떡하니 버티고 계시는데 무슨……."

손을 젓던 종배수가 미간을 좁힌다.

"뭐 원로들이 옆구리를 찌르긴 했지만, 두 분 대표님께 말씀드리니 쏙 들어가더군요. 게다가 삼전 회장님도 저희를 비호하는데 감히 누가 건드리겠습니까."

삼전그룹도 이번에 준공되고 있는 호텔 타운에 지분을 가지고 있다. 정재계 그 누구도 건드릴 수 없었다.

"거기다 이번 일망타진으로 국민들의 관심도 엄청 높아졌다는 거 아닙니까!"

오픈식 날 타운 거리가 마비되는 건 아닌지 걱정이 될 정도였다.

종혁은 고개를 끄덕이며 술을 따라 주었다.

"잘하고 있습니다."

"으헤헤. 제가 이런 건 또 잘하죠."

그의 경박한 웃음에 고개를 젓던 종혁은 다시금 횟집의 문이 열리는 소리에 고개를 돌렸다가 피식 웃었다.

그런 그들을 향해 다가오는 거구의 장년인.

"어이구. 왜 이런 곳에서……."

"더 지껄이지 말고 앉아."

"끄응."

종혁은 이태홍마저 자리에 앉자 낯빛을 굳혔다.

"그래서 파악은 모두 끝났습니까?"

지금도 신안 어디선가 돈 한 푼 받지 못한 채 학대에 시달리고 있을 불쌍한 사람들. 현대판 노예들.

그들에 대한 정보 파악이었다.

종혁을 비롯한 네 사람의 눈빛이 차갑게 가라앉았다.

* * *

"어흐! 4차! 4차 가야지!"

침대 위에서 버둥거리는 종배수.

"그래요! 4차 가야지!"

"이 회장님도 조심히 들어가세요."

"옙!"

허리를 꾸벅 숙인 이태홍도 물러나자 호텔을 빠져나온 종혁이 담배를 문다.

찰칵! 치이익!

"어떻게 하시겠습니까?"

눈빛이 딱딱하게 굳은 최재수가 담뱃불을 붙여 주자 종혁은 밤하늘을 바라보며 연기를 길게 내뿜는다.

"조금만 더……."

어디서 어떻게 말이 새어 나갈지 모르기에 조심스러울 수밖에 없는 이번 일.

약간의 실수라도 있다간 억울한 희생이 발생한다.

안타깝고 미안하지만, 조금만 더 참아 주길 바랄 뿐이다.

다만 다행이라면, 이태홍의 합류로 일이 더 쉬워졌다는 점이다.

"가자."

"……예."

최재수는 주먹을 꽉 쥐며 종혁의 뒤를 따랐다.

* * *

드르륵! 드르륵!

밤사이 쌓인 눈을 눈삽으로 밀어낸 장년인이 욱신거리는 허리를 펴며 목에 두른 수건으로 땀에 젖은 얼굴을 닦는다.

흐리다 못해 까만 하늘에서 내리는 새하얀 눈.

"아따, 올해도 지랄이구마잉."

작년에도 눈이 제법 내려 사람 골치를 아프게 하더니 올해도 아침부터 사람을 수고스럽게 만든다.

퍽억! 퍽!

무언가 부서지는 소리에 고개를 돌린 장년인은 골목에다가 다 타 버린 연탄을 던지는 남학생을 보며 얼굴을 구겼다.

"아야! 벌써 연탄 뿌려 봐야 의미 없당께!"

"할부지가 뿌리라고 했어라! 이제 곧 그친다고!"

"오메, 그래야?"

비나 눈과 관련해서는 기상청보다 더 정확한 남학생의 할아버지.

기상청이 날이 맑다고 해도 남학생의 할아버지가 비가 올 것 같다 하면 무조건 비가 내렸기에 장년인은 슬그머니 화제를 돌린다.

"아따, 뭔 아직까정 연탄보일러를 쓴데. 니들은 가스나 기름보일러 안 들여놓는 겨?"

"그건 저도 잘 모르겠는디요?"

"······그려. 네가 뭘 알겠냐. 수고혀. 이따 넘어와서 반찬 좀 가져가고!"

"예! 수고하셔요!"

"장덕아! 장덕아이!"

손을 흔들며 돌아서던 장년인이 자신을 부르는 소리에 냉큼 옆집으로 옮긴다.

"아이고, 또 뭐가 그리 급하셔서 날 불렀을까라. 뭔 일

있당께요?"

퀴퀴한 냄새가 나는 옛날 집.

이미 옛적에 자식들과 연락이 끊긴 것도 모자라, 얼마 전 크게 넘어져 거동까지 불편한 작은 키의 노인이 TV를 향해 손가락질을 한다.

"저, 저거! 저거! 저거시 뭔 소리데!"

−부산저축은행의 거대 부실이 드러나면서, 그걸 시작으로 다른 여러 저축은행들의 부실도…….

털썩!

"뭐, 뭐여, 저건."

거대한 공포가 폭풍처럼 그들에게 몰려들었다.

* * *

"헉! 헉!"

아직 해가 뜨지도 않은 새벽, 배가 남산처럼 부푼 임산부가 어딘가를 향해 잰걸음을 옮긴다.

배가 아파 오지만, 그녀는 아무것도 느끼지 못한 채 맹목적으로 걸음을 옮긴다.

"아, 안 돼."

지난밤의 뉴스 때문에 넋이 나간 그녀.

안 된다. 이럴 수는 없다.

"안 된다, 이놈들아! 그 돈이 어떤 돈인데!"

"얼른 문 열어! 문 열라고!"

아직 목적지가 한참이나 남았는데도 귀를 때리는 절규.

힘이 풀리는 다리를 추스르며 더 빠르게 걸음을 옮긴 그녀는 결국 주저앉고 만다.

한 저축은행의 앞에서 셔터를 흔들며 절규를 하는 사람들.

"아, 아아아!"

안 된다. 그 돈이 어떤 돈이던가.

남편의 사망보험금이다.

덜컥 애만 만들어 놓고 바다로 나갔다가 시신으로 돌아온 나쁜 남편의 사망보험금. 태어날 아이를 위해 은행원이 제안한 상품에 넣어 둔 남편의 사망보험금.

눈물을 쏟아 낸 그녀가 무릎걸음으로 은행을 향해 기어가는 순간이었다.

펄럭!

그녀의 몸을 감싸는 담요와 그녀를 일으키는 손길.

"괜찮으십니까!"

"아?"

경찰이다.

"여기 핫팩과 따뜻한 음료입니다!"

손에 쥐어지는 따뜻한 핫팩에 정신을 약간 차린 그녀가 주변을 둘러본다.

은행의 앞을 가로막고 있는 경찰들과 신안군민들을 인

근에 세워 둔 천막으로 데려가는 경찰들.

"이 순경! 이분 번호표 드리고 천막으로 모셔!"

"예! 사모님, 이쪽으로 오세요."

-신안경찰서장 최종혁입니다! 은행은 제가 책임지고 정상적으로, 예정된 시각에 열리게 할 테니 신안군민 여러분들께서는 천막에 가셔서 기다리고 계셔 주십시오! 이러다 큰일 나십니다!

경찰이 은행의 편에 서서 신안군민들을 막는 게 아니다. 이 추운 날, 신안군민들이 탈이 나지 않도록 보호하려는 거다.

겨우 차린 정신을 붙은 그녀는 경찰의 부축을 받으며 천막으로 들어갔고, 확성기를 내린 종혁은 수사계장을 바라봤다.

"지점장과 은행 직원들의 숙소 앞에 직원들 파견됐죠?"

"예, 서장님."

"어디로 튀지 못하게 감시하다가 잡아…… 아니, 조심히 데려와요. 혹여 튀면 그대로 체포하시고."

자칫 징계를 받을 수도 있는 사안. 하지만 종혁의 얼굴을 본 수사계장은 다른 대답을 할 수가 없었다.

"예!"

수사계장이 웃으며 돌아서자 종혁이 천막들을 둘러보며 얼굴을 구긴다.

평생 모은 돈을 믿고 맡긴 노부부.

남편의 사망보험금을 투자한 임산부.

거래는 의리라며 일평생 한 은행만 고집해 온 상인.

어릴 적 부모님 손을 잡고 통장을 개설한 이후 계속 세뱃돈과 용돈을 집어넣은 학생.

수많은 사람이 은행을 향해 울부짖고 있다.

"지랄이네, 진짜."

이놈의 은행들은 왜 배우는 게 없단 말인가.

왜 이놈들은 아직까지도 방만하단 말인가.

한숨을 푹 내쉰 종혁이 담배를 몸을 돌리며 담배를 문다.

그 순간이었다.

"응?"

이쪽을 동그랗게 뜬 눈으로 쳐다보다 돌아서는 이십대 중반의 여성.

"이 새벽에 도시 사람이 왜?"

바닷가 시골 사람이라곤 생각할 수 없을 만큼 새하얀 피부와 세련된 옷차림.

'겨울 바다를 보러 온 건가?'

그렇다고 치기엔 벌써 2월 하순이다. 곧 3월, 봄이었다.

종혁은 캐리어를 끌며 멀어지는 여성을 보며 고개를 모로 기울였다.

* * *

뿌우웅!

넓고 높게 울리는 뱃고동 소리.

신안군 도초면으로 향하는 커다란 선박의 대기실에 앉은 이십대 여성이 뒤를 바라본다.

"무슨 일 있는 건가······."

실의와 절망이 가득했던 어느 저축은행의 앞.

오십여 명이 넘는 경찰이 은행 앞을 지키고 서 있었고, 은행으로 달려드는 사람들을 부축해 천막으로 이동시켰다.

난생처음 본 광경에 여성은 놀랄 수밖에 없었다.

하지만 그것도 잠시.

저 멀리 가까워져 가는 섬을 보는 그녀의 심장이 두근두근 뛰기 시작한다.

"어이구. 처음 보는 처자 같은디, 어디로 가는 겨?"

"아, 안녕하세요. 도초초등학교로 가요, 할머니."

"도초면에? 이 겨울에 뭐헌디?"

염전을 제외하면 딱히 이렇다 할 게 없는 도초면.

이렇게 어리고 뽀얀 아가씨가 그런 시골 섬으로 향한다고 하니 할머니로서는 의문이 들 수밖에 없다.

"아! 가족이 거기 있는 거여?"

"아, 아뇨. 제가 이번에 도초초등학교로 발령이 났거든요."

얼굴이 빨개진 여성이 머리카락을 귀 뒤로 넘긴다.

"초등학교 교사로요······."

"오메! 오메메! 선상님이었구만! 다들 여기 보랑께요!

여기 이분께서 선상님이랴!"
 '앗!'
 여성이 화들짝 놀랄 때, 새벽잠에 취해 꾸벅꾸벅 졸던 사람들이 고개를 번쩍 든다.
 "뭣이여? 선상님? 어디, 어디?"
 "오메! 선상님이셨어요?!"
 "캬아! 내가 얼굴이 뽀얀 거 봤을 때부터 알아봤당께!"
 "난 뭔 선녀가 여기에 있다냐, 이제 나도 갈 때가 됐나 했제! 어느 학교로 가?"
 "아, 아니……."
 "아이고. 잘 왔네요, 잘 왔어. 그래서 어떻게 우리 선상님은 식사를 하셨을까?"
 "아, 아뇨. 아직……."
 "다이어튼가 뭐시긴가 때문이어요? 아따, 그람 안 된당께라. 자자, 아침을 든든히 먹어야 하루가 든든한 벱이여."
 손에 쥐어지는 찐 옥수수에 여성이 화들짝 놀란다.
 "아따, 요로코롬 젊은디 그거 쪼까 먹는다고 된당께라? 자자, 우리 슨상님. 이것도 드셔라."
 "그려, 이것도 좀 들어요."
 계란에 찐 감자. 찐 고구마, 군밤, 빵, 음료수 등이 그녀의 손위에 수북하게 쌓인다.
 그녀는 부담스러워 어쩔 줄 몰라 하면서도 연신 감사하다며 고개를 숙였고, 어제 읍에서 볼일을 보고 이른 새벽에 마을로 들어가기 위해 배에 올라탄 사람들이 흐뭇하게 바라본다.

그 빤히 바라보는 시선이 부담스러워진 그녀는 이내 옥수수를 입에 가져갔고, 그제야 사람들이 고개를 돌린다.

"이번에 해보저축은행 소식 들었어?"

"듣기만 했겠어라? 아까 보기도 했제. 아주 지랄 염병이드만."

"아따, 이게 뭔 일이여. 수협은 괜찮을라나 모르겄네."

"수협은 괜찮제. 바닷사람들 델다가 돈놀이하는디, 거시기 해 블믄 되겄어? 기냥 대굴빡 깨져 불제?"

"그렇겄제?"

"그보다…… 캬아! 우리 최 서장이 일은 참 잘혀! 아까 본 사람 있어?"

"봤어! 봤어! 아까 경찰 선상님들이 쭉 늘어서 있어서 뭔가 해서 물어보니께, 글씨 최 서장이 돈 찾으러 오는 사람들 춥겄다고 천막을 세웠다 하잖여! 핫팩이랑 난로도 가져다 놨디야!"

"역시 우리 최 서장! 아주 칭찬혀!"

여성이 이야기꽃을 피우는 사람들을 보며 입술을 꿈틀거린다.

'이게 시골의 정이구나.'

작년에 임용고시를 패스하고, 도초초등학교로 발령을 받은 최승아.

다리는커녕 배편도 하루에 몇 개 없는 시골 섬에서 지

내야 한다기에 걱정이 이만저만이 아니었던 그녀는 넉넉하다 못해 넘치는 시골의 정에 안도할 수 있었다.

최승아는 가까워지는 도초도를 보며 다시 뛰기 시작한 심장을 살짝 눌렀다.

드디어 자신도 선생님이다.

오랫동안 키워 왔던 꿈을 드디어 이룬 것이다.

그녀의 입가에 이른 봄이 찾아들었다.

* * *

"근디 진짜 뭐헌디 요로코롬 빨리 왔디야. 국민핵교는 3월달부터 거시기 아녀?"

움찔!

밤사이 내린 눈 때문에 느릿하게 달리는 택시 안, 최승아가 몸을 움츠리며 어색하게 웃는다.

맞다. 초등학교 교사는 보통 초등학교 개강에 맞춰, 혹은 그 며칠 전에 학교에 도착해 회의를 하고 수업을 준비한다.

빨라도 일주일 전에 모이는데, 그녀는 무려 열흘 전에 도착을 한 것이었다.

여기엔 이유가 있었다. 자취방 계약이 어제부로 끝났기 때문이다.

물론 교사 소집일까지 친구집이나 본가에서 지내도 됐지만…….

"그런데 견딜 수가 없어서요. 더 빨리 오고 싶은 거 참고 참다가 도저히 참을 수 없어서 온 거예요."

"으하핫! 그려요? 아따, 예쁜 분께서 말도 예쁘게 하시네. 아, 도착했네. 저쪽으로 쭉 가믄 초등학교 관사여."

"가, 감사합니다!"

"그려요. 열심히 하쇼잉! 파이팅!"

"넵!"

택시에서 내린 최승아가 정문이 닫힌 초등학교를 바라본다.

다음 달부터 자신이 근무할, 그리고 아이들을 가르칠 도초초등학교.

그녀의 전신으로 열의와 걱정 등 온갖 감정이 휘몰아친다.

"후아……!"

드르르륵!

기합을 넣은 최승아는 택시 기사가 알려 준 방향으로 걸어가기 시작했다.

그렇게 도착한 관사.

'이, 일반 주택이네?'

상상했던 것과 다른 관사의 모습을 찬찬히 살피며 최승아는 활짝 열린 대문을 넘어 조심스럽게 현관으로 다가간다.

똑똑똑!

"계, 계세요?"

드륵!

"잉?"

일반 주택의 창문이 열리며 수염이 덥수룩한 삼십대 남성이 모습을 드러낸다.

"누구?"

"아, 안녕하십니까, 선배님! 이번에 임용되어 발령을 받은 최승아 입니다!"

"아…… 아아!"

잠이 덜 깬 듯 눈을 껌뻑이다 손가락을 튕긴 그.

"이번에 새로 오신다는 선생님이시구나!"

드륵! 탁! 쿠당탕!

"아이고! 어서 오세……."

요란한 소음을 내며 문을 연 남성. 방금 전 끼지 않았던 안경을 낀 채 반갑게 맞이하던 남성이 최승아를 보곤 말을 줄인다.

'응?'

"……혹시 나이가?"

"올해 스물다섯 살 입니다!"

"아, 그래요……. 아니, 왜 이렇게 젊은 분이…… 쯧. 아무튼 잘 왔어요. 들어와요."

"네? 네."

의아해하며 안으로 들어선 최승아는 너저분한 거실의 모습에 살짝 당황했다.

여기저기 쌓여 있는 박스들과 가방.

"저것들은 신경 쓰지 마요. 어차피 오늘 다 뺄 것들이니까."

"네?"

"아아, 난 신학기부터 여기에 없거든요. 저기 장성으로 부임됐어요. 지금은 그쪽에 방이 없어서 잠깐 여기서 머무는 중이고."

"아, 네……. 그러시구나……."

좀 아쉬우면서도 다행이라고 생각했다. 같은 건물을 남자 선생과 함께 쓰는 건 아무래도 불편할 수밖에 없기 때문이다.

"아, 방을 안내해 드려야지? 최승아 선생이라고 했죠?"

"네, 선배님!"

"아무 방이나 골라잡아요."

"네?"

"어차피 오늘 오후부터 이 관사는 최승아 선생만 쓰게 될 테니까 마음에 드는 방이 있으면 거기다 짐 풀라고요."

남성은 그렇게 말하며 최승아를 안쓰럽다는 듯 바라봤다.

* * *

신안경찰서의 회의실.

"……이렇게 할 예정입니다."

짝짝짝!

브리핑을 마친 생활안전과장을 향해 박수를 친 종혁이 입을 연다.

"가거도부터 훑고 넘어온다는 말이죠?"

"예, 그렇습니다. 기상청과 해경에 문의해 본 결과, 앞으로 일주일 동안 해상 날씨가 좋다기에 먼 곳부터 훑으며 넘어오는 쪽으로 계획을 잡았습니다."

"으아……."

종혁이 진저리를 친다.

압해도에서 출발해도 무려 3시간이 넘게 걸리는 흑산도. 가거도는 그런 흑산도에서도 훨씬 더 들어가야 도착하는 섬이다.

초등학교와 파출 분소만 겨우 있는 가거도.

고개를 저은 종혁이 다시 입을 연다.

"누가 가기로 했습니까?"

가거도부터 흑산도를 걸쳐 비금도와 도초도까지 향하는 긴 루트. 시간이 자칫 보름이 넘게 소요될 수도 있는 장기 출장이다. 당연히 걱정이 될 수밖에 없다.

"최 팀장과 2팀이 직원 한 명이 자원을 했습니다, 서장님!"

"최 팀장이요?"

종혁의 시선이 한쪽에 앉아 있는 최재수에게로 향한다. 꿍한 표정을 보니 자원이 아니라 짬밥에서 밀린 듯한 최재수.

'큭큭.'

속으로 웃은 종혁이 품에서 하얀색 봉투를 꺼내어 흔든다.

"이걸로 맛난 거 사 먹어요, 최 팀장."

"감사…… 합니다, 서장님."

씩 웃는 종혁의 모습에 최재수는 주먹을 부르르 떨었다.

우르르!

"미안해, 최 팀장."

"아이고, 이거 내가 나이만 좀 젊었어도."

"그런 말은 입가에 미소나 좀 지우고 하시죠?"

"어흠흠."

최재수는 부리나케 멀어지는 생활안전과장과 팀장들을 보며 이를 뿌득뿌득 갈았다.

하지만 그것도 잠시.

"에휴. 쯧."

어차피 벌어진 일. 더 이상 왈가왈부해 봤자 자신만 손해였다.

고개를 저은 그가 생활안전과로 걸음을 옮기는 순간이었다.

"최 팀장."

"아, 서장님."

따라오라며 손가락을 까딱인 종혁은 복도 끝에 있는 흡

연실로 향했다.

"찰칵! 치이익!"

"후우. 재수야."

"예, 말씀하세요."

"다름이 아니라……."

최재수는 이어지는 종혁의 말에 미간을 찌푸렸다.

* * *

뿌우우웅!

흔들리는 배 위, 멀어지는 흑산도를 보며 최재수가 꿍얼거린다.

"아, 진짜 너무하네……."

나이와 호봉에서 밀리기에 어쩔 수 없는 일이라고 생각했다.

하지만 벌써 나흘째 바다만 보고 있으니 사람 미치고 팔짝 뛸 노릇이었다.

"아오! 그냥 손해를 봤어도 들이받았어야 했는데! 야, 솔직히 너무한 거 아니냐? 칠봉아, 너도 그렇게 생각하지 않냐악!"

고개를 돌린 최재수가 바람에 허리가 젖혀지는 팀원을 기겁하며 붙잡는다.

"야, 괜찮아?!"

배에 탈 때부터 병든 닭처럼 꾸벅꾸벅 졸더니 결국 사

고를 친 팀원.

"으힛! 가, 감사합니다, 팀장님!"

"지금이라도 돌아가는 게 어때?"

"괜찮습니다! 이 박칠봉! 아직 멀쩡합니다!"

최재수가 팔뚝을 굽히며 배시시 웃는 팀원 칠봉을 어이없다는 듯 바라본다.

키 178cm에 62킬로그램에 불과한 신안서 공식 약골 경찰.

방금 전 손목을 잡았을 때 느껴지던 앙상한 뼈다귀에 눈물과 짜증이 왈칵 솟는다.

"진짜 넌 어떻게 경찰이 됐냐?"

이 몸뚱이를 가지고 어떻게 중앙경찰학교의 모든 커리큘럼을 수료했을까.

몸뚱이만 허약하면 말도 안 한다. 체력도 거의 쓰레기급이다.

그렇다고 운동을 시키자니 겨우 1분 뛰고 탈진.

신안서에 도착한 지 벌써 7개월이 지났는데도 이 칠봉이란 팀원을 어떻게 다뤄야 할지 감이 잡히질 않는다.

"아, 팀장님. 도초도에서도 홍어를 팔까요?"

"팔겠지!"

"그렇겠죠? 아, 팔면 좋겠다. 스릅!"

최종혁 서장님이 주신 출장 지원금으로 먹은 흑산도 홍어는 뭐가 달라도 확실히 달랐다.

"……넌 진짜 왜 살이 안 찌냐?"

몸이 말라깽이인데, 먹는 건 최재수 자신의 두 배를 더 먹는 칠봉.

"글쎄요?"

"말을 말자. 들어가, 인마! 또 날아갈라!"

"에이. 제가 종잇장도 아니고. 안 날아갑니다."

"들어가라고!"

이런 게 최재수 자신을 보던 종혁의 마음일까.

'아니, 그래도 내가 얘보다는 나았지!'

확실히 나았다.

종혁과 처음 만났을 때를 떠올린 최재수가 고개를 주억이며 칠봉을 대기실 안으로 밀어 넣는다.

"어휴. 진짜 실력만 아니라면!"

사무특화경찰. 그건 바로 칠봉을 놓고 하는 말인 것 같았다.

어떻게든 움직이게 해야 체력이 붙기에 억지로 끌고 나온 칠봉.

"괜히 데려왔어, 괜히! 에휴휴."

퐁! 치이익!

"후우우."

담배 연기를 내뿜은 최재수가 출렁이는 겨울 바다를 바라본다.

그런 그의 머릿속으로 문득 출장을 나오기 전 종혁이 했던 부탁이 떠오른다.

'일단 가거도와 흑산도는 문제가 없는데…….'

"그 양반도 참 걱정이 많다니까."

하지만 그래서 존경스럽다. 이런 걱정과 의심들이 형사의 덕목이니 말이다.

최재수는 옅게 웃으며 가까워지는 비금도와 도초도를 응시했다.

* * *

"안녕하십니까. 신안경찰서 생활안전과 2팀장 최재수입니다."

"만나서 반갑습니다. 비금고등학교 교장 윤전주입니다."

"비금중학교 교장 이성명입니다."

신안의 큰 섬 중 하나인 비금도. 초중고교가 모두 있는 큰 섬이다.

더욱이 한 울타리 안에 중학교와 고등학교가 붙어 있는 비금도.

"이건 빈손으로 찾아뵐 수 없어서 간소하게나마 준비해 본 것입니다."

"어이쿠, 뭘 이런 걸 다."

최재수의 시선을 받은 칠봉이 내미는 홍삼선물세트에 교장들의 얼굴이 활짝 핀다.

"자자, 자리에 앉으시죠."

"이거 저희가 방학 중에 큰 폐를 끼치는 게 아닌가 싶습니다."

"그럴 리가요!"

선물세트 때문인지 교장이 손을 젓고, 최재수가 속으로 눈을 가늘게 뜬다.

"학교가 꽤 크더군요. 어떻게 저희 경찰들이 순찰을 제대로 도는지 모르겠습니다."

애초부터 주민의 숫자가 적다 보니 학생의 숫자도 적을 수밖에 없는 시골.

그렇다 보니 미성년 한 명, 한 명이 소중할 수밖에 없고, 경찰은 이런 이들을 보호하기 위해 수시로 순찰을 돌고 있었다.

모두 종혁이 부임을 받고 온 후 바뀐 순찰 매뉴얼이다.

"어휴. 뭘요. 수시로 얼굴을 비추시니 참 든든하다고 생각 중입니다."

"그렇다면 다행이네요."

'그래도 일단 들여다봐야겠지.'

이번 출장은 경찰 홍보 및 경찰 지원율 상승을 위한 출장 겸 파출소들의 실태 파악을 위한 비밀 감찰이었다.

고개를 주억거린 최재수는 찻물을 한 모금 넘긴 후 곧바로 본론으로 들어갔다.

"저희 신안서에서 보낸 공문 내용은 모두 확인해 보셨습니까?"

순간 낯빛이 가라앉은 두 교장이 고개를 주억인다.

"콘텐츠 제작 및 상영, 그리고 영화와 드라마 시청이라고 하셨죠."

얼핏 잘 이해가 되지 않는 내용.

"일단 이번 프로젝트는 저희 신안서에서 단독으로 진행하는 것으로, 간단히 말씀드리자면 경찰을 소재로 한 영화와 드라마를 제작하거나 그런 영화들을 학생들에게 시청할 수 있게 해 주는 것입니다."

최재수가 힐끔 쳐다보자 칠봉이 힘들게 메고 온 가방에서 얼른 DVD 뭉치를 꺼내 보여 주었다.

족히 200장이 넘는 DVD.

"저희 경찰에서 특별히 엄선한 제작된 영화와 드라마들입니다."

국내 명작뿐만 아니라 해외 명작들까지 포함되어 있었다.

"흐음."

"음."

썩 내키지 않는 표정을 짓는 두 교장.

"이건 뭐 천천히 고민해 보도록 하고, 콘텐츠 제작 및 상영은 대체 뭡니까?"

"말 그대로 경찰 관련 콘텐츠를 학생들이 직접 제작해 보는 겁니다."

그리고 그렇게 제작한 콘텐츠를 상영하는 거다.

칠봉의 설명에 더 내키지 않는다는 표정을 짓는 그들.

그러나 칠봉은 입가에 미소를 지은 채 말을 이어 나갔다.

"물론 학업과 연관 없는 일을 진행하시는 데 거리낌이 있으신 점은 저희도 충분히 이해하고 있습니다."

학생의 본업은 학업 성취다.

공부하기도 아까운 시간을 버려 가며 이런 일을 해야 할 메리트가 없다.

"그래서 참가 학생들을 위한 상금도 준비해 봤습니다."

내민 서류를 살핀 두 교장은 눈을 크게 떴다.

"우선 각 학교에서 교내 대회를 진행해 대표자를 선출하고, 이후 각 학교의 대표들끼리 겨뤄 승패를 결정하는 방식입니다."

교내 대회의 상금만 무려 300만 원.

최종 우승 상금은 그에 비할 바가 아니었다.

"또한 이번 대회에 참가해 주시는 학교들을 대상으로 발전 기부금을 따로 편성한 상태입니다."

"……크흠."

아직은 부족하다. 이 정도로는 부족했다.

그런 욕심을 드러내 입을 꾹 다무는 두 교장.

그에 최재수는 한숨을 내쉬었다.

"하아. 이건 공식적으로 말씀드릴 수 없는 사안인데……."

말을 의뭉스럽게 흐트린 최재수가 의미심장한 미소를 지으며 두 교장을 본다.

"저희 경찰에 홍보부라는 부서가 있습니다. 그리고 제가 일하는 생활안전계 역시도 홍보 인력이 많이 필요한 부서죠."

또한 중앙경찰학교와 경찰대학교에서 홍보 전문인력 양성을 위한 커리큘럼을 추가할 계획이 내부에서 논의 중에 있다.

이 역시도 종혁 때문이다.

종혁이 경찰 이미지 마케팅과와 본청 홍보부를 맡게 되자 치솟았던 경찰 지원율.

경찰은 이전까지 했던 주먹구구식 인사이동과 부서 운용이 아니라, 전문적인 홍보 인력의 확보에 대한 필요성을 깨닫고 있는 중이었다.

"호오, 그 말씀은?"

"물론 아직 시행이 되지 않은 일이기에 공식적으로 답해 드릴 수 없는 사안입니다."

"으허헛!"

웃음을 터트린 두 교장이 그제야 소파에서 등을 뗀다.

이런 시골 학교에선 대학 진학이 그리 중요하지가 않다. 가장 중요한 건 어디까지나 학생 수 증가와 취업.

단 한 곳이라도 취업에 대한 활로만 열린다면, 전국에서 자신들을 찾아와 줄 것이다.

"이거 이야기할 게 많을 것 같군요."

"걱정 마십시오. 그렇지 않아도 두 분을 설득하지 못한다면 돌아가지 않을 각오로 왔습니다."

그들 넷은 서로를 보며 의미심장한 미소를 지었다.

* * *

"그럼 검토가 끝난 후 연락드리겠습니다."
"근처에 숙소를 잡고 있을 테니 언제든 연락 주십시오!"
고개를 숙이며 비금초등학교를 나선 최재수가 한숨을 푹 내쉰다.
"비금도는 이제 다 끝났나……."
이제 연락을 기다리기만 하면 될 뿐이다.
"저…… 팀장님."
"왜?"
"정말 이번 대회 수상자에게 채용에서 가산점을 주는 겁니까?"
참고 참다가 한 물음.
눈을 껌뻑인 최재수가 피식 웃는다.
"아끼다 똥으로 싸지 그랬냐?"
"네?"
"아, 아니…… 아이, 씨. 오택수 이 양반 말투 옮았어."
참 지독한 악연이다.
혀를 찬 최재수가 칠봉을 본다.
"칠봉 씨, 우리 서장님은 절대 지키지 못할 말은 하지도 않는 사람이에요. 알았냐?"
그게 무엇이든 꺼낸 말은 지키는 사람.
그게 종혁이다.

"우와……."
"이제 이해됐지?"
"예! 아, 그런데 아까 그건 왜 물어보신 겁니까?"
방금 전 뜬금없는 걸 물었던 최재수.
"시골이잖아. 당연히 알고 있어야지."
"오……! 역시 형사 출신!"
움찔!
'아니야. 난 이제 팀장이다. 관대한 팀장이야.'
쥐어졌던 주먹을 편 최재수는 활짝 웃었다.
"자, 그럼 주변 탐문부터 해 보자! 옷은 냄새 안 나지?"
"예!"
어차피 200편이 넘는 영화와 콘텐츠를 감상하며 목록을 추리려면 하루 이틀로는 모자라다.
그사이 비밀 감찰을 해치우면 됐다.
도초도의 일도 말이다.
'그리고…….'
최재수는 종혁이 맡긴 또 다른 일을 떠올리며 눈빛을 가라앉혔다.

* * *

"예, 함 청장님. 현재 비금도까지는 문제가 없다는 보고를 전달받았습니다."
-……수고했어.

같은 경찰을 의심해야 된다는 것에 함경필 전남청장이 씁쓸히 웃는다.
 하지만 감찰부를 동원했다가는 일이 어디까지 커질지 알 수가 없다.
 아니, 커지는 건 문제가 아니었다.
 문제는 감찰부를 움직이려고 손을 쓰다 보면, 어디서 이야기가 새어 나갈지 알 수 없었다.
 어디까지 연결되어 있는지 명확히 파악되기 전까지는 조심히, 은밀히 움직일 필요가 있었다.
 ─염전 쪽은?
 "추가로 밝혀진 점은 없습니다."
 경찰 순찰을 늘리며 계속 살펴보고 있지만, 아무래도 은밀히 움직이는 탓에 파헤치기가 쉽지 않았다.
 ─후우. 당장이라도 메다꽂고 싶지만…….
 아니 될 일이다.
 ─그럼 경찰 지원율 상승을 위한 콘텐츠 제작 및 상영은 어떻게 진행되고 있어?
 "그 일 역시도 무리 없이 진행 중에 있습니다."
 이미 흑산도와 가거도뿐만 아니라 압해도와 지도, 증도 등 여러 큰 섬들에서 참가하겠다는 의사를 밝혀 왔다.
 이 역시도 무리 없이 진행 중이었다.
 ─……최 서장.
 "압니다. 걱정 마십시오. 혹여 문제가 된다면 모두 제가 독단적으로 진행한 일로 처리될 겁니다."

-그걸 말하는 게 아니잖아! 지금이라도…….

"청장님, 아이의 일탈은 그저 일탈로 치부될 뿐이지만, 어른의 일탈은 범죄가 됩니다."

경찰이 교육청과 협의도 하지 않고 멋대로 일을 진행하고 있다.

전남청, 즉 상부에서 이 일을 승인했다는 것이 밝혀지면 경찰과 교육청의 사이가 불편해진다.

그렇다고 교육청의 허락을 받고 진행하기엔 시간이 얼마나 걸릴지 예측을 할 수가 없다.

7월 하반기 인사이동 때 다시 본청에 복귀해야 하는, 또한 아직 신안에서 해야 할 일이 많은 종혁으로서는 무리를 해서라도 일을 진행시킬 수밖에 없었다.

"그리고 아시잖습니까. 이 정도로는 제 인사고과에 흠집도 못 냅니다."

-쯧. 수고해.

종혁은 끊겨 버린 전화를 보며 피식 웃었다.

"삐졌네."

고개를 저은 종혁은 마우스를 잡으며 모니터를 봤다.

달칵!

"끄으!"

기지개를 켠 종혁이 어깨를 축 늘어트린다.

"드디어 다 따라잡은 건가."

전국 폭력조직을 일망타진하기 위한 작전을 진행하는

사이 쌓였던 일감을 드디어 모두 처리했다.
 이젠 더 이상 야근을 하지 않아도 됐다.
 "그럼 축하하는 기념으로 커피를 한 잔 마셔……."
 지이잉! 지이잉!
 종혁이 울리는 핸드폰을 보며 눈빛을 가라앉힌다.
 "어. 재수야."
 아직 보고 시간이 아님에도 최재수가 전화를 해 왔다.
 무슨 일이 생긴 게 분명했다.
 "……아, 그래?"
 순간 가라앉는 종혁의 목소리.
 "알았어. 대기해. 금방 간다."
 외투를 챙겨 들고 일어서는 종혁의 눈이 차갑게 번들거리기 시작했다.

* * *

 "그럼 좋은 연락 기다리겠습니다."
 "아이구. 예, 예."
 인사를 나눈 후 멀어지는 최재수를 바라보던 도초중학교 교장과 도초고등학교 교장이 눈을 가늘게 뜬다.
 비금중학교, 비금고등학교처럼 한 울타리 안에 있는 도초중학교와 도초고등학교.
 "이거 경찰은 꽤 유연한 조직인가 봅니다."
 "그러게 말이에요."

삼십대 초반으로 보이는데, 벌써 한 부서의 팀장이다.

그들 교사로 치면 거의 학년부장 수준. 교육 공무원으로서는 쉽게 이해할 수 없는 진급 체계였다.

거기다 나이가 지긋한 자신들에게 밀리기는커녕, 당당하고 의뭉스럽게 가려운 곳을 긁던 범상치 않은 화법까지.

"저런 친구가 우리 학교 교사였다면……."

"예. 학생들도 꽤 즐겁게 학교를 다닐 수 있었겠죠."

저런 인재가 경찰로 있다니 안심이 되는 한편, 자신들과 같은 교육자가 되지 않은 것이 많이 아쉽다.

"그나저나 경찰 관련 콘텐츠 제작 및 상영이라……."

"이거, 우리도 이용할 수 있지 않겠습니까?"

교사 지원율 향상을 위해 말이다.

"에이, 됐습니다. 지금 오히려 많아서 문제인데 무슨. 그나저나 젊은 선생님들 의견을 들어 봐야겠죠?"

"그래야죠. 아무래도 한 살이라도 젊은 선생들이 학생들과 이야기가 잘 통할 테니 말입니다."

둘은 핸드폰을 들어 쉬고 있는 선생들을 소집하기 시작했다.

부우웅!

아직 눈이 치워지지 않은 곳들이 있어서 느릿하게 달리는 차 안.

"아으. 그럼 이제 도초초등학교만 가면 되는 거죠?"

그 조금 무거운 것을 들었다고 어깨를 주무르는 칠봉의 모습에 최재수가 고개를 끄덕인다.

"진짜 운동하자, 칠봉아."

"운동은 숨쉬기만 해도……."

"진급 안 할 거야?"

진급 시험을 치른 게 아니라 호봉이 차서 진급한 케이스인 칠봉.

경장까지야 그런 식으로 진급할 수 있다지만, 경사부터는 좀 많이 달라진다.

이전에야 경사로도 어느 정도 호봉이 쌓이면 곧바로 진급을 했지만, 많은 부분이 변화된 현재의 경찰 조직에선 꿈도 못 꿀 일이다.

아무리 사무직, 행정직이라고 해도 체력과 체포술을 통과하지 못한다면 족히 20년은 경장으로 썩어야 경사로 진급할 수 있다.

"아니면 운전면허라도 따든가!"

팀장이 운전대를 잡고 있다. 종혁과 함께 있을 땐 상상조차 못할 일이다.

"……예."

그제야 만족의 미소를 지은 최재수는 도초초등학교가 가까워지자 잠시 차를 세운다.

"밥 먹고 들어가자."

"옙! 어딜 갈까요?"

"점심은 가볍게 분식으로 먹어."

"에이. 저기 매운탕 파는 곳 있던데, 뜨끈한 우럭지리탕 어떠세요?"

'이걸 확 진짜······.'

왠지 묘하게 기시감이 들면서도 짜증이 나는 기분.

"그냥 닥치고 라면에 김밥이나······."

"꺄아악!"

고요한 시골 동네를 흔들어 깨우는 비명 소리.

딱딱하게 굳은 채 눈을 데구루루 굴리는 칠봉을 본 최재수는 이를 악물며 땅을 박찼다.

* * *

"끝!"

탁탁탁! 손을 턴 최승아가 이마에 흐르는 땀을 닦는다.

정말로 오늘 낮에 차에 모든 짐을 싣고 떠나 버린 선배 교사.

그가 떠나고 남겨진 먼지와 쓰레기들을 치우고 짐을 모두 푼 그녀가 깔끔한 관사를 보며 만족스럽게 웃는다.

그리고 이내 곧 핸드폰을 꺼내 관사 여기저기를 찍는다.

"히히. 이사하면 역시 중국집이겠지?"

이사하면 짜장면에 탕수육이다.

"어디 보자. 전화번호가······ 아, 여기 있다."

관사 전화기 옆에 놓인 이쑤시개통에 적힌 중국집 전화

번호로 전화를 걸었다.

"네, 안녕하세요. 지금 배달되죠? 여기 주소가……."

-……초등학교 관사?

"네, 네. 아시네요! 여기 짜장면이랑 탕수육 세트 하나 가져다주세요!"

-……예, 알겠습니다.

'응?'

"네!"

통화를 종료한 최승아는 의아해했다.

뭔가 썩 내켜 하지 않았던 말투.

"뭐지?"

당황했던 그녀는 이내 곧 어깨를 으쓱이며 S-톡에 접속을 한다.

올해 초 삼전그룹의 자회사에서 개발한 메신저 앱, S-톡.

다른 이들과 무료로, 심지어 수백 명과도 동시에 대화를 주고받을 수 있는 기능을 지닌 S-톡은 젊은 사람들에게 선풍적인 인기를 끌며 엄청난 속도로 국내 점유율을 늘려 가고 있었다.

토도도독!

-관사 도착!

단톡방에 사진까지 올리니 현재 쉬고 있는 교대 동기들의 메시지가 쏟아진다.

부르릉! 띵동!

"왔다!"

호다닥 뛰쳐나간 최승아가 대문을 열어젖힌다.

움찔!

헬멧을 쓴 채 철가방을 한 손에 든 이십대 후반의 남성이 최승아를 멍하니 바라본다.

"……아따, 이 형님. 하다 하다 아가씨까지 불렀는갑네."

쿵!

"예, 예?"

"이야, 피부도 뽀얀 게……. 너 어디 다방이냐잉? 새로 왔어? 근디 넌 옷 좀 예쁘게 입어야겄다. 옷 꼬라지가 그게 뭐냐?"

단 한 번도 들어 보지 못한 폭언에 최승아의 얼굴이 하얗게 질린다.

"어이, 내 말 안 들려요? 에라이, 됐다. 형님 안에 있제? 형님! 갑자기 뭔 바람이 불어서 배달을 시켰어라? 역시 여자가 좋은가 봐요!"

자신을 옆으로 밀친 배달부가 안으로 들어가자, 최승아는 그대로 주저앉았다.

그리고 관사 안으로 거침없이 들어선 배달부는 주위를 두리번거리더니 의아함을 표했다.

"없는디? 화장실에서 똥 싸나? 형님, 놓고 가요!"

음식을 내려놓은 배달부가 다시 최승아에게 걸어와 그녀가 손에 꼭 쥔 2만 원 중 만 원을 빼 간다.

"나머진 팁 혀. 다음에 서비스 팍팍 줄 텡께 또 보자고."

부르릉! 부아아앙!

"……뭐, 뭐야. 아, 아가씨?"

후두둑!

놀란 가슴이 그녀의 눈에서 눈물을 쏟아 내게 만들었다.

* * *

어떻게 음식을 목구멍으로 넘기고, 어떻게 잠들었는지 모른다.

너무 충격이었던 어제의 일.

"그, 그래. 내, 내가 누군지 모를 테니까……."

다시 차오르는 눈물.

"하아."

애써 웃은 최승아가 화장실로 향해 몸을 씻으며 안 좋은 기억들을 흘려보낸다.

"밥 먹자, 밥!"

그리고 학생들을 가르칠 수업 내용을 만드는 거다.

아직 몇 학년을 맡을지 정해지지 않은 그녀.

하지만 먼저 교사가 된 선배들의 말에 따르면, 초임 교사는 보통 1학년이나 2학년을 맡는다고 했다.

아직 여러모로 미숙할 수밖에 없는 나이이기에 신경 써

야 할 부분이 많긴 하지만, 반대로 다루기 쉽기도 해서 초임 교사들에게 많이 배정해 준다고 말이다.

띵동!

"응? 누구지?"

인터폰으로 걸어간 최승아가 더욱 의아해한다.

뽀글머리 파마를 한 오십대 여성.

"네. 누구세요?"

'아차! 어제 선배님이 누가 벨 눌러도 답해 주지 말라고 했는데.'

왜 그런 말을 했는지 이해할 수 없었던 선배 교사.

하지만 이미 늦었다.

-오메! 누, 누구셔요?

"아, 이번에 도초초등학교로 새로 발령받은 최승아라고 합니다. 안녕하세요."

-그, 그려요? 아이고, 잘됐네. 나 이장 부인인데, 김치 좀 가져왔으니까 문 좀 열어 봐요!

"네? 네!"

대문을 연 그녀가 현관문을 열고 나간다.

"오메! 오메메! 선녀네, 선녀!"

"아하하."

"아이고, 뭐가 이렇게 뽀얗데. 나이는 어떻게 되고?"

"스물다섯 살이요. 원래는 작년에 임용이 됐어야 했는데, 대기 인원이 많아서 올해 발령받게 됐어요."

"나이도 예쁘네! 남자친구는 있고?"

"아니요. 아직요."

"이렇게 이쁜데 왜 남자친구도 없데요. 아니, 잠깐. 그런데 총각 선생하고 둘이서 사는 거요? 오메! 총각 선생! 안에 있어?!"

"아, 아니요! 그 선생님은 다른 곳으로 발령받아 가셨고, 올해부터는 제가 이곳 관사를 쓰게 됐어요."

움찔!

"여자 혼자서?"

"아하하. 예."

"아, 그래요……."

'응?'

갑자기 의미심장해지는 이장 부인의 눈빛에 최승아는 어리둥절해했다.

"아이고. 내 정신 좀 봐! 자, 여기 김치! 처녀 선생님이 계실 줄 알았으면 총각김치를 가져올 걸 그랬네! 오호호호!"

"아하하하! 아니에요. 잘 먹을게요. 그런데 제가 드릴 수 있는 게……."

"아이고, 됐어요. 내가 선생님 나이 또래 여자애를 모르는 것도 아니고. 맛있게 먹고 통만 씻어서 줘요."

"가, 감사합니다."

"그래요. 앞으로 힘들고 어려운 일 있으면 연락하고. 쩌기 이 동네에서 하나뿐인 건강원이 우리 집이니까 언제든 찾아와요. 아니다. 차라리 열쇠 하나 줘요. 내가 자주 들여다볼 수 있게. 아니, 여자 혼자 있는 게 너무 걱정이 돼서 그래."

"아, 네. 잠시만요?"

그녀는 얼른 대문 열쇠를 가져와 이장 부인에게 넘겼고, 이장 부인은 푸근히 웃었다.

"그래요. 그럼 우리 자주 봐요."

"네! 안녕히 가세요."

"됐어요. 멀리 나오지 마요."

손을 저은 이장 부인은 대문을 닫고 나갔고, 최승아는 배시시 웃었다.

"역시 어제 그 사람이 이상한 사람이었어."

최승아는 넘치는 시골의 정에 행복해하며 관사 안으로 들어갔다. 아침은 라면에 김치였다.

한편 관사에서 제법 떨어진 이장 부인의 얼굴이, 흐뭇한 미소로 가득했던 그녀의 얼굴이 일그러진다.

"에이. 주철이, 이 썩을 놈. 아가씨는 뭔 아가씨여."

중국집 배달부가 떠벌린 말 때문에 찾아왔던 그녀.

갑자기 눈이 가늘게 떠진다.

"그나저나 남자친구가 없단 말이지……?"

의미심장하게 빛나는 그녀의 눈빛.

"우리 마을에 총각이 몇이더라…… 어! 함안댁! 나야! 그 댁 아들이 총각이라고 하지 않았어?"

* * *

"아이고, 예쁘다. 예뻐."

"아하하."

왁자지껄한 도초초등학교의 관사.

육십대 후반의 여성에게 손이 붙잡힌 최승아가 주변을 둘러보며 당혹스러워한다.

사람들로, 동네 아주머니들로 꽉 찬 관사.

오후에 다시 이장 부인이 찾아와 축하 파티를 열어 준다며 이렇게 다 불러 모은 거다.

"아이고, 그러다 닳겠네! 왜? 아예 며느리로 들인다고 하제!"

"그럴까? 어떻게 우리 선상님은 결혼에 관심 있남?"

"아, 아니요. 아, 아직요."

"그려. 요새 여자가 늦게 결혼하는 게 흠인감? 그런데 왜 이렇게 손이 곱디야. 부모님이 참 알뜰살뜰히 키우셨나벼."

부모님이란 단어에 최승아의 가슴이 작게 술렁인다.

'그러고 보니 우리 할머니랑 비슷한 연배시구나.'

갑자기 할머니가 보고 싶어진 최승아가 할머니를 향해 배시시 웃는다.

"며느리 말고 손녀는 어떠세요?"

"어이쿠! 그럼 나야 좋제! 다들 들었제? 여그 선상님이 오늘부터 내 손녀여!"

"아이고. 언니, 축하드려요! 예쁜 손녀 얻으셨네! 술 한

잔 드셔!"

"그럴까? 우리 손녀도 한잔할까?"

"네!"

"깔깔깔!"

관사의 마당에 웃음꽃이 피어나는 순간이었다.

끼이익!

"뭐가 이렇게 시끄럽데요."

"흡?!"

대문이 잠기지 않았던 건지 관사 안으로 들어오는 남성의 모습에 최승아가 그대로 굳는다. 어제 폭언을 쏟아 낸 배달부였다.

"야, 이 썩을 놈아! 여기 선생님이 어뜨케 씨부랄 잡년 아가씨여! 니 빨리 와서 사과 안 하냐!"

"아따, 그때는 점쟁이 할아버지가 와도 나처럼 생각했을 건디……."

"뭣이여?! 너 딱 기다려! 어, 영숙이냐! 니 시방 아들 관리 똑바로……."

"와아악! 죄, 죄송합니다. 선생님! 제가 정말 잘못했구마이라!"

다급히 달려와 허리를 깊이 숙이는 배달부.

이장 부인이 그 목을 잡고 더 깊이 숙이게 한다.

"미안혀요, 처녀 선생님. 애가 입이 쪼까 험해도 마음은 착한 놈인께 기분 풀어요. 내가 대신 이렇게 사과드릴게. 뭐혀, 인마!"

"저, 정말 죄, 죄송합니다-!"

"네, 네에……."

사과받고 싶지 않다. 하지만 이장 부인까지 이렇게 사과를 하니 받지 않을 수가 없다.

그러나 지금은 보기 싫었기에 시선을 피했고, 할머니가 그런 최승아를 꼭 끌어안으며 손을 젓는다.

"꺼져, 이놈아!"

"그, 그럼……."

배달부가 떠나자 할머니가 최승아를 다독인다.

"아이고. 맘고생 많았제? 다신 이런 일 없도록 내가 잘 얘기할 테니께 앞으론 걱정 말어."

찢기고 상처 입은 마음을 어루만지는 따뜻한 말.

"훌쩍!"

"아이고. 아이고."

할머니는 최승아를 다독이며 이장 부인을 봤고, 그녀는 고개를 저었다.

그에 할머니가 혀를 차는 순간이었다.

"허미. 뭔 잔치를 열고 그런디야. 누님, 누구 잔치요?"

슬그머니 대문 안으로 들어오는 오십대 남성.

오늘 이장 부인이 부른 아주머니 중 한 명이, 오십대 남성의 친누나가 한심하단 표정을 짓는다.

"누구 잔치긴! 여기 선생님께서 새로 오셨응께 그거 축하하는 잔치제! 어여, 들어와! 처녀 선생, 괜찮지?"

"예. 그럼요."

다 좋은 분들. 그런 분들이 부른 사람이기에 최승아는 경계심을 풀며 활짝 웃었고, 그 미소를 본 아주머니들은 눈을 빛냈다.

그렇게 밤이 깊어져 갔다.

* * *

"아으."

다음 날, 미간을 찌푸리며 눈을 뜬 최승아가 천장을 멍하니 바라본다.

'내가 언제 잠들었지?'

최승아가 어젯밤의 기억이 더듬어 본다.

배달부의 사과를 받은 이후 본격적으로 시작된 축하 파티.

이후로도 손님은 한 명, 한 명씩 계속 들어왔다.

"그리고 주시는 술을 넙죽넙죽 받아먹다가…… 받아먹다가……."

기억이 안 난다.

"미, 미쳤어."

필름이 끊겼다. 다행이라면 자신의 주사가 그대로 기절하듯 잠드는 것이지만, 혹시 모를 일이다.

어떤 실수를 했을지 모른다.

"하아. 일단 씻고, 연락을 드려야겠네."

몸을 일으킨 그녀가 방을 나서 부엌으로 향했다.

"크!"

차가운 물로 정신을 깨우며 화장실로 향하는 그녀. 그렇게 문손잡이를 잡는 순간이었다.

벌컥!

'어?'

최승아가 그대로 굳는다.

"어후. 시원하…… 아이고, 일어났어요?"

머리를 탈탈 털고 나오는 팬티만 입은 오십대 남성.

최승아의 낯빛이 파랗게 질렸다.

"꺄아아아악!"

"우와악!"

"꺄아아악! 꺄아아악!"

"자, 잠깐! 잠깐-!"

당황한 남성이 주저앉은 최승아를 향해 손을 뻗는 순간이었다.

"뭡니까! 무슨 일이에요!"

다급히 현관문을 열고 들어오는 삼십대 중반의 사내.

"이런 개……!"

"자, 잠깐! 성준이! 그게 아니…….."

"네가 사람이냐, 새끼야!"

남성이 눈을 뒤집으며 달려들려던 순간이었다.

덥썩!

"켁?!"

"동작 그만-!"

남성의 뒷덜미를 잡으며 뒤로 잡아당긴 최재수가 팬티

바람의 중년인을 향해 몸을 날렸다.

빠아아악!

"어이쿠!"

그대로 뒤로 자빠지며 화장실 안으로 넘어지는 장년인. 그에 최재수가 다시 몸을 날리며 장년인을 덮친다.

그러며 종혁에게 배운 대로 무릎을 세워 장년인의 사타구니를 찍어 버린다.

콰직!

"……끄아아아악!"

장년인의 눈이 뒤집어졌다.

"당신은 변호사를 선임할 권리가 있고, 이 체포가 부당하다 생각되면 언제든 이의를 신청할 수 있습니다."

수갑을 챙겨 오지 않았기에 케이블 타이로 장년인의 양팔과 다리를 묶어 현관 밖으로 내던진 최재수가 놀라 이쪽을 보는 최승아에게 다가간다.

"경찰입니다. 괜찮으십니까?"

"네, 네."

얼떨떨해하는 최승아의 이곳저곳을 살피는 그.

고개를 끄덕인 최재수가 핸드폰을 들어 도초파출소에 전화를 건다.

"예. 수고하십니다. 지금 여기가…… 피해자분, 여기 주소가 어떻게 돼죠?"

"도, 도초초등학교 관사요."

"감사합니다. 도초초등학교 관사인데, 주거지 무단 침입 및 강간 미수범을 잡아서 말입니다. 빨리 좀 출동 부탁드립니다. 예."

통화를 종료한 최재수가 최승아를 일으켜 세운다.

"곧 경찰이 출동할 테니 너무 걱정하지 마십시오. 제가 곁에 있어 드리겠습니다."

"가, 감사합니다……."

"그리고 거기 목격자분들."

현관 앞에 서 있는 최재수가 뒤로 잡아당겼던 삼십대 사내와 당황한 표정을 짓고 있는 사십대 중년인.

"예? 네, 네!"

"당신들도 함께 파출소에 갈 테니 거기서 꼼짝 말고 있으세요."

"네?!"

"있으라고."

최재수의 시선이 사십대 사내에게로 향한다.

'내가 잘못 본 게 아니라면…….'

당황한 표정을 짓는 저 중년인은 비명이 들릴 때 이곳 관사의 마당에 숨어 있었다.

최재수의 눈빛이 차갑게 가라앉았다.

* * *

조용한 도초파출소 안.

도통 상황을 이해 못하겠다는 듯 쳐다보는 도초파출소 경찰들.

"……아니, 최 선생! 정말 이럴 거야! 나 몰라! 나라고, 나!"

빠아악!

장년인이 눈을 뒤집으며 최승아를 보자 최재수가 그대로 뒤통수를 후려친다.

"이런 씨발! 야, 이 새끼……."

빠악!

"이런 개새끼……."

덥썩! 콰앙!

"개새끼 뭐?"

쾅! 쾅! 쾅!

이딴 놈들은 초장에 제압을 해야 한다.

종혁과 오택수에게 배운 대로 뒷머리를 잡아 그대로 찍어 버린 최재수가 눈을 번들거린다.

이미 수없는 실전으로 단련된 형사의 무심하고도 서늘한 눈빛.

초점이 흐려진 장년인의 눈이 공포로 물든다.

"어이쿠! 왜 이러십니까!"

다급히 뛰쳐나와 최재수를 말리는 경찰들.

"이게 무슨 소란이야!"

"소, 소장님!"

파출소의 문 앞에 서서 화가 난 표정을 짓는 도초파출소장.

그의 발갛게 달아오른 얼굴과 흐려진 초점, 희미하게 풍기는 술 냄새에 최재수의 눈이 가늘게 떠진다.

"뭐야. 넌 우리 식구 아닌 것…… 잉? 닌 종수 아니냐?"

"……혀, 형님! 흐어헝!"

최재수의 눈이 더 가늘게 떠졌다.

"아니, 최 선생! 어제 축하회 때 최 선생이 그랬잖아! 언제든 놀러 와서 관사 이용해도 된다고-!"

파출소 한구석의 의자에 앉아 있던 최승아가 화들짝 놀란다.

"제, 제가요?!"

"오메! 미치고 환장하겠네! 그럼 내가 이 나이 먹고 거짓말을 할까!"

가슴을 치며 위협하듯 말하는 장년인의 모습에 최승아가 겁을 먹고 몸을 웅크린다.

"그래요. 거기 선생님이 먼저 잘못했네. 먼저 허락해 놓고 이러면 안 되지. 이 동생이 얼마나 놀랐겠어? 거기다 얻어맞기도 하고 말이야."

"네?"

"서로 오해해서 비롯된 일 같으니 서로 원만하게 합의하시는 게 어떻겠습니까? 앞으로 한마을에서 계속 마주 보며 살 텐데, 이렇게 얼굴 붉히면 쓰겠어?"

최승아의 눈이 흔들린다.

마치 별일 아니니 그냥 넘어가자는 듯 말하는 파출소장.

'벼, 별일이 아니라고?'

도움을 요청하기 위해 다른 경찰들을 둘러봐도 다 파출소장과 같은 표정을 짓고 있다.

어이없어하고, 귀찮아하고.

숨통이 탁 틀어막힌다.

"아, 아니 저, 저는……."

그에 그녀의 옆에 있던 최재수가 머리를 쓸어 올리며 몸을 일으킨다. 한쪽에 앉아 있는 목격자들을 매의 눈으로 살피고 있었던 그.

"지랄하네, 진짜."

쿵!

파출소 경찰들이 경악을 하며 최재수를 본다.

최재수의 입가에 헛웃음이 흘러나온다.

엉망이다. 참 모든 게 엉망이다.

"어이! 여보세요, 아무리 그렇다고 해도 여자 혼자 사는 집에 무작정 들어간다고?! 그게 말이 된다고 생각해?"

"어, 어이? 야, 이 새끼야! 너 몇 살인데 반말이야!"

"먹을 만큼 먹었다, 왜!"

"이런 위아래도 없는 새끼가! 형님! 뭐하십니까! 나 이러면 못 참아요! 형님 얼굴 봐서 이렇게 처맞은 것도 봐주려고 했더니!"

"어흠. 이봐요, 최재수 팀장. 거 아무리 상황이 그랬다고 해도 별거 아닌 걸로 밝혀진 일 가지고 어른한테 너무……."

"소장님."

최재수의 눈에서 감정이 사라진다.

"지금 이 진술 조사가 매뉴얼에 맞게 하고 있는 겁니까?"

"······뭐요?"

"제가 알기로 성범죄 사건의 피해자와 가해자는 한 공간 안에 두지 않는다는 게 매뉴얼일 텐데요? 몇 조 몇 항인지까지 읊어 드릴까요?"

이놈들이다. 이런 놈들 때문에 묵묵히 맡은 바 일을 하는 선량한 경찰까지 욕을 먹는 거다.

빠직!

"하, 이놈이 서에서 왔다고 좋게 좋게 넘어가려고 했더니 경찰 생활 40년 짬밥을 이겨 먹으려고 드네. 야, 이 새끼야!"

"이런 곳에서의 진술은 제가 더 이상 용납할 수 없을 것 같습니다. 전 불안에 떠는 피해자를 안심시켜 드려야 하겠습니다. 충성. 가시죠."

거슬리는 것이 많지만, 일단 이딴 공간에 피해자를 계속 둘 수 없다.

"뭐야?! 야! 야! 어디 가, 이 새끼야!"

"차, 참으세요. 소장님! 서에서 왔어요!"

"놔! 놔 봐!"

등 뒤에서 터지는 오만 가지 욕설을 무시하며 최승아를 데리고 나온 최재수가 그녀를 차에 태운다.

"불편을 끼쳐 드려서 죄송합니다. 모든 경찰이 저 사람들 같진 않으니 부디 오해하지 말아 주셨으면 합니다."

"네, 네……."

싱긋 웃으며 그녀를 태운 최재수는 자신의 뒤로 주춤주춤 다가오는 칠봉의 정강이를 걷어찼다.

빠아악!

"큽!?"

"넌 우리 서장님이었으면 뒤졌어."

상황이 정리될 때까지 현장에 나타나지 않았던 칠봉. 종혁이었다면 경찰 취급은커녕 아예 사람 취급도 안 했을 것이다.

그래도 일단 자신이 뭘 잘못했는지는 아는 것 같기에 갱생의 여지는 있다.

"타기나 해."

"예, 예!"

최재수도 운전석으로 걸어가며 핸드폰을 들었다.

"예, 서장님. 발견했습니다, 견찰."

염전 쪽과 연관이 됐는지는 확인하지 못했다.

그러나 종혁이 만들려는 경찰 조직에 아무런 쓸모가 없는 해충은 발견했다. 사면이 바다인 섬이라는 특수성을 이용해 제 배를 불리고, 피해자를 억압하는 개새끼들을.

"그리고……."

최재수가 운전석의 손잡이를 잡으며 최승아를 힐끔 본다.

"서장님께서 말씀하셨던 유형의 피해자도 찾았습니다."

출장을 나오기 전 종혁은 이렇게 말했다.

분명 자신들 경찰들의 시선이 닿지 않는 곳에 혼자 사는 여성이 성범죄 피해를 받고 있을 수도 있다고.

작은 사회인 신안. 가룡리 지숙이 사건처럼 피해를 당하고 있음에도 아무 말도 못할 수 있다고.

일정 기간 동안 한곳에 묶여 있어야 하는 공무원이나 학교 교사도 타깃이 될 수 있으니 잘 확인해 보라고.

"예. 도초초등학교 관사에서 대기하겠습니다."

통화를 종료한 최재수는 운전석에 올라타며 최승아를 봤다.

"아직 식사 안 하셨죠?"

"……네?"

종혁이 그랬고, 최재수 역시 겪어 봐서 알고 있다.

겁에 질린 피해자는 일단 먹여야 했다.

* * *

부우웅!

혹시나 가해자가 찾아올까 섬 반대편까지 가서 식사와 달콤한 커피를 마시고 돌아온 최재수가 백미러로 최승아를 본다.

몇 시간 전보다는 훨씬 표정이 밝아진 그녀.

최재수의 입가에 옅은 미소가 번진다.

"어?"

관사 앞까지 도착한 최재수가 대문 앞을 서성이는 오십 대 여성을 발견한다.

"어머?"

"누군지 아세요?"

"네. 이 동네 이장님의 아내 되시는 분이세요."

"아아."

고개를 끄덕인 최재수가 차를 세운다.

"아주머니!"

"……아이고, 왜 이제 와! 아까 전에 난리가 아니었담서! 어뜨케 된 일이여?"

"그게……."

최승아가 설명을 하다 울컥한다.

도착을 했을 때부터 마치 친딸처럼 아껴 준 이장 부인. 긴장이 풀리며 설움이 치솟는다.

"아이고, 많이 놀랐겠네. 괜찮어? 어디 다친 데는 없고?"

다친 곳은 없다. 다만 마음이 많이 놀랐을 뿐이다.

"우리 처녀 선생이 이해혀. 다들 이런 섬에서 자라 배운 게 없어서 그런 거니께. 난 또 무슨 큰일이 생겼는 줄 알았네. 별일 아니구마잉."

"네? 벼, 별일 아니라고요?"

"그려. 처녀 선생이 아직 어리고 도시에서만 살아서 이런 시골에 대해 잘 몰라서 그런 것 같은디, 원래 이런 시골은 다 이려요. 조금만 친해지믄 심장을 내놓고. 사람들이 다 순박해서 그런 거니께 너무 유난 떨 거 없어요."

"유, 유난이요?"

"아이코. 미안, 미안. 내가 단어 선택이 좀 거시기 했네잉. 그래도 내가 하는 말이 뭔지 알제?"

원래 급하면 다른 집 화장실도 이용하고, 배가 고프면 아무 집이나 들어가 밥 좀 얻어먹고 다 그런 거 아니겠는가.

"서로 다 아는 사이인데 뭐 거리낄 게 있남? 좋게 말하믄 오지랖이 넓은 거고, 나쁘게 말해도 오지랖이 넓은 거제. 부모님한티 당신들이 어뜨케 살았나 들어 본 적 없어?"

'그, 그런가?'

자신에게 잘해 준 이장 부인이 너무 당당하게 말하니 갑자기 혼란스러워진다.

"에이, 설마 50대 아저씨가 처녀 선생을 어떻게 해 볼까 봐? 그런 썩을 놈은 이 동네에 없……."

"거기까지만 하시죠."

말이 끊겨 놀란 이장 부인이 고개를 돌렸다가 경찰복을 입은 최재수를 발견하곤 당황한다.

최재수는 그런 이장 부인을 보며 눈빛을 가라앉힌다.

'가스라이팅.'

개수작을 부리고 있다.

"엄연히 주거 침입과 사유 재산을 무단으로 사용한 절도에 해당하는 범죄였습니다. 시골이라는 말도 안 되는 단어로 의뭉스럽게 넘어갈 수 있는 일이 아닙니다."

또한 의문점도 있다. 하지만 이건 잠시 후 밝혀질 일이기에 최재수는 참기로 했다.

"……이 동네 사람이 아니죠잉? 처음 보는 얼굴인 거 봉께 딱 그런디. 전라도 사람도 아니고?"

말투가 딱 서울 사람이다.

"그게 문제가 됩니까?"

최재수의 얼굴이 일그러진다. 다음으로 이어질 말이 자연스럽게 떠올랐기 때문이다.

"쯧쯧. 그러니 그런 말을 하지. 이봐요, 서울에서 오신 것 같은디 시골은요, 시골의 법도가 있어요. 다 이러는 건데 곧 갈 사람이 왜 이렇게 분란을 일으키려고 하시는 걸까?"

게다가 자신이 이장의 아내다.

"그런 내가 허튼소리를 할까 봐? 정말 이 처녀 선생을 위한다면 여기서 물러나요. 내가 다 경찰 삼촌 생각해서 하는 말이라니께?"

이장의 아내. 이런 시골에서 이장의 말은 굉장한 영향력을 지닌다. 동네의 큰어른이라도 이장이 하자고 밀어붙이면 웬만한 일이 아니고선 다 하자고 할 정도다.

이는 즉, 인망이 있다는 것.

그런 이장의 아내가 경찰을 배척하기 시작하면 골치가 아파질 수밖에 없다.

'이런 씨…….'

"전혀 그렇게 안 들립니다만?"

쿵!

또다시 말을 끊는 목소리에 이장 부인의 얼굴이 와락 구겨지며 목소리의 주인을 찾는다.

하지만 최재수는 달랐다. 환한 미소를 지은 최재수가 몸을 돌리며 새로이 등장하는 사람을 향해 거수경례를 한다.

"충성! 경사 최재수!"

"어. 충성."

최재수의 인사를 대충 받은 종혁이 이장 부인을 일견하며 최승아를 본다.

"브리핑."

"제가 처음 현장에 도착했을 때 목격한 모습은……."

거침없이 이어지는 최재수의 말을 모두 들은 종혁이 고개를 끄덕이며 최승아에게 고개를 숙인다.

"저희 경찰의 미흡한 대처에 마음의 상처를 입으신 것에 대해 사과드립니다. 죄송합니다."

"아, 아니에요! 저, 저기 최재수 경사님께서 잘해 주셔서……."

살짝 얼굴을 붉히며 곁눈질로 최재수를 보는 그녀의 모습에 종혁이 속으로 피식 웃는다.

'이놈에게도 봄이 오려나.'

본청에 있는 임세라가 문득 떠오른다.

그러나 그보다 궁금한 점이 있다.

"그래서 어떻게 침입한 건데?"

"예?"

"최 팀장이 도착했을 땐 대문이 열려 있었다며. 담을 넘은 거야? 아님 열쇠로?"

담을 넘었다고 한다면 보다 계획적이었다는 것이 된다.

그런데 대문까지 열었다? 최재수가 검거한 오십대 남성의 행동을 이해할 수 없게 되어 버린다.

"그렇지 않아도 물어보려고 했습니다. 최승아 씨, 혹시……."

"아이고! 정말 별일 아니라니까 그러네! 사소한 일 가지고 왜 이렇게 난리를 치는지 정말 모르겠어, 진짜!"

종혁의 눈빛이 차가워진다.

"지금 사소한 일이라고 했습니까?"

"당연히 사소한 일이지! 저기 젊은 경찰처럼 젊은 분께서 뭘 모르나 본데……."

"잠깐. 그거 이장의 아내로서 하는 말입니까?"

도시보다 다소 폐쇄적인 시골 마을의 특성 탓에 지방자치단체와 원만히 소통될 수 있도록 고육지책으로 만들어진 이장 직위.

책임감이 함께하지 않는 막강한 권력을 손에 넣으면 이런 일이 종종 벌어지곤 했다.

하지만 어쨌든 공무원이 아니라지만 이장은 나라의 녹을 먹는 존재다.

이딴 식으로 말하면 곤란했다.

"그, 그런데요! 왜요!"

"다시 한번 묻겠습니다. 정말 이 동네의 공무를 수행하는 이장의 아내로서 하는 말이 맞습니까?"

"그렇다니까요!"

자신이 짠 판을 어지럽히는 이 두 경찰을 얼른 치우고 싶다.

이장 부인의 눈이 악독해졌다.

"그래요……. 그럼 잠시만."

종혁이 핸드폰을 꺼내 들어 귀에 가져간다.

"예, 군수님. 잘 계셨습니까? 최 서장입니다."

쿵!

'구, 군수님? 서, 서장?'

"아무래도 제가 이번에 작은 부탁을 드려야 할 것 같아서 말입니다. 아니요. 무리한 부탁은 아니고, 그냥 이장 한 분을 퇴임시켜 주십사 해서 말입니다. 예, 당황하시는 것도 이해합니다. 하지만 앞으로 군수님의 행보에 하등 도움이 되지 않을 사람인 것 같아서 말입니다. 그게 왜 그러냐면……."

종혁은 사정을 설명했다.

"이렇게 구시대적이고, 상식이 모자란 사람을 아내로 둔 사람이 군수님이 만들어 가실 아름다운 신안의 일꾼으로서 어울린다고 할 수 없잖습니까. 예, 예. 아닙니다. 사과는 결례를 끼친 제가 해야죠. 예. 언제든 날짜만 말씀해 주십시오. 제가 달려가겠습니다. 예."

 지금까지 얼마나 이장 부인이라는 직함을 내세워 이런 일을 묵인시켰을까. 또 이장은 그런 아내가 저지른 짓을 얼마나 외면하고 동조했을까.

 그리고 대체 무슨 짓을 꾸미고 있는 걸까.

 일련의 사태와 영 연관이 없는 것처럼 보이지 않는 이장 부인.

 통화를 종료한 종혁이 하얗게 질린 이장 부인을 보며 입을 연다.

 "그래서 어떻게 들어왔는데?"

 질문을 받은 최재수가 최승아를 쳐다본다.

 "저, 저도 잘 모르겠어요. 대문 열쇠는 제게 있는 거 하나와 여기 아주머니께 드린 게 전부인데······."

 그러며 최승아가 아까 나오기 전 챙긴 현관과 대문 열쇠를 보여 준다.

 "흠. 그래요."

 다시 이장 부인을 응시하는 종혁.

 "아, 아니 잠시 제, 제 말 좀······. 어, 어휴, 젊은 서장님께서 지금 큰 오해를······."

 "최재수 팀장."

 "예, 서장님."

 "도초파출소로 간다."

 "예!"

 "여기 이 아주머니도 중요 참고인인 것 같으니 함께 모시고. 힘드시겠지만 피해자분께서도 함께 가 주시겠습니까?"

종혁은 따뜻하게 웃으며 최승아에게 손을 내밀었고, 최재수는 이장 부인의 팔을 꽉 움켜쥐었다.

* * *

파출소 근처의 식당.
소장이 한 장년인에게 술을 따른다.
"거시기는 괜찮아?"
"몰라요. 아파 뒤질 것 같아요."
조금만 움직여도 아찔한 고통이 올라온다.
숨이 턱턱 막힌다.
"그런데도 병원을 안 가고 술을 마신다고? 네가 정말 미쳤냐?"
"배고파 뒤지겠는데, 지금 병원이 문젭니까?"
처음 맞았을 때보단 고통이 덜한 것을 보니 완전히 깨진 것은 아닌 것 같다. 어차피 나이가 들어 제대로 써먹지도 못하는 거, 좀 늦게 치료한다고 해도 상관없었다.
지금은 이 타는 속을 달래는 게 먼저였다.
도초파출소장은 혀를 차다 눈빛을 가라앉혔다.
"또 그 짓 한 거지? 아까 그놈까지?"
"……"
"아이고, 이 염병 오살할 것들아! 내가 그 짓 하지 말라고 했잖아! 진짜 큰일 난다고! 저번에도 내가 달랜다고 얼마나 생고생을 했는데, 또!"

결국 이렇게 임자를 만나지 않았는가.

이번엔 딱 봐도 말이 통하지 않는 상대가 피해자를 보호하고 있다.

더욱이 신안서의 경찰이다. 소장으로서도 조심스러울 수밖에 없다.

"그럼 어떡합니까! 이렇게 늙어 죽어요?!"

"이놈 말하는 것 좀 봐라? 네가 모자라서 그렇게 된 것을 왜 나한테 화내는데?"

"……."

소장은 한숨을 내쉬었다.

"그래서 지금 동네에 총각이 몇 명 남았는데?"

"아직 많이 남았죠."

60대 이상은 3명 정도 있고, 50대도 자신을 포함해 2명이 있다.

40대는 거의 10명, 30대는 20명 가까이 있다.

"에라이, 자랑이다."

"……그래서 날 이렇게 만든 그놈은 어떻게 할 건데요?"

"후. 있어 봐."

자신에게 통보가 되지 않은 것을 보면, 별일이 아닌 일로 찾아온 것일 터. 그렇다면 곧 도초도를 떠날 것이 분명했다.

덫 〈279〉

"이대로 참으라고요? 형님!"

"있어 보라고! 그놈이 떠나야 조서를 조작하건 뭘 하건 할 수 있잖아!"

상황을 이쪽으로 유리하게 만들어야 징계를 먹일 수 있다.

"아."

"돈은 거기다 넣고. 이거 무마하려면 나도 우리 애들 기름칠해야 하니까."

"……후우. 예."

"거 상황을 좀 봐 가면서 하지. 쯧쯧쯧."

지이잉! 지이잉!

"응. 무슨 일이야? 뭐?!"

쿠당탕!

장년인은 하얗게 질리는 소장을 보며 의아해했다.

그런 장년인의 시선이 느껴지지 않는 건지 다급히 자리를 박차며 식당을 뛰어나가는 도초파출소장.

"어? 형님! 형님! 아욱?!"

뒤에서 터지는 비명을 무시하며 파출소로 달려간 도초파출소장은 파출소 소파에 앉아 가만히 자신을 쳐다보는 종혁을 발견하곤 그대로 굳어 버렸다.

여기 있으면 안 되는 이장의 아내와 이번 일에 얽혀 있는 사십대 사내, 그리고 최초 목격자였던 삼십대 사내까지 있다.

이장 부인과 사십대 사내의 눈이 흔들리고 있다.

그 순간이었다.

-서로 오해해서 비롯된 일 같으니 서로 원만하게 합의하시는 게 어떻겠습니까? 앞으로 한마을에서 계속 마주 보며 살 텐데, 이렇게 얼굴 붉히면 쓰겠어?

쿵!

자신의 목소리다.

삑!

핸드폰을 끈 종혁이 몸을 일으킨다.

"소장님."

"추, 충성."

"소장님."

"예, 예. 서, 서장님."

빠아악! 종혁이 파출소장의 정강이를 걷어찬다.

"큽!"

"일어나세요."

"자, 잠시만······. 제, 제가 다 설명할······."

"경찰이."

빠아악!

"아악!"

"가해자의 편에 서서 가해자를 두둔하고, 피해자에게 여기서 관두라고 압박했네요?"

타인의 주거지에 침입을 한 것이 명백한 상황.

그게 무지에서 비롯된 일이든, 시골 사람들 특유의 공동체 생활에 의한 관성으로 벌어진 일이든 뭐든 경찰은 일단 피해자의 편에 서서 사건 조사에 임해야 했다.

그런데 도초파출소장은 그 기본적인 걸 무시했다.

"도초소장님."

"예!"

"옷 벗을래요?"

섬뜩!

"아, 아니……."

딸랑!

"형님! 대체 뭔 일로…… 어?"

종혁은 파출소의 문을 열고 들어오는 장년인을 보며 의아해했다.

"이번 사건의 가해자입니다, 서장님."

"……푸핫!"

종혁이 웃음을 터트리자 파출소장의 낯빛이 검게 죽는다.

"자, 잠시만요, 서장님! 이건 제가 다 설명드릴 수……으읍!"

파출소장의 입을 틀어막은 종혁이 화사하게 웃는다.

"그러니까 신성한 근무 시간에 사건의 가해자와 술을 마셨네요?"

평소 아는 사이라면 충분히 이럴 수도 있다. 최재수가 과잉 진압을 했으니 그걸 달래려 했을 수도 있다.

그런데 왜일까.

코가 고약한 냄새를 맡는다.

"당신 돈 먹었지?"

움찔!

"우웁! 우우우웁!"

종혁은 필사적으로 고개를 젓는 그를 보며 입술을 비틀었다.

"맞네?"

눈이 말한다. 전신이 말하고 있다.

"이야. 대단하다, 대단해. 예, 청장님. 저 최 서장입니다. 아무래도 감찰팀을 좀 파견해 주셔야 할 것 같습니다. 아니, 그 전에……."

종혁이 덜덜 떠는 파출소장의 품을 뒤져 지갑을 찾아낸다.

"웁! 우웁!"

"도초파출소장의 계좌 추적부터 부탁드리겠습니다. 그의 일가친척과 가까운 주변 지인의 계좌들까지 전부요. 카드도 곧 찍어서 보내 드리겠습니다."

"우웁……!"

종혁은 다리에 힘이 풀려 주저앉는 소장을 보며 또다시 누군가에게 전화를 걸었다.

"예. 수사지원과장입니까? 서장입니다. 지금 손이 노는 인원 전부 도초파출소로 파견해 주세요. 도초파출소가 지난 10년간 처리한 모든 사건을 전면 재조사해야 할 것 같으니까."

종혁은 기겁하며 일어나는 도초파출소 경찰들을 차갑

게 응시했다.

최재수가 말하길, 소장의 개짓거리를 말리는 사람이 단 한 명도 없었다고 했다. 못마땅한 표정을 짓거나 외면하는 사람도 없이 그냥 소장과 똑같은 눈빛으로 피해자 최승아를 압박했다.

그 밥에 그 나물.

이런 것들이 다른 사건이라고 공정히 처리했을까. 회의적일 수밖에 없다.

통화를 종료한 종혁은 안절부절못하는 도초파출소 경찰들을 향해 입을 열었다.

"지금 당장 무장 해제 및 핸드폰들 내려놓고 흩어집니다."

중요 자료가 보관되어 있을 서장실과 사건서류 창고를 제외한 곳으로. 한 공간에 두 명 이상 모여 있어서도 안 된다.

"실시."

"시, 실시!"

"최재수 팀장."

"예, 서장님!"

"문 잠가."

"충성!"

* * *

고요해진 도초파출소.

"저, 서장님……."

"절대 과한 거 아니니까 걱정하지 마."

회귀 전, 신안 하면 떠오르는 대표적인 사건들이 있다.

그중 하나가 바로 여교사 자살 사건.

섬에 부임된 여교사가 관사에서 동네 주민들에게 집단 성폭행을 당한 후 자살을 해 버린 사건이다.

처음엔 관사란 독립된 공간에 침입해 멋대로 화장실을 이용하고, 마당 평상에서 술판을 벌이며 여교사의 공간을 침범한 동네 남자들.

원래 시골은 다 이런 거라며, 유난 떨지 말라고, 외로운 사람끼리 좋은 게 좋은 거라고 세뇌를 시키며 추파를 던진다.

당연히 여교사는 경찰에 신고를 했지만 경찰은 무시.

그것이 결국 남자들로 하여금 선을 넘게 만든다.

어느 날, 술에 취해 쳐들어온 동네 남자들에게 집단 강간을 당한 여교사는 끝내 자살을 선택하였고, 이 사건은 전 국민적인 공분을 일으키게 만든다.

이건 경찰이 피해자를 죽인 거다.

조금만 더 피해자의 말을 주의 깊게 듣고, 가해자를 처벌하고, 순찰을 더 돌며 피해자를 들여다봤다면 일어나지 않았을 일.

분명 이와 비슷한 사건들이, 회귀 전에도 알려지지 않았던 사건들이 분명 더 있을 것이라고 종혁은 예상했다.

그것을 파헤치고 진실을 알아내는 것.

그게 종혁이 신안에 온 목적 중 하나이기도 했다.

"……알겠습니다."

고개를 끄덕인 종혁이 의자에 앉아 벌벌 떠는 장년인의 맞은편에 앉는다.

"거, 거시기가 너, 너무 아픈데……."

돌아가는 상황이 심상치 않자 눈을 굴리는 장년인.

"간단한 것만 묻고 바로 병원으로 이송시켜 드릴 테니 너무 걱정 마세요. 혹여나 제거를 하게 된다면 충분한 보상을 해 드리겠습니다."

"아, 아이고! 죽겠네! 아이고-!"

장년인이 사타구니를 잡고 바닥을 구른다.

종혁은 그런 그를 싸늘하게 쳐다봤다.

'그냥 터트릴까?'

"쯧."

몸을 일으킨 종혁이 장년인에게 다가가 허리춤을 잡는다.

"우어억?!"

장년인을 파출소 한구석 의자에 앉혀 놓고 다시 돌아온 종혁은 최초 목격자인 삼십대 사내를 봤다.

"장성준 씨라고 하셨죠? 당시 현장을 목격하셨을 때의 상황을 설명해 주시겠습니까?"

"지, 지가 본 건 뭐 없는디……."

"부탁드리겠습니다."

"그, 그것이 어떻게 된 거냐믄……."

아침에 일을 마치고 집에 돌아가는 길이었다.

그러다 관사에서 비명 소리가 들리자 기겁해서 안으로 들어갔다.

"그, 그런디 저기 형님이 할딱 벗고 있는 거 아니겠어라."

"너, 넌 말을 왜 그렇게 하냐! 뭐가 다 벗고 있어!"

자신에게 불리한 말이 나오자 기겁하며 외치는 장년인.

종혁이 이를 드러낸다.

"아가리 싸물어. 정신 잃고 병원에 실려 가기 전에."

"……."

"계속하시면 됩니다."

"크흠. 그러니께 쩌그에 들어가신……."

장성준이 최승아가 들어간 서장실을 가리킨다.

"선상님은 그 앞에서 주저앉아 있고요. 그래서 눈깔이 뒤집혀 한 대 쳐 버릴려고 했는디……."

최재수가 목을 잡아당기더니 허공을 날아 대신 장년인을 쳐 버렸다.

"지가 본 건 그게 전부여라."

"음. 그럼 장성준 씨가 들어오셨을 때 대문은 열려 있었습니까?"

"어…… 예, 열려 있었죠?"

"나, 나도 열려 있어서 들어갔습니다! 나도……."

장년인이 가만히 바라보는 종혁의 시선에 고개를 돌린다.

"최재수 팀장, 저분 계단으로 치워."
"예, 서장님!"
최재수는 장년인을 강제로 일으켜 2층으로 향하는 계단으로 끌고 갔고, 종혁은 우물쭈물하는 장성준을 보며 의아해했다.
"왜 그러십니까?"
"그기…… 아, 아녀라."
"더 보신 것이 있다면 말씀해 주셔야 합니다, 장성준 씨."
"아, 아니 그 이상 뭘 본 건 아니고…… 아녀라. 지가 잘못 생각했어라."
"음. 알겠습니다. 감사합니다."
종혁의 시선이 최재수가 장년인을 제압한 이후 관사로 들어왔던 사십대 사내에게로 향한다.
최재수가 말하길, 본인이 도착했을 때 이미 관사 마당에 숨어 있었다는 사내.
"소란이 발생해서 들어오셨다고요."
"예, 예. 그, 그렇습니다!"
"희한하네요. 저희 직원이 도착했을 때 이미 그곳에 계셨다고 하던데요."
"아, 아니 그건……!"
"알겠습니다. 일단 손부터 내미세요."
철컥!
중년인의 손목과 앉아 있는 의자를 수갑으로 연결한 종

혁이 이번엔 최승아가 있던 서장실로 향한다.

"일어나지 않으셔도 됩니다."

따뜻한 코코아를 홀짝이다 몸을 일으킨 그녀.

그녀의 옆에 앉은 종혁이 푸근한 미소를 짓는다.

"기상을 하신 이후의 상황을 설명해 주시겠습니까?"

"아, 그게요……."

이미 한 번 진술한 내용이어서 그런지 최승아는 침착하게 당시의 상황을 설명했다.

"최승아 씨가 그 사람을 보고 관사를 이용해도 된다고 했다고 하던데요. 이에 대해 기억나시는 부분이 있습니까?"

"아, 아뇨! 전혀 기억나지 않아요!"

필름이 끊겼다. 아무것도 기억나지 않았다.

"필름이 끊기기 전엔 그런 말을 하지 않았고요! 이건 확실해요!"

"음. 그럼 대문을 잠근 것은 기억나십니까?"

"……아니요."

"알겠습니다. 조금만 더 쉬고 계십시오."

"저, 저기요……."

"예, 최승아 씨."

"정말 그 아저씨는 처벌을 받게 되는 건가요?"

생각해 보면 장년인이 자신에게 뭘 한 건 아니다. 오히려 놀라는 자신을 달래려 했었다.

그 말에 종혁의 뒷목이 뻣뻣해진다.

"아니…… 최승아 씨. 최승아 씨는 이번 사건의 피해자 십니다."

가해자가 어떤 처벌을 받을지 최승아가 걱정할 이유가 없다.

"하, 하지만 이미 다 벌을 받으신 것 같고……."

'이런.'

큰일이다. 이장 부인의 가스라이팅이 먹혔다.

피해자가 가해자에게 동조하기 시작했다.

"……쉬고 계세요."

서장실을 나온 종혁이 한숨을 내쉰다.

"골치 아프게 됐네."

일단 장년인이 주거 침입을 한 건 맞다.

그러나 아무리 심신미약 상태였다고 하더라도 최승아 본인이 직접 허락을 한 것이라면, 그 처벌은 약해질 수밖에 없다.

또 현재 최승아의 상태를 보자면 아무래도 합의를 할 것 같다. 자신이 앞으로 어떤 일을 당할지도 모른 채.

동네 사람 여럿이 엮인 일이다.

동네가 최승아를 따돌리고, 손가락질을 할 거다. 어쩌면 학교에서도 최승아를 왕따시킬 수 있었다.

분명 피해자인데 또다시, 또 다른 피해를 입게 되는 것이다.

'그렇다고 증거가 없는 이상 마냥 몰아붙일 수도 없고…….'

아주 작은 단서라도 있다면 시나리오를 써서라도 압박

을 할 텐데,

통통통!

"왔네."

종혁은 파출소 밖, 숨을 헐떡이는 칠봉을 보며 입술을 비틀었다.

그리고 잠시 후······.

"하, 이 새끼들 봐라?"

까드득!

칠봉이 수거해 온 CCTV 영상을 보며 이를 간 종혁이 몸을 일으켰다.

그리고 2층으로 향하는 계단 쪽에서 비명이 흘러나왔다.

"우어어어!"

* * *

움찔!

회의실에 갇힌 이장 부인이 밖에서 들리는 비명 소리에 깜짝 놀라며 손톱을 깨문다.

대체 왜 이렇게 되어 버린 걸까.

'나, 난 그저······.'

벌컥!

거칠게 문이 열리자 이장 부인이 기겁을 한다.

"어, 어머. 오호호! 오셨어요?"

어느새 얼굴에서 표정이 사라진 종혁이 그녀의 맞은편에 앉는다.

"내가 지금부터 아주머니에게 기회를 줄 겁니다."

"기, 기회요? 어머. 무슨 기회일까?"

"진실을 말할 수 있는 기회."

정확히는 자수를 할 수 있는 기회다.

"그, 글쎄라? 내가 뭐 말할 게 있남?"

"……좋습니다. 그럼 어제로 돌아가죠. 최승아 씨가 필름이 끊긴 이후 어떻게 하셨습니까?"

"글쎄라. 필름이 끊겼나? 그건 잘 모르겠고, 한 저녁 7시쯤까지 함께 술을 마시다 시간이 늦어 돌아가긴 했어라."

"흠. 그래요. 그럼 그렇게 돌아가시면서 문단속은 어떻게 하셨습니까?"

"그것까진 모르지라. 내가 가장 먼저 나갔응께."

말을 하던 이장 부인의 목소리에 힘이 실린다.

'뭐가 없구나!'

자신이 한 짓이 들통나지 않은 거다. 이러면 말이 달라진다.

이장 부인의 표정이 밝아지자 종혁은 피식 웃었다.

"이걸 보고도 똑같이 말씀하실 수 있습니까?"

쿵!

"예?"

종혁이 들고 온 노트북의 화면을 그녀에게 보여 준다.

"허억?!"

관사 마당을 비추고 있는 영상이다.

웃고 떠드는 사람들 사이 최승아가 갑자기 픽 쓰러진다.

그 밑에 표시되는 시간이 오후 6시 13분.

마치 누가 기계의 퓨즈를 뽑아 버린 듯한 모습으로 최승아가 쓰러지자마자 사람들이 행동을 멈춘다.

놀라 멈춘 게 아니다. 그런 것 치곤 CCTV 영상 속 사람들의 표정이 모두 평안하다.

그리고 여성들의 손짓을 받은 남성들이 최승아를 관사 안으로 옮기고, 남은 남성들이 이장 부인에게 몰려들어 무언가를 말한다.

이장 부인이 그중 한 명, 현재 이 파출소에 있는 오십 대 장년인에게 무언가를 넘긴다.

탁!

잠시 영상을 멈춘 종혁이 이장 부인을 본다.

"뭘 준 겁니까?"

"그, 글쎄요?"

"관사의 대문 열쇠지?"

움찔!

"그, 그럴……."

종혁은 다급히 변명을 하려는 이장 부인을 막으며 증거물 봉투를 내려놓았다.

열쇠가 들어 있는 증거물 봉투.

장년인은 이 열쇠를 몸에 지니고 있었다.

"난 여기에 당신 지문이 찍혀 있다는 것에 내 재산 모두를 걸 수 있을 것 같은데, 당신은 뭘 걸래?"

"……아, 아! 그래! 내가 그걸 어디서 잃어버렸나 싶었는디!"

"아줌마."

쿵!

분명 나지막한 부름인데도 심장이 내려앉는다.

종혁은 파랗게 질리는 그녀를 보며 말을 이었다.

"땅에 떨어진 물건을 집었을 때와 넘겨받았을 때의 지문 형태가 다르다는 걸 모르지? 난 이 열쇠에, 정확히는 당신과 그 새끼 지문 사이에 흙먼지가 없다는 것에도 전 재산을 걸 수 있어."

이러면 범죄를 공모한 혐의가 적용된다.

그것이 비록 주거 침입이었다고 할지라도, 그 목적성이 어디에 있는지 모를지라도, 특별한 목적을 가지고 여자 혼자 사는 집에 침입을 한 것이다.

또한 최승아를 집 안으로 옮긴 남성들도 꽤 시간이 흐른 후에 나왔다. 자칫 성범죄를 저질렀을 수도 있는 상황이다.

최승아가 잠에서 깬 이후 씻지 않았기에 그 몸과 옷에 증거물이 가득 남아 있을 거다.

"일단 심신 미약인 상대의 중요 부위를 만지는 것만으로도 징역형이야."

그걸 묵인하고 방조한 혐의만 하더라도 충분히 징역형이다.

"그게 당신들에게 씌워질 혐의고. 이렇게 증거가 있는 이상 입증하는 것도 쉬워."

"아, 아니야! 아니랑께요! 나, 난 그저…… 우, 우린 그저……."

동네의 노총각들을 결혼시키려 한 것뿐이다.

아내나 애인이 없어 맨날 술이나 퍼마시고 다니며 동네를 시끄럽게 하는 노총각들을 결혼시키기 위한 일이었을 뿐이다.

여태까지 모두 성공했던 노총각 결혼 작전.

"겨우 그런 것뿐이었당께라! 근데 왜 이제 와 그런대요!"

"……여태까지 뭐?"

종혁의 얼굴이 와락 일그러졌다.

최승아 말고도 피해자가 더 있었던 것이다.

철렁!

와락 일그러진 종혁의 표정에 뒤늦게 말실수를 했음을 깨달은 이장 부인의 두 눈이 흔들린다.

"아, 아니 난……."

자신이 무슨 말을 한 것일까.

"아니어라. 이, 이건 그런 게 아니라……!"

"불어."

찢어 버리기 전에 모두.

종혁의 전신에서 끔찍한 살의가 쏟아져 나왔다.

* * *

웅성웅성.
갑자기 바깥이 시끄러워진다.
똑똑똑!
"들어와."
"서에서 직원들이 도착했습니다."
몸을 일으킨 종혁이 넋을 놓은 이장 부인을 강제로 일으켜 세우며 회의실을 나선다.
양손에 수갑을 찬 그녀.
파출소장과 오십대 장년인, 사십대 중년인이 경악을 하며 쳐다본다.
"충성!"
"……충성."
정신적인 충격이 크다.
이게 과연 사람이 할 짓이란 말인가.
이는 강간보다 더 악질이다. 한 사람의 인생을 자기들 맘대로 정하게 만든 거다.
너무도 치졸하고 참혹한 사기극.
"아, 아주머니! 차, 참말로 그랬던 거여라?! 어떻게 사람이 그럴 수 있어라! 당신이 그러고도 사람이요!"
파출소를 나갈 수가 없어 지친 표정으로 앉아 있던 첫

번째 목격자, 삼십대 사내가 경악하며 외치자 넋을 놓고 있던 이장 부인이 눈을 부릅떴다.

"다, 닥쳐야! 어디 얼굴 한번 못 본 여자한티 돈 가져다 바치는 병신 놈이 나를 욕혀!"

움찔!

몸을 굳히는 삼십대 사내의 모습에 종혁은 뒷목을 주물렀다.

이건 또 무슨 말인 걸까.

'아니, 일단은……'

"후. 지원과장님."

"충성."

"이 사람과 저 둘을 형사과로 인계하세요. 혐의는…… 일단 범죄단체조직과 사기로 합시다. 그리고 여기 명단에 있는 사람들도 함께 체포해서 데려가시고요."

이장 부인과 함께 바람잡이를 한 사람들.

노총각 아들을 장가보내기 위해 이장 부인들에게 돈을 준 사람들.

그리고 모든 걸 알고 있었으면서 묵인한 이장까지.

"그리고 저기 도초소장…… 아니, 도초파출소 소속 경찰들 모두 연행하세요."

"예에?!"

물론 방조하거나 가담한 경찰 외에 상사의 압박 등 여러 이유로 보고도 못 본 척한 경찰들도 있을 거다.

하지만 그 어떤 불의와도 타협을 하면 안 되는 경찰이

다. 경찰은 불의를 못 본 척한 것만으로도 유죄였다.
"아, 알겠습니다! 뭐, 뭣들 해! 움직여!"
"예, 예!"
"후. 김순호 순경, 당신을……."
"아! 아! 아, 아닙니다! 전 절대 모르는 일입니다-!"
안 들린다. 듣고 싶지 않았다.
귀를 막고 도초파출소를 나선 종혁이 핸드폰을 꺼내 든다.
"충성. 신안경찰서장 최종혁 총경입니다, 함경필 전남청장님."
-……무슨 일이야?
"현 시간부로 본 신안경찰서 산하 도초파출소 소속 경찰 전원의 직무를 정지시키겠습니다. 사유는 소속 경찰 전원의 범죄 방조 및 공모입니다. 그리고 신안경찰서 산하 모든 파출소에 내사를 요청하겠습니다. 이상입니다."
쿵!
-……지금 통화하기 힘들지? 조속히 인력을 꾸려서 내려보낼게.
"감사…… 합니다. 충성."
통화를 종료한 종혁은 고개를 푹 숙였다.
대체 왜. 왜. 왜.
왜 아직도.
"아아아아악!"
너무 부끄러워 하늘을 쳐다볼 수가 없었다.

＊　＊　＊

　달그락! 달그락!

　광주광역시의 한 아파트. 그릇이 부딪치는 소리에 삼십 대 중반의 여성이 기겁하며 눈을 뜬다.

　"허억! 헉!"

　자신도 모르게 옆을 향해 손을 뻗는 여성.

　아무런 온기도 느껴지지 않자 뽀얀 피부가 더 하얗게 변한다.

　하지만 곧 귀를 울리는 소리에 안도의 한숨을 내쉰다.

　"어째서 그날 일이……."

　평생 씻을 수 없는 상처를 입은 날.

　무릎을 끌어안은 그녀는 자신을 감싼 어둠을 응시한다.

　그녀의 눈이 흔들린다.

　삐비비! 삐비비!

　"……후우."

　알람이 울리는 핸드폰을 보는 그녀의 얼굴이 일그러진다.

　"그래. 씻자, 씻어."

　그녀가 안방의 문을 열고 밖으로 나간다.

　그와 동시에 그녀의 눈에 들어오는 부엌의 풍경과 코를 찌르는 된장국의 냄새.

　싱크대 앞에 서 있던 피부가 까맣고, 몸이 마른 사십대 중반의 남성이 문이 열리는 소리에 고개를 돌려 그녀를 본다.

"일어났어?"

푸근히 웃는 주름진 얼굴에 그녀의 미간이 찌푸려진다.

"또 혼자 먼저 먹었어요?"

왜 남편은 맨날 혼자 밥을 차려 먹는 것일까.

그녀가 일어나는 시간이 조금만 늦어도 먼저 밥을 차려 먹는 남편. 그 본인이 일찍 일어났다 싶으면 그냥 밥을 차려 먹는 남편.

다른 유부녀들은 부럽다 말할 수 있다.

알아서 밥을 차려 먹는 남편이라니. 아마 이 말을 하면 부러워 미칠 거다.

하지만 결혼을 한 이후 남편과 많은 시간을 함께 보내지 못했던 그녀로선 불만이 있을 수밖에 없다.

'차라리 내가 아침잠이 많으면 이런 생각도 안 하지.'

남편은 좋게 말하면 부지런한 것이고, 나쁘게 말하면 너무 개인주의적이다.

"일 가야지. 씻어. 국 아직 따뜻해."

"후우……. 네."

화장실 안으로 들어간 그녀가 샤워기를 틀며 생각에 잠긴다.

이렇게 자신과 맞지 않는 남편과 처음 만났던 그때를 떠올린다.

임용시험에서 4번이나 떨어졌던 그녀의 첫 발령지는 도초도라는 발음하기조차 힘든 전라남도 신안의 섬이었다.

광주광역시 임용은 너무 경쟁이 치열했기에 어쩔 수 없이 전라남도로 시선을 돌린 그녀.

부우웅!

별거 아닌 뱃고동 소리와 갈매기 울음소리조차 새롭게 가슴 벅차게 다가왔다.

"어휴. 잘 왔어요. 잘 왔어."

너무도 반갑게 맞이해 주던 이장님의 아내와 동네 아주머니들.

김치건 나물이건 반찬을 바리바리 싸 와 축하해 주는 그분들의 모습에 그녀는 시골의 정이 이런 거구나, 라는 걸 느낄 수 있었다.

안심이 됐고, 웃을 수 있었다.

그러나 다음 날, 그녀의 미소는 박살이 나고 말았다.

"어으. 시원하다."

그녀를 제외하면 아무도 살지 않는 도초초등학교의 관사.

화장실 문을 열고 나오는 알몸의 장년인을 발견한 순간 그녀의 심장은 멈춰 버렸다.

"꺄아아아아악!"

"뭔 일이여! 무슨 일이여! 이런 씨부릴! 형님! 거기서 뭐하요!"

"아, 아니 난……."
"변명하지 말고 싸게 나오쇼! 얼른!"
"어, 어!"
옷가지를 챙겨 후다닥 관사를 빠져나가는 장년인과 안으로 들어온 삼십대 후반의 중년인.
"괜찮습니까, 선생님?"
바닷사람인 걸 자랑이라도 하듯 까만 피부.
푸석하고 주름진 얼굴.
그리고 코끝을 스치는 알싸한 남성용 스킨의 냄새.
그렇게 남편과 처음으로 만나게 됐다.
그리고 지옥이 시작됐다.
퇴근 후 관사의 대문을 열고 들어가니 평상에서 술을 마시고 있던 노인들.
"아이고. 선생님. 얼른 와서 한잔혀!"
한여름, 러닝만 입은 채 손을 흔드는 모습에 그녀의 심장은 다시 멈췄다.
그러나 이건 약과였다.
저녁 10시고, 11시고 시간을 가리지 않고 대문이 두드려졌다.
잠시 화장실 좀 쓰겠다며 거침없이 관사 안으로 들어오더니, 자신의 방문까지 멋대로 열어 대며 추파를 던지던 사내들.
친해지는 데 제일 좋은 게 술 아니냐며 술을 들고 찾아와 한잔하자던 노인들.

심지어 어떤 노인은 하얀 정장에 백구두를 신고 꽃을 들고 찾아왔다. 오다 주었다며 개소주와 함께 내밀었다.

견딜 수 없었다.

참기 힘들었다.

그래서 경찰에도 말을 해 봤지만, 원래 시골이 이러니까 이해하라며, 유난 떨지 말라는 소리를 들었다.

어이없게도 이후 도리어 그런 말을 한 경찰까지 시도 때도 없이 찾아와 추파를 던지기도 했다.

지옥의 나날들이었다.

마음 같아선 관사를 나가 도초도 밖에 머무르며 출퇴근을 하고 싶었지만, 여건이 여의찮았다.

그런 지옥을 견딜 수 있었던 건 바로 동네 아주머니들 덕분이었다.

시도 때도 없이 찾아오는 남자들을 모진 말로 내쫓아 주었던 아주머니와 할머니들.

그들이 있을 때만 겨우 숨을 쉴 수 있었다.

배운 게 없어 정을 그런 식으로밖에 표현 못한다는 말에, 사람은 착하다는 말에 얼마나 울었는지 모른다.

그러다 결국 그날이 찾아왔다.

씻을 수 없는 상처를 입은 날이.

그날은 낮부터 아주머니와 할머니들과 술 파티를 벌였었다.

그러다 술을 너무 많이 마셔 결국 기절하듯 잠들었다.

주물럭! 주물럭!

마치 털이 숭숭 난 커다란 벌레가 가슴을 만지는 더럽고 끔찍한 느낌. 몽롱했던 정신이 번쩍 깼다.

"꺄, 꺄악! 누, 누구…… 읍?!"

"조용히 해."

귓가를 때리던 섬뜩한 목소리와 끔찍한 숨결.

무서웠다. 두려웠다.

브래지어가 벗겨지고, 팬티가 내려지는 그 순간에도 아무런 반항조차 할 수 없었다.

그렇게 절망에 빠지던 순간 구원자가 나타났다.

띵동!

"선생님! 계세요?! 어머니가 꿀물 좀 가져다 드리라 해서 왔는데…… 뭐여? 대문이 열려 있네? 선생님, 저 들어갑니다!"

"씨발!"

후다닥!

"뭐, 뭐야! 넌 뭐야! 거기 안 서냐, 새끼야!"

도망치는 발소리와 뒤쫓는 발소리. 그리고 이후 다시 관사로 돌아오는 발소리.

쿠당탕!

"선생님! 괜찮습니까!"

"……흑! 흐아아아아아앙!"

무서웠다. 너무 무서웠다.

"괜찮아요. 괜찮아. 쉬이. 괜찮아요."

그렇게 그녀는 씻을 수 없는 상처를 입은 그날, 10살이나 많은 남편을 얻게 됐다.

* * *

"휴우. 그때 조금만 참았어야 했는데."

하루의 시작이 참 빨랐던 성실하고, 부지런한 남편.

동화 속 왕자님처럼 언제나 자신을 곤란에서 구해 주었던 남편.

남편이 관사에 살다시피 머무르자 결국 다른 남자들은 관사를 찾지 않게 됐다.

그런 든든함과 성실함에 반해 사귀게 됐고, 결혼을 하게 됐다.

'이렇게 안 맞을 줄 알았겠냐고.'

"쯧."

하지만 언제나 미안하고 고맙다.

많은 나이 차 탓에 반대하는 자신의 부모님을 설득하기 위해 일주일 내내 집 앞에서 무릎을 꿇고 있었던 남편.

때가 되면 근무지를 옮겨 다녀야 하는 자신 때문에 고향마저 뒤로하고 모든 재산과 인연을 정리한 남편.

머리를 수건으로 감싼 채 나온 그녀는 현관에서 신발을 신는 남편에게 다가갔다.

"여보."

"아, 다 씻었어? 다녀올게."

"다녀오세요."

현관 앞에서 서로를 꼭 끌어안는 둘.
남편이 그녀를 보며 푸근히 웃는다.
"오늘도 파이팅."
"여보도 파이팅."
탁! 띠리릭!
닫힌 현관문을 바라보던 그녀는 아차 하며 얼른 식탁으로 달려갔다.
얼른 밥 먹고 담양으로 출근을 해야 됐다.

* * *

"푸후우."
해가 거의 저문 오후.
기름때와 흙먼지가 가득한 옷을 입은 채 차에서 내린 남편이 피로가 잔뜩 스민 한숨을 내쉬며 담배를 문다.
찰칵! 치이익!
"후우우. 아, 진짜 익숙해지지 않네."
차량 정비소에서 일을 하는 그.
벌써 5년째이지만, 도통 일이 익숙해지질 않는다.
도초도에 있을 땐 여기저기 시간 날 때마다 돌아다녔는데, 지금은 계속 정비소에 붙어 있어야 해서 더 그런지도 몰랐다.
"하지만……."
그래도 괜찮다.

오늘 하루도 무척이나 힘들었지만, 이제 곧 도착할 아내를 생각하면 모든 피로가 씻겨 나간다.

그의 입가에 미소가 피어난다.

하지만 그것도 잠시.

"……평생 말하지 말아야겠지?"

그가 아내와 사귀게 됐던 결정적인 순간을 떠올린다.

본래 닫혀 있어야 함에도 열려 있었던 대문.

안에서 어떤 일이 벌어지고 있는지 알았기에, 그래서 더 자신의 차례가 아닌 것이 화가 났기에 눈을 꼭 감고 안으로 들어갔다.

현관문을 박차고 나오던 동네 형님의 눈빛에 깃들어 있던 배신감.

이후 그는 동네 사람들에게 손가락질을 받으며 쓰레기 취급을 받았다.

하지만 상관없었다.

그렇게라도 하지 않았다면 키 작고 무식한 노총각이 어디서 그렇게 예쁜 선생님을 아내로 맞이할 수 있겠는가.

죄책감이 오늘도 그의 심장을 두드렸지만, 그는 애써 외면하며 웃었다.

"어?"

스르륵!

때마침 아파트 주차장으로 들어오는 차 한 대.

아내다.

"여보!"

차를 세우며 창문을 내리는 아내의 모습에 그는 다급히 담배를 버린다.

"바, 방금 딱 한 대 피운 거야!"

"……집에 들어가서 봐요."

망했다고 생각하는 순간이었다.

스윽!

남편을 감싸는 두 명의 험상궂은 사내.

"박세오 씨?"

"그, 그렇습니다만?"

"경찰입니다. 종정선 씨 아시죠?"

쿵!

종정선. 이장님의 아내.

"뭐, 뭐예요. 무슨 일이에요! 당신들 누구신데요!"

다급히 차에서 내린 아내의 모습에 남편의 심장이 떨어져 내린다.

안 된다. 들으면 안 된다.

"벼, 별일 아니니까 얼른 들어가! 얼른!"

"뭐가 별일이 아닌데요! 이보세요, 당신들……."

"김선영 씨 되십니까?"

움찔!

"그, 그런데요?"

"아……."

경찰들이 서로를 보며 난처해한다.

안 된다. 말하지 마라. 제발. 제발.

"혀, 형사님 그냥 저를 잡아가세요! 제발! 제발!"

"여, 여보? 그게 무슨 말이야?"

갑자기 자신을 잡아가라며 소리치는 남편의 모습에 김선영은 당황할 수밖에 없었다.

"후우. 김선영 씨, 혹시 도초초등학교 관사에 머무르실 때 남성들이 멋대로 관사를 드나들며 추파를 던지지 않았습니까?"

"아, 네. 그건 맞는데, 그게 왜……."

"그리고 강간을 당할 뻔 적도 있으셨을 겁니다. 그 상황에서 여기 남편분에게 도움을 받으셨을 테고요. 맞으시죠?"

"그, 그걸 어떻게……?"

김선영은 도무지 이해할 수 없는 상황에 그저 눈을 껌뻑인다.

"그게 전부 마을 사람들이 합심해서 박세오 씨가 김선영 씨의 마음을 얻을 수 있도록 꾸민 연극이었습니다."

"어…… 어……. 무, 무슨 말인지 이해가 잘 안 되는데요……."

털썩!

그녀의 시선이 주저앉는 남편에게로 향한다.

무슨 말을 하는지 모르겠다.

머리가 너무 혼란스럽다.

"여, 여보?"

끝났다. 다 끝났다.

고개를 숙이는 남편의 모습에 그녀의 전신이 바들바들 떨린다.

짙은 배신의 눈물이 차오른다.

"여, 여보. 뭐라고 말 좀 해 봐. 아니라고 말 좀 해 보라고-! 아니잖아! 아니잖아-!"

콰장창!

그녀의 세상이 무너져 내렸다.

* * *

"예, 수고하셨습니다."

마지막 가해자와 피해자가 신안으로 이송되고 있다는 보고.

통화를 종료한 종혁이 고개를 뒤로 젖히며 얼굴을 쓸어내린다.

피해자의 숫자는 최승아를 제외하고도 총 16명. 12년이라는 긴 시간에 걸쳐 벌어진 계획적인 범죄였고, 그중 12명이 교사였다.

사건이 벌어진 도초면 수항리의 주민들 대다수가 이 일을 묵인 및 동조하고 있었고, 도초면의 학교 관계자들도 이 일을 눈감아 주고 있었다.

도초파출소는 말할 것도 없었다.

한 동네 전체에 체포 작전이 벌어지고 있는 중이었다.

똑똑!

"예, 들어오세요."

문이 열리며 최재수가 들어온다.

"전남청에서 파견된 인력이 도착했습니다."

"……알았어."

몸을 일으킨 종혁이 정복을 차려입고 서장실을 나선다.

그러자 서장실 앞 복도에 서 있던 전남청 소속 경찰들이 경례를 한다.

"충성!"

"충성……."

안쓰러운 표정을 짓는 그들.

너무도 끔찍한 범죄가 벌어졌다.

그런데 문제는 그들의 공범이 경찰이라는 것이다. 도초파출소를 산하로 두고 있는 신안경찰서의 서장인 종혁에게도 피해가 갈 수밖에 없었다.

"후우. 갑시다."

그들은 걸음을 옮겨 신안경찰서 안에 있는 대회의실로 향한다.

"왔다!"

좌라라라라!

'많이도 왔다.'

대회의실을 꽉 채우고 있는 기자들.

단상에 선 종혁이 경례를 한다.

"충성. 신안경찰서장 최종혁입니다. 그럼 지금부터 현

사건, 일명 수항리 결혼 사기 사건에 대한 브리핑을 시작하겠습니다."

* * *

12년 동안 펼쳐진 끔찍한 덫!
그곳에선 무슨 일이 있었나!
마을 주민 전체가 얽힌 거대한 사기극! 사람이 아닌 악마들!
주민들까지 대다수 체포! 학교 관계자들도?!
도초파출소 임시 폐쇄! 경찰도 동조했다!
신안경찰서장, 국민들께 심려를 끼쳐 드려 죄송하다.
전남경찰청장, 관련자 전원 징계 천명!
신안군 소속 모든 파출소를 대상으로 내사 시작!
신안경찰서 설립이 아니었으면 들통나지 않았을 거대한 덫!
소 잃고 외양간 고친 게 아니다! 이제라도 밝혀 줘서 고맙다!

드라마에서도 쓰지 않을 판타지 같은 내용에 대한민국 국민들은 눈을 의심할 수밖에 없었다.
지이잉! 지이잉!
"예, 최종혁입니다."
-니 괘안나.

강철선의 우려에 종혁의 얼굴이 무너진다.

"안 괜찮죠. 안 괜찮습니다."

어느 정도 문제가 발견될 거라고는 생각했지만, 상상 이상으로 얽힌 사람들이 많았다. 하마터면 책임을 지고 신안경찰서장직을 내려놓아야만 할 뻔했다.

서장직을 내려놓는 건 딱히 상관없었다. 앞으로도 신안에서 해야 할 일은 많았지만, 그건 서장직을 내려놓아도 어떻게든 할 수 있었다.

하지만 이를 방조하고 공조한 경찰들이 이토록 많다는 사실에 느낀 배신감은 말로 표현할 수 없을 정도였다.

-마이 흔들리겠네.

종혁이 경찰에 들어간 이후 구축했던 경찰의 이미지가.

수년간의 공이.

"어쩔 수 있습니까."

일은 이미 벌어졌다. 최대한 수습을 할 뿐이다.

-아이고…… 뭐라고 변명하드나?

"하나같이 똑같죠."

수항리 주민 전원을 체포 및 소환했다.

그리고 그들은 하나같이 자신들은 몰랐다, 뜬소문인 줄 알았다며 발뺌을 하고 있었다.

눈이, 몸이 그 말이 거짓임을 외치는데도 그렇게 오리발을 내밀고 있었다.

인간에 대한 환멸이 느껴질 정도였다.

-에휴. 그러면 이제 우얄끼고?

"뭘 별거 있겠습니까. 관련자 모두 최고형을 받게 해야죠."

그 외에는 딱히 할 게 없다. 이번 사건의 피의자들은 어차피 알아서 마을을 떠나게 될 테니 말이다.

-……마을 사람들이 배척할 기란 말이가?

"그저 남의 일이기에 무시를 했던 사람들이 파출소로, 경찰서로 불려 와서 조사를 받게 됐습니다."

얼마나 관련됐는지에 따라 그 처벌이 달라질 거고, 최소 벌금형이다. 19살 이하의 아이들을 제외한 수항리 주민 전원이 처벌을 받는 거다.

그런 유무형적 손해를 본 수항리 주민들이 피의자들을 가만 놔둘까.

"그런다면 저도 성범죄 치료 센터 등 마을의 이미지를 바꿀 수 있는 도움을 줄 테고요."

-만약 똥 밟은 셈 친다면?

또 피의자들을 조지되, 자신들의 행동이 잘못됐다고 생각하지 않는다면?

콰직!

종혁의 손에 들린 볼펜이 부서진다.

"그러면 뭐…… 고사시켜야죠."

수항리 인근에 마을을 조성하고, 수항리에 있는 은행들부터 빼 버린다.

'몇 천억 예치시켜 놓으면 은행들도 빠져나올 수밖에

없겠지.'

교육부와 협의해 학교도 이전시키고, 도로도 새로 뚫는다. 그 외에도 수항리를 고사시킬 방법은 무궁무진했고, 이미 이 문제에 관해선 박명후 대통령과 이야기도 끝내 놓은 상태다.

언제든 막대한 예산을 투자할 수 있도록 말이다.

또한 그 공사는 삼전건설과 계림건설, M-컴퍼니, 태흥건설에서 맡을 거다.

그들을 이용해 전주의 한옥마을을 모티브로 삼아 한옥마을을 조성하거나 놀이공원, 테마공원 등 사람들이 찾아올 수밖에 없는 그런 관광타운을 만들면 된다.

-왐마야. 그럼 애꿎은 사람들은 우얄 낀데?

정말 아무것도 모르는 사람들.

그리고 학생들.

"그분들은 당연히 새로 조성할 마을로 이주시켜야죠. 아무 조건 없이. 집도 공짜로 드리면서."

마을 이미지가 박살이 날 텐데, 당연히 나올 수밖에 없을 거다.

-……설마 시민단체들까지 이용할 생각인 거가?

"예. 그들을 지원해서 마을의 입구들에 성범죄자들, 사기꾼의 마을이라는 플래카드를 걸 겁니다."

시민단체를 썩 좋아하는 건 아니지만, 이번 일이라면 적극적으로 지원해 비석도 세우게 할 거다.

물론 철거되겠지만, 또 세우게 할 거다.

"제가 죽을 때까지."

그렇게 박살을 낼 것이고. 마지막 가해자, 마지막 공범이 죽을 때까지 계속 이 일을 국민들로 하여금 상기시키게 만들 거다.

그게 수항리가 본인들의 잘못을 모를 때 내릴 종혁의 처벌이었다.

—……돈이 감당되겠나?

"제 돈이 들어가겠습니까? 기업 이미지 향상을 위해 수백억씩 투자하는 분들이 얼마나 많은데."

군수도 적극 협력해 줄 거다.

수항리로 들어가는 혜택과 예산을 대폭 삭감시킬 것이고, 군의 모든 일에서 배제될 거다.

"그리고 부동산은 불패잖습니까."

투자한 돈이 몇 년이면 몇 배가 되어 돌아올 거다. 돈이 부족할 걱정은 없다.

—수항리 생각 잘해야겠네…….

아니면 몇 년 안에 유령 마을이 생길 판이다.

"그땐 헐값에 인수해서 그냥 밀어 버려야죠."

깔끔하게. 주춧돌 하나 남김없이. 그런 마을이 있었다는 걸 잊어버리게.

그렇게 몇 십 년이 흐르면, 도초도는 대한민국의 관광지 중 한 곳으로만 기억되지 않을까.

—독한 놈……. 알았데이.

우울해하고 있을 줄 알았는데, 이 정도면 더 걱정하지

않아도 될 것 같다.

-욕보래이. 어휴휴. 진짜 이게 뭔 일이고.

"검사님도 수고하십쇼."

통화를 종료한 종혁은 몸을 일으켰다.

도초도에 파견된 전남청 경찰들이 인수인계는 잘 받고 있나 둘러보러 가야 했다.

* * *

수군수군!

도초도로 향하는 배의 대기실.

사람들이 종혁을 보며 이야기들을 나누고, 종혁은 씁쓸히 웃는다.

'그냥 요트를 타고 올 걸 그랬나.'

차 때문에 선박을 이용했는데 괜히 그런 것 같다.

"저…… 서장님? 최 서장님 맞지라?"

"예, 어르신."

"잘했어라. 욕봤소."

"예?"

와락 끌어안아 등을 두드리는 노인에 종혁이 깜짝 놀라고, 노인의 눈에 눈물이 글썽거린다.

"을매나 마음이 상했쓸까잉."

부하 경찰들을 싹 다 자신의 손으로 잡아 처넣었다고 한다.

아무리 사람이 젊고 단호하다고 한들 팔은 안으로 굽는 법인데, 오직 신안군민들을 위해서, 피해자들을 위해서 그런 결단을 내린 거다.

아마 장기 몇 개를 떼어 내는 심정이었을 거다.

젊은 사람이 그런 아픔을 참아 낸 거다.

그런데 언론과 신안 바깥의 사람들은 경찰이 부패한 거라고, 서장인 종혁이 잘못해서 그런 일이 벌어진 거라고 떠들고 있다.

"차라리 그 몹쓸 것들은 그냥 모가지를 돌려 버리지 그랬소! 그랬으믄 조금이라도 덜 아플 것인디! 아이고. 아이고."

"……옳소! 그런 육시랄 놈들을 살려 둬서 뭐한데!"

"그라지라! 내가 수항리 썩을 잡것들 땜시 어디 밖에 나가서 신안 사람이라고 말을 못한당께요!"

"맞어, 맞어. 가만 보믄 우리 서장님, 덩치에 안 맞게 참 소심혀. 안 그려?"

"그랑께 말여. 나라믄 아주 쑥대밭을 만들어 브렀을 것인디. 서장님! 우린 서장님 편인께 딴 새끼들 말은 신경 쓰지 말고, 가슴 펴고 다녀라! 다들 그러제?!"

"그럼요!"

"와아아아아!"

'하하.'

고맙다.

자신의 애환과 결단을, 과할 수 있다고 생각할 처벌을

이해해 줘서 고맙다.

'그래, 이런 맛에 경찰 하는 거지.'

"매점 이모님-!"

"예! 서장님!"

"매점 간식들 싹 다 가지고 나오세요! 제가 오늘 다 쏩니다!"

사람들의 눈이 동그랗게 떠졌다.

* * *

뿌우웅!

"잘 가요!"

"파이팅입니다, 서장님!"

군민들의 응원을 받으며 도초도 선박터미널에서 내린 종혁이 수항리를 향해 차를 몬다.

도초도의 중앙에 위치한 수항리. 마을에 들어서자 저 멀리서 순찰차 한 대가 다가온다.

그런 순찰차를 바라보는 수항리 주민들. 누군가는 침을 뱉고, 누군가는 한숨을 내쉬고, 누군가는 하늘이 부끄러워 고개를 숙인다.

다행이라면 얼굴을 붉히는 사람이 많다는 점이다.

'그래도 마을 전체가 인면수심은 아니네.'

참 다행이다.

고개를 끄덕인 종혁이 도초파출소에 차를 세우고서 내

린다.

"서, 서장님!"

얼굴과 머리가 떡이 진 노인이 달려와 종혁의 바짓가랑이를 붙잡는다.

"이장님. 아니, 전 이장님이겠군요."

"죄, 죄송합니다! 모두 제 불찰입니다!"

죽겠다. 죽을 것 같다. 마을 어르신들에게 맞아 죽을 것 같고, 사람들 눈빛에 말라 죽을 것 같다.

이러다간 건강원을 폐업하는 게 문제가 아니라 이 동네를 떠나야 할 것 같다.

거기다 피해자들이 걸어온 민사 소송까지. 그 액수만 40억이 훌쩍 넘는다. 건강원뿐만 아니라 가산을 모두 정리해도 감당할 수 없는 액수다.

"제 아내가 그런 천인공노할 짓을 저지르는 줄 알았다면 저도……."

"이장님."

"예, 예!"

"저 안에 거짓말 탐지기가 있습니다."

움찔!

"하도 거짓말을 하시는 분들이 많아서 가져다 놨죠."

"……."

"더 이상 아가리 털지 마시고, 남은 생을 피해자들에게 사과한다는 마음으로 사세요. 다신 제 앞에 나타나지 마시고요."

그랬다간 정말 찢어 죽여 버릴지도 모른다.

이미 이장도 다 알고 있다고 진술한 이장 부인.

툭툭!

이장의 어깨를 두드린 종혁은 파출소 안으로 들어갔다.

"엇?! 충성!"

"충성-!"

"아이고, 수고들 하십니다. 간식들 좀 드시고 하세요."

"우오오오오오!"

종혁이 내려놓는 박스들에 피죽 한 그릇 얻어먹지 못한 사람처럼 퀭한 눈빛을 짓고 있던 경찰들이 다급히 달려나온다.

"커, 커피! 사랑방 카페 커피다! 누가 얼음 좀 가져와!"

"빵! 헉! 신화호텔 빵-!"

"이거 과자인가? 상표가 없는데?"

지난 며칠간 주민들을 소환해 진술을 받느라, 지난 10년간의 사건을 재검토하느라 죽어 가던 경찰들의 얼굴에 화색이 돈다.

"아이고, 이거 매번 감사합니다."

그날 이후 매일같이 도초도로 들어와 자신들을 살피는 종혁. 그저 감사할 뿐이다.

"아, 지원과장님. 좀 어떻습니까?"

"어제보다 3건 더 발견했습니다."

도초파출소에서 묵인시켜 버린 것으로 의심되는 사건을.

신안경찰서로 이송시키지 않고 누락시킨 사건 자료를. 지금까지 총 16건을 발견한 상태다.

뿌득!

"그것들은 따로 모아서 일단 스테이 하세요."

"바로 재수사에 들어가지 않는 겁니까?"

"재수사는 일단 모두 검토한 후에 들어가는 걸로 하죠."

"예? 음. 예, 알겠습니다."

수사지원과장은 종혁의 말이 이해가 되지 않았지만, 다 생각이 있겠거니 하며 고개를 끄덕였다.

"그런데 최재수 팀장은 어디 갔습니까? 안 보이네요?"

경찰 지원율 향상 프로젝트를 위해 학교들과의 협의를 끝내야 하고, 또 지원을 위해 도초도에 남은 최재수와 박칠봉.

"아, 잠시 순찰 나갔습니다. 뭐…… 순찰일 겁니다. 아마도."

"하하."

어딜 갔는지 알 것 같다.

'진짜 이놈한테도 봄이 오려나.'

"알겠습니다. 그럼 수고하고 계십시오. 저녁엔 삼겹살 먹다 죽을 각오하시고요."

"으하핫! 걱정 마십시오!"

피식 웃으며 도초파출소를 나선 종혁이 도초초등학교의 관사로 향한다.

"아, 안 잡아 주셔도 됩니다."

"하지만 위험하잖아요."

가까이 다가가는 것만으로 이가 썩는 듯한 달달한 분위기.

열려 있는 현관문 안으로 들어간 종혁이 고개를 삐딱하게 기울인다.

"뭐하냐?"

"엇?! 충성."

"아, 안녕하세요!"

"예, 안녕하십니까."

최승아를 향해 따스하게 웃어 준 종혁이 의자에 올라서서 천장의 전등을 가는 최재수를 본다.

"아, 아니 전등 하나가 들어오지 않는다고 해서 말입니다!"

"난 뭐라고 안 했는데?"

"……."

"세라는 정말 포기하는 거야?"

"아, 진짜!"

"아, 진짜는 반말이고, 짜샤."

종혁은 눈을 동그랗게 뜨며 자신들을 번갈아 보는 최승아를 응시하다 고개를 끄덕였다.

'많이 털어 낸 것 같네.'

그래도 혼자 남겨지면, 저녁에 잘 때가 되면, 어느 날 바람이 불면 울컥울컥 기억이 날 거다.

심장을 옥죄며 괴롭힐 거다.

'후…… 거지 같네.'

이 이상 뭘 해 줄 수가 없기에 더 미안하다.

"잘해."

"걱정 마세요."

지금 이 관계가 연애로 이어질지, 도중에 관두게 될지는 모른다. 그러나 지금 이 순간만으로도 최승아는 치유를 받는 것이기에 성실히 그녀를 케어할 생각이었다.

최재수의 단단한 눈빛을 본 종혁은 최승아에게 고개를 숙이며 돌아섰다. 더 이상 자신이 여기 올 필요는 없을 것 같았다.

그렇게 도초초등학교 관사를 나서는 순간이었다.

사부작!

녹색 병이 든 하얀 봉지를 든 채 앞을 스쳐 지나가는 삼십대 사내.

종혁이 눈을 빛냈다.

"장성준 씨."

"예? 아, 서장님!"

"시간 괜찮으시면 술이라도 한잔하시겠습니까?"

"예?"

'얼굴 한 번 못 본 여자한테 돈을 가져다 바친다고 했지.'

이장 부인이 했던 말이 아무래도 마음에 걸린다. 코도 마치 머리카락이 떨어진 듯 간질간질하다.

종혁은 어리둥절해하는 그의 어깨를 감쌌다.
"자, 자. 여기 수항리에서 가장 맛있는 집이 어딥니까?"
"어? 어어어?"
장성준은 속절없이 종혁에게 끌려갔다.

* * *

수항리에 하나뿐인 중국집.
요리와 술을 내려놓은 사장이 입술을 달싹이다 돌아선다.
"잘 먹겠습니다."
움찔!
"……맛있게 드십시오."
하고 싶은 말이 많다.
이번에 폭언에 의한 모욕죄로 경찰의 조사를 받은 아들, 범죄를 은닉한 죄로 파출소에서 조사를 받은 자신.
그러나 말할 수가 없다. 인간인 이상 말할 수가 없었다.
종혁은 담배를 물며 가게를 나서는 사장의 모습에 다시 한번 다행이라고 생각하곤 장성준을 봤다.
불편하고 어색한지 고개를 숙인 채 손가락을 꼼지락거리는 그.
종혁이 그의 잔에 술을 따른다.
"일단 장성준 씨의 용감한 행동에 경찰로서 감사드립

니다."

 범인을 제압하려 했고, 피해자를 구하려고 했다.

 더욱이 그 대상이 같은 동네에서 형, 동생을 하던 사람이었다. 표창장을 받을 만한 용기 있는 행동이었다.

 "그리고 곧 표창장과 포상금도 수여될 예정입니다."

 "아, 아녀라! 지, 지가 무슨……!"

 사람이라면 당연히 해야 할 일을 했다고 생각하고, 그렇기에 사람이라면 저질러선 안 되는 일을 저지른 고향 마을이 창피해서 차마 받을 수 없다.

 "아닙니다. 장성준 씨는 표창장을 받아 마땅한 분이십니다."

 장성준이 사람이라면 당연히 해야 할 일을 한 것은 맞다.

 하지만 그 당연한 일을 실천하는 이들은 생각보다 세상에 많지 않다.

 세상이 변화하기 위해서는, 이런 이들이 더욱 정당한 평가를 받아야만 했다.

 "……민망하네요잉."

 "하하. 일단 드시죠."

 솔직히 불편해 자리를 박차고 나가고 싶은데, 종혁이 시킨 게 중국 술이다. 평소엔 너무 비싸서 먹지도 못하는 중국 술. 게다가 난자완스 등 난생처음 보는 요리들.

 군침을 삼킨 장성준은 딱 한 입씩만 먹자는 생각에 잔을 들었다.

챙!

"아따, 우리 서장님이 바닷일을 잘 모르시구마잉!"
"그렇습니까?"
"그렇당께요. 서장님, 어뜨케 1년에 딱 하나 가지고만 돈을 벌 수 있당께요. 우리가 뭐 백 마지기, 천 마지기 그렇게 땅을 가진 사람들도 아니고."

바닷사람 중 육지보다 바다에 있는 시간이 더 긴 사람이 얼마나 될까.

대부분은 절반을 바다에서 일했다면, 나머지 절반은 육지에서 일을 한다.

바다에 나가 있지 않을 때는 대파도 심고, 양파도 심고, 고추도 심으며 밭일을 하는 거다.

자신도 김과 시금치 농사를 짓는다.

이렇게 봄, 여름, 가을, 겨울까지 사계절 내내 겨울을 가리지 않고 할 일을 찾아 부지런히 돌아다녀야 조금씩이나마 통장에 돈이 쌓인다.

"그라고 여그도 돈 있는 사람들만 돈을 번당께요."

논밭을 크게 가지고 있으면 많은 돈을 버는 거고, 아니라면 적게 버는 거다.

바다 일도 마찬가지다. 돈이 많으면 많은 바다를 빌려 농사를 짓는 거고, 아니면 겨우 입에 풀칠만 하는 거다.

"이런. 이거 경찰 관두고 어촌에 들어와 살까 했는데 안 되겠네요."

"어휴. 그런 생각은 꿈에도 하지 마셔라. 도시 사람들이 아무 생각 없이 덤벼 볼 만한 일이 아닝께."

자신도 어려서부터 했기에 이렇게 먹고사는 거다.

"하하. 그래야 할 것 같네요. 한 잔 받으시죠."

"어이쿠. 예, 예."

종혁은 처음보다 많이 풀어진 그의 경계심과 긴장에 눈을 빛냈다.

"아, 이거 술이 다 떨어졌네요. 여기…… 아니, 더 드시면 사모님께 혼나실 수 있겠네요. 술은 여기까지만 할까요?"

"에이. 사모님은 무슨……."

"어? 안 계십니까?"

"뭐…… 여자친구는 있는디 여기 안 살고 있응께 괜찮여라. 요샌 전화도 잘 안 하고……."

"오! 장거리 연애 하십니까? 그거 쉬운 거 아닌데? 예쁩니까?"

"예쁘지라."

장성준이 헤벌쭉 웃는다.

"이야. 대체 얼마나 미녀시기에……. 몇 년 사귀셨는데요? 사진 좀 볼 수 있을까요?"

"사귄 지 한 4년쯤 됐지라……."

장성준이 지갑을 꺼내 명함사진을 보여 준다.

"와, 예쁘신데요? 다른 사진은 없습니까?"

"다른 사진도 있지라."

이번엔 그가 핸드폰을 꺼내어 사진을 보여 준다.

"요건 꽃구경 가서 찍은 사진이고, 요건 일하다 찍은 사진이고……."

자랑하듯 보여 주는 사진들에 종혁이 속으로 눈을 가늘게 뜬다.

모두 여성 혼자서 찍은 사진들.

"정말 부럽네요. 이런 미녀분과는 어떻게 만나시게 된 겁니까?"

"……참말로 우연이었지라."

"우연이요?"

"예. 우연."

장성준의 눈이 몽롱해지며 4년 전으로 돌아간다.

* * *

그날도 평소와 같은 날이었다.

"다녀왔어라."

걸레 같은 수건으로 흙먼지를 털며 집 안으로 들어오는 장성준.

"왔어? 밥은?"

"먹었죠. 시간이 몇 신디."

"별일은 없고?"

"있으면 안 되지라. 씻을게라."

화장실로 들어가 씻고 나온 그가 거실 바닥에 눕는다.

"아고고. 이제 좀 살겠네."
"뭔 젊은 놈이 벌써부터 앓는 소리를 낸디야."
"같이 늙어 가는 처지에 그러지 맙시다."
"뭐여?"

장성준은 어머니를 향해 씩 웃었고, 그녀는 고개를 저으며 깎아 온 과일을 내민다.

"먹고 누워."
"오메. 울 엄니가 또 뭔 바람이 불어서 이렇게 싸비스를 해 준디야."
"깎아다 줘도 지랄이네. 그럼 처먹지 말든가!"
"에헤이."

얼른 접시를 사수한 그는 옆으로 돌아누우며 TV를 본다.

-하하하!
"낄낄낄!"
"……옆 동네 기철이가 결혼했다더라."

움찔!

이거였다. 왜 평소와 달리 과일을 깎아 주나 했더니 결국 이 말을 하기 위해서였다.

"마누라가 베트남 사람이라는디, 식장 가서 봉께 그라고 예쁘더라."
"어허! 거 신성한 과일 먹는디! 걱정 딱 붙들어 매쇼! 아들도 곧 참한 색시 데려올 텡께! 물론 지금은 없지만!"
"……염병. 참한 색시 기다리다가 내가 먼저 관짝에 들어가겼네."

"오올. 울 엄니 말장난 죽이는디? 울 아빠가 울 엄니 이런 센스에 반했을까?"

"닥치고 처먹어."

"옙!"

얼른 입을 다문 장성준은 TV를 보며 한숨을 내쉬었다.

'거 아직 스물아홉밖에 안 먹었구만.'

이런 시골의 결혼 연령대는 평균 삼십대 중반이다.

물론 일찍 가는 사람들도 많긴 하지만, 그렇지 못하는 사람도 많다. 죄다 아는 얼굴에다가 서로 볼 꼴, 못 볼 꼴 다 겪으며 자라 오다 보니 같은 동네 친구라면 서로를 거의 동성으로 생각한다.

그렇다 보니 결국 외지에서 여자를 만날 수밖에 없는데, 그것도 어머니를 모시며 1년 내내 일하는 장성준에게는 해당 사항이 없는 말이었다.

'급하다, 급해. 쯧쯧쯧.'

그래도 결혼하고 연애하는 친구 선후배들을 보면 부러운 건 어쩔 수가 없었다.

띠리링! 띠리링!

"누가 이 시간에 전화를 한디야."

"너 또 술 처먹으러 나가기만 혀!"

"에헤이. 누가 보면 아들이 매일 술 먹는지 알겠네."

"아녔냐?"

"예. 전화 받았습니다. 김옥순 씨네 집인디, 누구시다요?"

―아, 안녕하세요……?
"잉?"
목소리가 살벌하게 예쁘다.
그렇게 장성준의 연애가 시작됐다.

　　　　　＊　＊　＊

아직도 기억이 난다. 2007년 4월 8일, 오후 8시.
너무 운명적이었기에 기억이 난다.
"거 뭐시냐, 펜팔 있잖여라. 그거였다고 하더랑께라. 으응. 전화친구."
처음엔 호기심이었다. 그러나 그것이 사랑으로 발전하는 데는 오랜 시간이 걸리지 않았다.
종혁은 눈을 크게 떴다.
"와! 이건 거의 영화인데요? 그래서요? 어떻게 사귀게 됐는데요?"
"아따, 우리 서장님은 연애 한번 안 해 보셨습니까. 남녀가 뭐 계기가 있어서 사권데요. 그냥 주거니 받거니 하다가 자연스럽게 사귀는 거제."
콧대를 세우는 그의 모습에 종혁이 눈을 빛낸다.
"그래서 언제 만나셨는데요? 장성준 씨가 먼저 찾아간 겁니까?"
움찔!
방금 전까지 자존감과 행복이 넘쳐흐르던 장성준의 몸

이 살짝 굳는다.

"그러려고 했는디……."

자연스럽게 사귀게 됐고, 어쩌다 보니 한번 만나자는 약속을 잡았다.

대전에 사는 여자친구.

때 빼고 광을 낸 후 찾아갔다.

너무 심장이 두근거려 전날 밤부터 잠을 이룰 수 없었던 만남.

사귄 지 딱 100일째 되던 날이기에, 인터넷으로도 찾아보고 결혼하고 연애하는 친구들에게 물어보며 참 많은 걸 준비했었다.

그런데 마침 그날 여자친구가 다니는 직장에 일이 터진 거다.

"저런……. 많이 아쉬우셨겠네요."

"그래도 어쩌겠어라. 일이 터졌다는디."

수습만 거의 일주일 정도 걸리는 일이라고 했다. 그래서 결국 만나 보지도 못한 채 다시 신안으로 내려오게 됐다.

"그럼 다음엔 언제 만나셨는데요? 그땐 괜찮았죠? 실물로 보니까 사진보다 더 예쁘시던가요?"

"……."

장성준의 낯빛이 어두워진다.

"에휴."

꿀꺽!

"크으!"

다음에라도 만났다면 얼마나 좋을까. 아니, 한 번이라도 만나 봤다면 얼마나 좋을까.

매번 일이 있어서 만날 수 없었던 여자친구.

그렇게 벌써 4년이라는 시간이 흐른 거다.

"어이구. 힘든 연애를 하고 계시네요."

"뭐, 그래도…… 아녀라. 잘 마셨어라. 글고 표창장은 한번 생각해 볼게라."

"벌써 가시려고요?"

"더 마시면 정말 취할 것 같아서요. 잘 먹었습니다. 그럼 다음에 또 뵙겠습니다잉."

고개를 꾸벅 숙인 장성준은 중국집을 나섰고, 문이 닫히자 종혁은 당황하던 표정을 지우며 술을 들이켰다.

탁!

"정말 얼굴 한 번 본 적 없다는 건가……."

그것도 무려 4년을.

'그런데 돈을 가져다 바쳤다라…….'

몇 십만 원 수준이면 소문도 나지 않았을 터.

코를 긁적이던 종혁은 몸을 일으켜 카운터로 향했다. 그러다 뒤에 앉은 사람을 툭 쳤다.

"녹음 파일은 지웁시다."

흠칫!

"예?"

차갑게 식다 못해 퉁퉁 불은 짜장면을 앞에 두고 있는

삼십대 사내. 종혁이 그가 앉은 테이블 위에 올려진 스마트폰을 본다.

"세상엔 사실적시 명예훼손이라는 게 있습니다, 기자님."

"……협박하시는 겁니까?"

"경고지. 솔직히 뭔 개소리를 지껄여도 상관은 없어요. 하지만 나를 건드릴 거면 각오는 하라는 말을 하는 겁니다."

"그 말 보복을 하시겠다는 거군요. 국민의 알 권리를 무시한 채!"

"보복은 무슨. 경찰이 범죄자를 잡는 건 당연하잖아요?"

아무것도 찔리는 게 없다면 종혁의 말을 신경 쓸 필요도 없는 것이었다.

"……."

"다음엔 좋은 일로 봅시다."

기자의 어깨를 두드린 종혁은 계산을 하고 중국집을 나섰다.

찰칵! 치이익!

"후우. 예, 지원과장님. 전화번호 하나만 조회 좀 했으면 하는데요."

종혁은 걸음을 옮기며 몽타주를 그릴 준비도 해 달라고 말했다.

＊ ＊ ＊

"이딴 식으로 할 거면 때려치워!"

촤락!

허공을 날아 얼굴에 부딪친 서류에 이십대 후반의 여성, 김규리가 고개를 숙인다.

"죄송합니다."

"다시 해 와!"

마치 이런 일이 한두 번이 아니라는 듯 표정 변화 없이 바닥에 널브러진 서류를 주섬주섬 챙겨 자리로 돌아가는 그녀.

곧바로 컴퓨터 모니터에 메신저 알람이 표시된다.

-또 언니네 과장님 지랄하신 거예요?

-이번엔 무슨 일인데?

타라라락!

-이번엔 띄어쓰기.

고작 딱 한 곳 실수로 스페이스를 두 번 눌렀을 뿐이다.

-와! 진짜 너무하네!

-그게 보여? 와, 씨. 이건 거의 억지로 까는 건데?

-언니네 과장님은 왜 그런데요?

-이 정도면 네가 그냥 마음에 안 드는 거 아니야?

'그러게 말이다.'

-진짜 이럴 때마다 때려치우고 싶다니까!

-맞아. 대기업은 이렇지 않다던데…….

'나도…….'

그러나 이 중소기업을 때려치우고 갈 곳이 없다.

어차피 이직해 봤자 결국 중소기업. 이곳과 다를 건 없을 거다. 대부분의 중소기업이 다 거기서 거기니 말이다.

한숨을 내쉰 김규리는 대기업의 찬양에 한창인 동료 여직원들의 메신저를 뒤로한 채 서류를 수정했다.

"여기 있습니다, 과장님."

"……쯧. 진즉에 이렇게 하지. 이러니까 전문대는 안 되는 거라니까. 한 번에 딱 하는 경우가 없어요."

울컥!

띄어쓰기, 아니 사소한 실수와 전문대가 무슨 상관일까.

'그러는 너는 뭐 어디 좋은 대학 나왔냐?'

수능 등급이 7등급, 8등급이라도 갈 수 있는 그런 대학교 출신이다. 자신과 다른 것이 있다면 그 대학이 고작 4년제라는 것뿐.

"가 봐. 그리고 커피 한 잔 타 오고."

"……예."

고개를 숙인 김규리가 탕비실로 향한다.

"아, 진짜 퇴사하고 싶네."

지이잉!

"아."

남자친구다.

우중충한 그녀의 얼굴에 햇살이 내리쬐기 시작했다.

"수고하셨습니다!"

퇴근 시간이 되자 혹여 과장이 잡을까 재빨리 회사를 빠져나온 김규리가 기지개를 켠다.

"끄앙!"

오늘도 버텨 낸 자신이 참 대견했다.

그리고 내일을 버틸 자신도 파이팅이다.

한숨을 내쉰 그녀가 버스를 타기 위해 걸음을 옮기는 순간이었다.

"저기……."

"꺅?!"

갑자기 앞을 가로막는 거대한 전봇대, 아니 거구의 사내에 깜짝 놀라 고개를 든 그녀의 눈이 동그래진다.

'어머?'

미남이다. 그것도 등빨도 좋은 A급 미남.

'꺄아! 이놈의 인기는!'

"네. 무슨 일이세요?"

"김규리 씨 맞으시죠?"

깜짝 놀란 김규리가 주춤 물러선다.

"이야! 맞네. 안녕하세요. 성준이 형님의 동네 동생 최종혁이라고 합니다. 와, 이런 우연이!"

"……성준 오빠요?"

"네. 장성준 형님 말입니다. 김규리 씨 남자친구인!"

김규리의 표정이 오묘하게 구겨진다.

"저기 뭔가 착각을 하시는 것 같은데요……."

남자친구는 그런 이름이 아니다. 그리고 아는 사람 중에 그런 이름을 가진 사람도 없다.

"어, 어? 그렇습니까? 아, 아닌데?"

"죄송한데 전 그런 사람 몰라요. 그럼."

"아, 아닌데. 맞는데……."

김규리는 종혁을 지나쳐 걸음을 옮겼고, 남겨진 종혁은 그런 그녀를 보며 눈빛을 가라앉혔다.

"정말 아니네."

종혁이 장성준의 핸드폰에서 봤던 사진 속 얼굴과 전혀 다른 김규리의 외모.

그녀의 얼굴도, 눈동자도, 심지어 말투까지 장성준을 전혀 모르고 있었다.

"씨발, 대포폰."

다른 사람 명의를 무단으로 도용해 개통한 대포폰.

얼굴을 구긴 종혁은 다시 핸드폰을 들었다.

"예, 지원과장님. 서장입니다. 전화번호 발신 위치 추적 좀 부탁드리겠습니다."

그리고 다시 장성준을 만나, 그가 알고 있는 여자친구에 대한 모든 걸 알아내야 할 것 같다.

* * *

바다 일을 하는 사람들이 으레 그렇듯 장성준의 아침도 일찍 시작된다.

아직 해조차 뜨지도 않은 새벽.

부스스 잠자리에서 일어난 장성준이 멍하니 어두운 방 안을 본다.

오늘도 찾아온 아침.

그는 습관적으로 방의 불부터 켠다.

"오늘은 비가 오려나."

방 안 공기가 습하고 추운 걸 보니 뭐가 와도 올 것 같다.

그렇다면 바삐 움직여야 했다.

얼른 씻고 밥도 간단히 차려 먹은 장성준은 집을 나서려다 잠시 멈칫한다.

신발장 위에 올려져 있는 핑크색 방한용 장갑.

여자친구가 겨울이라고, 아끼지 말고 편하게 쓰라고 선물해 준 장갑이다.

"흐흐. 아차!"

언제 비가 쏟아질지 모르니 부지런히 움직여야 한다.

"다녀올게라!"

"비 올 것 같다! 조심혀!"

"예!"

부르릉!

집이 골목 안에 있기에 먼 곳에 주차해 놓은 차에 올라탄 그는 다시 아차 하며 핸드폰을 꺼내 든다.

찰칵!

오늘도 네가 준 선물과 함께.
오늘도 파이팅!

장갑을 끼고 있는 손을 찍어 여자친구에게 문자로 보낸 그는 라디오를 켜며 바다로 향했다.
-올래! 올래! 튕기지 말고 내게 다가올래!
오늘도 즐거운 아침의 시작이었다.

* * *

터벅터벅!
"푸후."
한숨을 내쉰 장성준이 집을 향해 걷는다.
그런 그의 손에 들린 검은 봉지.
"응?"
도초초등학교 관사 대문 앞을 서성이는 웬 노인을 발견한 그의 눈이 가늘게 떠진다.
지팡이를 짚고 있는 허리 굽은 노인.
"어흠. 일 끝나고 오는 거여? 밥은 먹었고?"
"예. 어르신도 식사하셨습니까."
"나도 먹었제. 시간이 몇 신디."
"근디 여기서 뭐하십니까?"
"여그 선생님하고 할 말 있어서 온 것잉께 난 신경 쓰지 말고 갈 길 가."

"……어르신, 그러다 큰일 납니다."

"아, 신경 쓰지 말고 가라니께."

"그러다 어르신마저 잡혀간다고라."

"……그럼 어쩐디야! 내 안사람이랑 며느리는 빼 와야 할 거 아녀!"

부인과 며느리가 잡혀가자 집안이 풍비박산 났다.

아들은 평생 마시지도 않던 술을 마시기 시작했고, 손주들은 나날이 의기소침해지고 있었다.

어떻게든, 무릎을 꿇어서라도 합의를 해야 됐다.

"어르신, 동네 사람들뿐만 아니라 세상 사람들이 다 손가락질을 하고 있어라. 지금 선생님 괴롭혀 블믄 외지에 나가 있는 어르신 자식들에다가 손주들까지 욕먹는당께요."

지금도 기자들이 두 눈 시퍼렇게 뜬 채 수항리를 돌아다니고 있다. 아마 이 근처에도 숨어 있을지 모른다.

움찔!

"……옘병할! 노망이 났으믄 관짝에 들어갈 생각을 해야제! 뭐헌다고! 아이고! 아이고!"

노인은 가슴을 치며 몸을 돌렸고, 장성준은 멀어지는 노인을 바라보다 고개를 저었다.

"다 업보제. 쯧쯧쯧."

다시 한숨을 내쉰 그는 걸음을 옮겨 집 안으로 들어갔다.

"다녀왔어라."

"왔냐? 니 앞으로 택배 왔다잉."
"무슨 택배요?"
"니 여자친구한티 온 것이던디?"
눈이 동그래진 장성준이 얼른 방으로 달려간다.
책상에 놓인 작은 박스.
재빨리 박스의 테이프를 뜯은 그의 입이 주욱 찢어진다.
퓨마 한 마리가 그려진 옷 한 벌과 그 위에 놓인 핑크색 아기자기한 편지 한 통.
그는 옷보다 편지부터 뜯어 본다.
길가에 핀 꽃 한 송이가 찍힌 사진이 붙여져 있는 편지.

To. 오빠.
사진 보이죠?
벌써 봄이 오려나 봐요!
…….
길을 걷다 오빠 생각이 나서 샀어요.
또 아낀다고 놔두다 버리지 말고, 막 입고 다녀요.
사랑해요.

"아따, 뭘 또 이런 것을 보내고 그런데……."
그래도 고맙다. 언제나 자신을 생각해 주는 여자친구가 참 고맙다.

"얼굴이라도 볼 수 있으믄 소원이 없겄는디······."

매번 만나려 할 때마다 일을 만들어 버리는 하늘이 원망스럽다.

"진짜 난중에 올라가믄 단단히 따질 것잉께 각오하쇼잉."

혀를 찬 그는 편지를 곱게 접어 책상 위에 있는 박스에 넣는다.

이미 수십 통의 편지가 있는 박스.

애정이 듬뿍 담긴 눈으로 편지들을 쓸어내리던 그는 이내 화장실로 가서 몸을 씻고 나온다.

그리고 여자친구가 보내 준 옷을 입고 어머니에게 다가간다.

"엄니! 나 좀 찍어 줘요!"

"······옘병. 또 그 지랄이냐?"

참 마음에 들지 않는 아들의 여자친구. 그런데 이런 정성 때문에 미워할 수가 없다.

"에휴."

'그려. 언젠간 만나겄지.'

대한민국 하늘 아래 있으니 자신이 죽기 전에는 볼 수 있을 것이다. 그녀는 그런 희망을 가졌다.

"거기 서 봐."

그녀는 곧 노총각이 될 아들을 위해 오늘도 협조를 해 주기로 했다.

찰각!

"자."

"감사합니다!"

냉큼 방으로 돌아온 장성준이 사진을 여자친구에게 전송한다.

그리고 다시 옷을 벗고는 담배를 피우기 위해 집을 나서는 그.

"룰루."

지이잉! 지이잉!

"응?"

장성준의 얼굴이 다시 활짝 핀다. 여자친구였다.

"사진 본 겨? 지금 근무 시간 아니여?"

-오, 오빠…… 흑!

철렁 심장이 내려앉는다.

"뭐, 뭐여! 뭔 일이여!"

-나, 나 어떡해!

"뭔 일이냐니께!"

-그, 그게…… 아, 아니야! 아무것도 아니니까 끊을게요!

"씁! 얼른 말 안 혀?! 정말 나 화낸다잉!"

-……나 점심 먹고 오다가 차를 박았어요.

"또?!"

이미 전적이 화려한 여자친구. 벌써 몇 번째 차를 박는 것인지 모르겠다. 사람을 치지 않은 게 용할 정도다.

"어이구, 다친 곳은? 병원은 가 봤어?"

-내가 다친 곳은 없는데…….

문제가 있다. 그것도 아주 큰 문제가 있다.

-내가 박은 차가 외제차예요…….

'오메.'

"수리비가 얼마나 나왔는디? 보험 처리는 된데?"

-저쪽에선 그냥 보험 처리는 하지 말고, 그냥 800만 원만 달라는데…….

장성준의 입이 떡 벌어졌다.

대체 뭘 어떻게 박았기에 800만 원을 달라는 걸까.

하지만 다시 생각해 보면 이 정도로 끝난 게 다행일지도 몰랐다.

"에휴. 얼마가 부족한디?"

-……600만 원이요.

"알았어. 기다려. 곧 보내 줄 테니께."

아직 은행이 문 닫으려면 시간이 많이 남았다.

-흑! 흐으윽!

"뭘 또 울고 그런디야. 뚝!"

-미안해서……. 진짜 맨날 이런 부탁만 하는 내가 너무 짜증 나고 오빠한테 미안해서…….

"됐어. 돈 부치고 연락할게. 일단 근처 아무 다방, 아니 카페에 들어가서 달달한 것 좀 마시고 있어. 지금 회사믄 잠깐 나오고.

-응……. 미안해요. 사랑해요.

"그려. 나도."

통화를 종료한 장성준은 한숨을 푹 내쉬었다.
"업보제. 업보여."
여자친구는 대체 전생에 뭔 죄를 그렇게 많이 저질렀기에 이런 사고가 일어나는 걸까.
그는 옷을 챙겨 들고 은행으로 향했다.
"어? 성준 씨."
"서장님?"
여자친구에게 돈을 부치고 은행을 나선 장성준은 종혁을 보곤 눈을 동그랗게 떴다.

* * *

"그럼 수고하셔라."
"예, 성준 씨도 수고하세요."
장성준을 떠나보낸 종혁이 눈빛을 가라앉힌다.
"여자친구에 대해 물어보려고 했는데……."
여자친구에 대해 물어보기 위해 장성준의 집을 찾았던 종혁.
"굳이 물어볼 필요가 없을 것 같네. 예, 지원과장님. 접니다. 계좌번호도 좀 따 주십시오."
종혁은 다시 신안서로 향했다.

똑똑!
"예. 들어오세요."

수사지원과장이 안에 들어오자 종혁이 몸을 일으킨다.

"커피 드시겠습니까?"

"아이구. 감사합니다."

커피를 따른 종혁이 수사지원과장 앞에 내려놓으며 소파에 앉는다.

후룩!

"음. 뭔가 이곳에서 마시는 커피는 좀 더 각별한 것 같습니다. 특별한 비법이라도?"

"지원과장님을 향한 제 마음?"

"으하핫!"

종혁도 웃는다.

하지만 그것도 잠시. 곧 수사지원과장의 표정이 진지해진다.

"나왔습니다."

"어딥니까?"

"천안입니다."

전화번호 발신 위치 추적과 계좌 추적 결과, 종혁이 부탁한 인물이 경기도 천안에 거주하고 있음이 밝혀졌다.

"후. 멀리도 산다."

천안과 신안을 왔다 갔다 할 생각을 하니 벌써부터 허리가 아파 오는 기분이다.

"혹시 장성준 씨가 범죄에 연루된 겁니까?"

곧 표창장을 받을 장성준. 만약 그가 범죄를 저지르고 다닌다면 골치가 아파진다.

"다행히 가해자는 아닙니다."

"그럼 피해자라는 건데…… 사기입니까? 협박입니까?"

가장 먼저 떠오른 게 바로 이 두 가지 혐의다.

"아무래도 사기인 것 같습니다."

그것도 사람의, 남자의 순정을 가지고 노는 악질적인 사기. 꽃뱀 사기라고 볼 수 있다.

다른 꽃뱀 사기와 다른 점은 가해자와 피해자가 서로 얼굴조차 못 봤다는 것이다.

"음. 이번엔 그냥 다른 직원들에게 맡기시죠."

현재 상황에서 서장이 자꾸 자리를 비우면 어떤 말이 나올지 모른다. 우려가 들 수밖에 없었다.

"저도 직원들에게 맡기고 싶지만……."

이미 여유가 있는 경찰들 전부 수항리에 가 있는 상태다.

"하아. 죄송합니다."

"지원과장님이 미안할 게 뭐 있습니까."

도초파출소 경찰들이 싹 다 개새끼다.

"마음 같아선 저라도 돕고 싶지만……."

"지원과장님은 자리를 지키셔야죠."

"그쪽 관할에 연락해 CCTV 영상을 보내 달라고 할까요?"

"괜찮습니다. 그냥 찬 공기 좀 쐬고 온다고 생각하면 되죠."

이번 사건을 직접 맡으려는 이유 중 하나가 바로 이거다.

솔직히 지금은 신안에 붙어 있고 싶은 마음이 없었다.
"예, 알겠습니다. 감사합니다. 수고하셨습니다."
"……충성."
수사지원과장이 서장실을 나가자 종혁도 몸을 일으켰다.
"가자, 가."

* * *

부우웅!
천안의 한 건물 앞에 차를 멈춰 세운 종혁이 건물 1층에 있는 은행을 본다.
"이곳이란 말이지……."
이곳에서 장성준이 이체한 돈이 인출됐다.
즉, 장성준을 속이고 있는 여성에 대한 단서를 이곳에서 찾을 수 있을 것이었다.
종혁은 잠시 주변을 둘러보았다.
웅성웅성. 와글와글.
교복을 입은 학생들을 비롯해 수많은 사람들이 종혁의 앞을 스쳐 지나간다.
"이야."
보통 범죄자들은 본능적으로 인적이 드문 곳을 찾는데, 이곳은 번화가라 부르기에 부족함이 없을 만큼 사람이 많다.

굉장히 대범한 놈이었다.

"그만큼 안 걸릴 자신이 있다는 거냐."

눈빛이 흉흉해진 종혁이 은행 안으로 들어서는 순간이었다.

딱! 딱!

"문 열었습니다. 조심히 나오세요."

"감사합니다."

한 손에 지팡이를 들고, 다른 손엔 안내견의 몸통과 연결된 핸들을 잡은 시각장애인 여성.

그녀는 문을 열어 준 경비원을 향해 고개를 숙이며 종혁을 지나쳐 은행을 빠져나갔다.

타고나길 친절한 것인지, 아니면 교육에 의한 것인지는 몰라도 흐뭇한 미소가 지어졌다.

하지만 그것도 잠시.

종혁은 방금 전 시각장애인 여성을 배웅해 주었던 경비원에게 다가서서 경찰공무원증을 내밀었다.

"경찰입니다. CCTV를 좀 열람하고 싶은데요."

"……경찰이요? 자, 잠시만요."

경비원은 곧장 안쪽으로 향해 상황을 설명했고, 잠시 후 다시 돌아와 종혁을 사무실로 안내했다.

종혁이 사무실 안으로 들어서자 직급이 높아 보이는 사내가 종혁에게 고개를 숙였다.

"무슨 일로 CCTV를 보려고 하시는지……."

"좋은 일로 찾아뵙지 못해 미안합니다. 신안서 최종혁

총경입니다."

경계심과 짜증이 뒤섞인 그의 모습에 종혁은 사정은 설명했고, 그는 관자놀이를 꾹꾹 눌렀다.

"아니, 하필이면 우리 지점에서……."

"부탁드리겠습니다."

"하아. 이쪽으로 오시죠. 아, 일단 계좌번호부터 알려주시겠습니까?"

출금 시간을 알 수 있다면, 용의자를 특정 짓는 건 수월할 거다.

"여기 이 번호입니다."

"김 주임, 이거 조회 좀 해 줘."

"네, 과장님…… 어머?"

김 주임이라 불린 여성이 쪽지를 받아 들고 깜짝 놀란다.

"음? 왜 그래? 아는 고객이야?"

"예……."

하루에도 수백, 수천 개의 계좌를 들여다보는 게 일인 은행원.

보통 계좌번호를 보고 그게 누구인지 알아본다는 건 불가능한 일이지만, 이 계좌만큼은 기억에 남았다. 계좌 주인에게 뚜렷한 특징이 있기 때문이다.

"그렇지 않아도 아까도 왔다 가셨는데……."

"예?!"

"아까 1시 30분쯤에…… 그 왜 있잖아요, 과장님. 시각장애인인 여성분이요."

쿵!

"아아, 그 아가씨? 그분이라면 알…… 어? 어, 어디 가십니까?!"

다급히 몸을 날리는 종혁의 모습에 놀라는 둘.

그들이 그러건 말건 은행을 뛰쳐나온 종혁은 은행 주변을 둘러보다 가로수를 걷어찼다.

"아오, 씨!"

눈앞에서 놓쳤다.

종혁은 머리를 벅벅 긁다 어이없다는 듯 웃었다.

'시각장애인이 어떻게?'

가장 먼저 떠오르는 의문.

어떠한 가능성이라도 결코 배제해서는 안 되겠지만, 아무래도 시각이 제한된 상황에서 이런 사기를 친다는 건 쉬운 일이 아니었다.

그렇다면 떠오르는 건 하나였다.

'공범이 있는 건가…….'

"그건 곧 알게 되겠지."

종혁은 눈빛을 가라앉히며 다시 은행 안으로 들어갔다.

* * *

휘이잉!

"아……."

춥다. 옷을 여민 그녀의 손에 안주머니 속 두툼한 봉투가 만져진다.

잠시 멍한 눈으로 가슴팍을 쓰다듬던 그녀는 느슨한 핸들에 아래를 보며 미소를 짓는다.

"아니야. 괜찮아. 가자."

"끙."

청각이 예민한 그녀만이 겨우 들을 수 있는 작은 소리.

미소를 짓은 그녀는 다시 걷는 안내견의 안내를 받는다.

탁! 탁! 탁!

바닥에 난 점자 도로를 따라 걷는 그녀.

그 순간이었다.

빵!

"여기야, 여기!"

골목 안에 세워진 차에서 들려오는 소리.

입술을 닫은 그녀는 차를 향해 걸어갔다.

　　　　　　(회귀 경찰의 리셋 라이프 37권에서 계속)